처세술
개론

처세술개론

최인호

우리가 꼭 읽어야 할
최인호의 문학상 수상작

푸르메

처세술개론

1판 1쇄 인쇄 2008년 6월 20일
1판 1쇄 발행 2008년 6월 27일

지은이 | 최인호
펴낸이 | 김이금
펴낸곳 | 도서출판 푸르메
편집 | 최은하
등록 | 2006년 3월 22일(제318-2006-33호)
주소 | 서울시 마포구 서교동 451-45 303호(우 121-841)
전화 | 02-334-4285~6
팩스 | 02-334-4284
전자우편 | prume88@hanmail.net
종이 | 화인페이퍼
인쇄 · 제본 | 한영문화사

ISBN 978-89-92650-14-4 03810

* 책값은 뒤표지에 표시되어 있습니다.

※

그를 자유롭게 하라. 친구여. 또 하나의 나를 사랑하라.

마음대로 그를 방목하여 그의 자존심에 조금도 금가지 않게 하라.

※

견습환자

1967년 조선일보 〈신춘문예〉 당선작

참으로 이상한 일이다. 나는 지금껏 그 사람들에게서 웃음을 본 일이 없다.

이 병원에 입원하고 오늘로 꼭 열닷새가 되는 날인데, 잰 걸음으로 층계를 오르내리는 의사들이나 체온계를 가지고 부산스레 복도를 왕래하는 간호원들에게서 웃음을 본 적이 없다는 것은 정말 이상한 일임에 틀림이 없다.

나는 거의 쓰러질 듯한 고열에 들떠 이 병원에 입원을 했었다. 환절기에 흔히 있는 감기로만 알았던 증세가 연 닷새를 계속해서 맹렬한 기세로 덤벼들었기 때문에 나는 어쩌 남양지방에서 밀수입한 열병에 걸린 거라고 제법 농담까지 해가며 이 병원을 찾았고, 진찰 받을 때까지도 내과 과장을 보고 뱃심 좋게 웃어 보일 용기도 있었다. 그리고 뢴트겐 결과가 판명된 후 내가 그동안 앓았던 병이 단순한 몸살감기가 아니라 습성(濕

性) 늑막염이었다는 사실을 알았을 때도 별로 놀라지 않았고, 병동을 안내하며 병실을 정해주는 간호학교 학생과 농담까지 나누었을 정도였다.

그러나 내가 정말로 아프기 시작한 것은 늙은 간호원이 병실 앞에 내 이름이 새겨진 문패를 걸어준 후, 수의(囚衣) 같은 환자복을 주었을 때였다. 누가 입던 환자복이었는지 몰라도 체구에 맞지 않는 환자복을 입고 우두커니 서있는 꼬락서니는 평소에 생각하던 자기의 이미지를 완전히 깨뜨려버리기에 충분하였으며, 내 얼굴엔 완연히 병색이 드러나 보이기 시작했다. 누구의 부축 없이는 변소에도 가지 않았고, 의사만 보면 공연히 매어달리고픈 충동을 받곤 했다.

입원한 다음날, 한 떼의 의사들이 병실로 몰려와, 겁에 질려 있는 나를 전범(戰犯) 다루듯 사납게 벽 쪽을 향하게 한 다음, 주삿바늘로 옆구리를 찔러 굉장한 양의 노르께한 액체를 빼내었고, 나는 집행을 기다리는 죄수처럼 유난히 하얀 병실 벽을 마주 바라보며 그들의 작업이 끝날 때까지 약간 울고 있었다.

그리고 작업을 끝마치고 사라져가는 그 집행인들의 흰 가운에서 병실 벽처럼 차디찬 체온을 절감했다.

나는 이렇게 입원생활을 시작했으며, 어느 틈엔가 아침이면 체온계를 입에 물고 사탕을 깨물세라 조심스럽게 녹이는 유아처럼 체온을 재는 모범 환자가 되고 말았다. 그러나 입원한 지 일주일쯤 후부터는 어느 정도 병이 차도를 보이기 시작해서 열도 정상으로 내려갔고, 더욱이 내 병은 가벼운 폐결핵에서 기인된 늑막염으로 까짓 폐결핵이야 요새 약들이 좋으니까 감기 정도로 생각해두면 틀림없다는 의사의 말투에, 한편은 불안도 하고 한편 위안도 되어, 언제는 반쯤 남기던 죽을 꾸역꾸역 모조리 긁어 먹게 되었던 것이다. 그러면서도 차츰차츰 결핵에 걸린 자신이 실감되어오고, 아무리 약이 좋다고 하나 앞으로는 긴 시간 창백한 얼굴로 낙엽 구르는 소리에도 눈물을 흘려야 하는 폐병 환자 노릇을 해야 한다는 사실이 억울해져서, 나는 몇 번이고 세면대 긴 체경 앞에 서서 메기처럼 눈을 껌벅껌벅이며 혼자 울었다.

그러나 도대체 병이라면 어디를 만지면 통증이 오고, 어디를 움직이면 감지할 수 있는 감각이 와야 할 텐데, 이건 어디를 만져도 아프지 않고, 그저 오후만 되면 끈적끈적한 늪지대에 빠져버린 듯한 미열만 오는 것으로, 좀 후에는 에잇 모르겠다는 안이한 체념으로 시간 맞추어 밥을 먹고, 빈 시간이면 잠을 자는 입원생활에 만족하게 되어버렸다.

입원생활은 금붕어 같은 생활이었다. 모든 환자들은 양순한 민물고기처럼 조용히 지느러미로 미동을 하면서 병원을 부유하고 있었다. 나는 이 붕어 같은 병원생활이 무척 마음에 들었다. 오랜 방황 끝에 고향에 닻을 내린 범선처럼 나는 한가로웠고, 그리고 즐거웠다.

그즈음 나는 간호원들에게 흥미를 갖기 시작했다. 나는 각 간호원들의 주사 놓는 특징, 이를테면, K는 파리 잡기나 하듯 세게 살갗을 때리며 주삿바늘을 꽂는다거나, L은 약솜으로 어르듯이 슬슬 문지르다가 기회를 봐서 기습하듯이, Y는 파충류처럼 유난히 찬 손길로 사뭇 애무라도 하는 양 살갗을 어루만지다가 주사를 놓는다는 식의 개개인의 하찮은 특징에도 어느 틈엔가 친숙해져 있었다.

그러나 이러한 관심은 그녀들에게 무슨 연정을 품어보겠다는 우스꽝스러운 속셈에서 출발된 것은 아니었다. 단지 그중에서 내가 생각하는 이미지에 가장 부합된 여인을 선택해서 그 여인이 약을 갖다주는 시간을 기다리는 것으로 길고 긴 하루를 보내자는 생각 때문이었다.

그래서 나는 기대하는 마음으로 칫솔을 물고 오가면서 흘금흘금 간호원실을 기웃거렸다. 허나 나는 이내 그 작업에 권태를 느끼게 되었다. 왜냐하면 간호원들의 얼굴은 지극히, 지극히 사무적으로 뺏뺏해 있었고, 그녀들의 얼굴에선 웬일인지 잘 소독한 통조림 깡통 같은 쇠녹 냄새가 나는 듯한 착각을 받았기 때문이었다. 그녀들은 전염병이 휩쓰는 우기(雨期)에 마스크를 하고 무표정한 얼굴로 골목골목을 돌아다니며 소독약을 살포하는 방역원 같은 모습으로 층계를 오르내리고 있었다. 그녀들에게 필요 이상의 관심을 쏟으려는 생각은 확실히 어리석은 짓이었다. 때문에 좀 후에는 그녀들 왼쪽 가슴 위에 붙은 명찰을 보는 것으로 나의 권태를 메워갈 수밖에 없었다.

그러다가 나의 관심 대상을 의사들에게로 돌려버렸다. 그들은 모두 수염을 바싹 깎아서 동안(童顔) 같은 얼굴을 하고 있었고, 언제나 가운 주머니에 손을 찌르고 육상 선수처럼 복도를 뛰어다니고 있었다. 나는 그들을 햇볕 잘 드는 마당에다 일렬 횡대로 늘어세우면 그들의 얼굴이 모두 알루미늄 식기처럼 반짝반짝거릴 게라는 생각을 하고 있었다. 그들은 빛깔 없는 테를 두른 안경 밑으로 눈빛을 번득이면서 병동을 오가고 있었다. 병원 전체는 실상 어항 속처럼 권태로웠으나, 그들 몇 명의 부산스러운 행동으로 말미암아, 어딘지 모르게 어색하고 시취(屍臭)가 나는 병원 분위기가 융해되고 있는 것이었다.

언제나 그들의 곁에선 약품 냄새가 나고 있었고, 그들의 희고 투명한 손가락은 햇살 속에서 메스처럼 번득이곤 했다. 그들의 깨끗이 세탁한 가운을 보노라면 주사액이 통 안에 가지런히 놓여 있는 정밀성 같은 것을 느껴야 했다. 때문에 나는 어느 의사의 가운 앞소매쯤에 머큐롬 한 방울이 얼룩진 흔적을 보았을 때, 지독한 쾌감을 맛보았다. 굉장히 예쁘고 성장한 여인의 옷차림 어딘가에서 가느다란 실밥을 발견했을 때와 같은 아슬아슬한 승리감이 가슴에 충만되기 시작했다.

오전 아홉 시. 서너 명의 담당 의사들이 환자들을 회진하게 되어 있었다. 의사들에게 흥미를 느낀 후부터는, 나는 오전 아홉 시만 오기를 기다리는 것으로 아침을 끝마쳤고, 이윽고 그들의 발소리가 낭하를 울린 후, 병동 전체가 나지막한 정숙에 빠져버리면 나는 팽팽한 긴장 상태에서 헛기침을 반복하면서 그들을 기다리는 것이었다. 그리고 가장 나이 들어 뵈는 의사가, 옆구리가 뜨끔거리지 않는가, 가래침은 받아두었는가, 영양가 많은 음식을 먹는가 따위의 의례적인 질문을 보낸 뒤, 나이 젊은 인턴이 옆에 서서 간호원들이 기재한 체온표를 들여다보며 확인한 다음, 드디어 세금을 징수한 수금원처럼 너무도 빠른 시간에 하나둘 병실을 빠져나가고 나면, 나는 동정(童貞)을 잃은 소년처럼 쓸쓸한 얼굴로 무릎을 세우고 한참 동안이나 그들이 사라져가는 발소리에 귀를 기울이는 것이었다.

종합병원은 하나의 살아 있는 동물이었다. 병동에 밤이 오면 많은 환자들이 그러하듯, 느릿느릿한 걸음걸이로 옥상 휴게실에서 제라늄 화분들에 둘러싸여 네온이 반짝이는 야경을 바라보노라면 나는 불균형적인 우울한 희열에 빠져버리는 것이었다. 어떤 환자는 손수레에 앉아서, 어떤 환자들은 무장한 군인처럼 가슴에 온통 깁스를 대고, 어떤 환자는 가족에게 부축되어 한결같이 어두운 모습으로 조용히 시내 쪽을 내려다보고 있었으며 묵묵히 로터리를 향해 달려가는 자동차와 전차의 경적 소리를 듣고 있었다. 그러면서 그들은 옆 병동에 입원했던 사내가 오늘 아침에 죽었다는 얘기를 나지막한 소리로 중얼거렸으며, 몇몇 여자 환자들은 소리 죽여 울어주었다. 그것은 마치 정숙한 제전 같았다. 저들은 자기들이 깁스를 풀 때까지 붕대를 끄를 때까지, 목발을 던져버릴 때까지 언제든 밤이 오면 이런 제전을 벌일 것이다.

그러다가 반대편에 서서 어둠에 웅크리고 있는 병동을 바라보면 참으로 기괴한 감격에 싸여버리는 것이었다. 병동은 파도가 밀려오는 철 지난 해변에 서있는 방갈로처럼 우울하게 해감 냄새를 피우고 있었다. 모든 병실엔 형광등 불빛이 차갑게 빛나고 있었으며 그 유리창 너머로 환자들의 움직이는 모습이 내다뵈는 것이었다. 마치 우리가 투명한 바닷물 속을 들여다볼 때, 그 속에 수많은 해초와 생물이 수런거리고 있는 것처럼 모든 병실이 제각기 움직이고 있는 것이었다. 그들은 보육기 속에서 생명을 키워가는 유아와 같은 행동을 하고 있었다. 그것은 정말 생생한 경이였다.

1층, 2층, 3층, 4층, 모든 병동은 밤에도 환히 눈을 뜨고 있었다. 간호원들은 병실과 병실 사이를 부산스레 헤매고 있었고, 간혹 의사들은 '비상'을 알리는 주번 하사 같은 기민한 동작으로 층계를 오르내리고 있었다. 나는 그들이 균을 잡아먹는 백혈구와 같다고 생각했다. 그리고 그들의 무표정하고 뻣뻣한 얼굴에서, 균을 거부하는 강력한 항생제의 효능을 느껴야 했다.

그즈음, 나는 새로운 사실을 발견했다. 입원한 이후 저들의 얼굴에서 웃음을 발견치 못했다는 중대한 사실이었다. 그런 생각은 참으로 불쑥 일어난 느낌이었다.

언젠가 나는 외국 잡지에서 잘 인쇄된 화장품 광고를 본 일이 있었다. 그 광고는 남자들이 면도 후에 바르는 미안수를 선전하고 있었는데, 나는 지금도 그리스 조각처럼 잘생긴 그 남자가 유난히 파르스레 빛나는 턱 위에 지극히 자연스럽고도 세련된 웃음을 띠고 있는 모습을 기억해낼 수 있다. 그것은 일종의 심리적인 광고여서, 그 잘 깎은 턱과 웃음을 쳐다보고 있노라면 누구라도 그 미안수를 사지 않고는 못 배길 그런 것이었다. 그런데 만일 그 사내가 그 최면술 거는 듯한 매혹적인 웃음을 제거하고 무표정하게 서있었다면, 나는 그 화보가 미안수 선전 광고라고는 생각지 않았을 것이었다.

그 병원 의사들은 미안수 신전 광고에 나올 만한 사내들이 미소를 결여하였음으로 하여 자기 병원 왕래를 권장하는, 무표정한 히포크라테스의 모델로 아깝게 전락해버린 듯 보였다. 그들은 1초의 주저함도 없이 내장을 자르고, 뼈를 긁을 수 있는 권위를 보여주는 모델로서 만족하고 있는 것 같았다. 저들이 만약 외무사원처럼 웃으며 환자의 증세를 물어본다면, 그 환자는 얼마나 심리적인 위안을 받을 것인가.

이리하여 나는 그들을 웃기기 위해서 고용된 사설 코미디언 같은 무거운 책임의식을 갖게 되었고, 밤낮으로 그들이 무엇을 원하고 있는가를 알아내려 애를 썼다. 나는 스스로의 청진기를 들고 그들을 진단하기 시작했고, 웃음을 불러일으킬 수 있는 소인(素因)이 그들의 어느 부분에서 강하게 생겨나는가 하는, 임상 실험의 과정에 굉장한 열의를 기울이게 되었다. 그러나 가령 어느 한 곳이 가려울 때, 정확히 그곳을 집어서 긁어주는 쾌감이라든지, 어린애가 사과를 먹고 싶어할 때는 직접 사과를 사다주면 충족한 웃음을 볼 수 있다는 프로이트의 가장 기본적인 이드

16

(Id)와 에고(Ego) 학설을 응용해서 그들을 웃겨보려던 나의 첫번째 시도는 곧 좌절되고 말았다. 왜냐하면 그들은 유난히 가려운 곳도 없었고, 무언가 가지고 싶은 욕구본능도 퇴화되어버린 것 같았기 때문이었다.

그들은 잠을 자야 할 땐 수면제를 먹었으며, 배가 고플 땐 의사 전용 식당에서 영양이 풍부한 햄버거 스테이크를 뜯었다. 소화가 안 될 땐 소화제를 먹었으며, 음악이 듣고 싶으면 환등실에서 발랄한 간호학교 학생들과 구운 토스트를 씹으며 음악을 들었다. 피로할 땐 가루 비타민 C를 물에 타 먹었으며, 성욕이 고개를 들면 간단히 진통제로 말살해버렸다. 도대체가 그들은 충분한 영양을 취하고 있는 온상 속의 귀족 식물이었던 것이다. 며칠이 지나도 나는 그들이 가려워하는 곳을 발견하지 못하였다.

별수 없이 나는 오전 아홉 시, 그들이 회진을 하는 시각이면 일부러 병색을 완연히 나타내려고 상을 찌푸리며 허리를 꾸부리고는 급성 카타르성 인두염으로 입원한 5호실의 중학교 교사처럼 더듬더듬 기어들어가는 목소리로 병세를 과장해서 호소했던 것이다.

"굉장히 아픕니다."

나는 믿어달라는 표정으로 말했다.

"옆구리가 굉장히 아프단 말입니다. 열도 올라서 밤이면 갈증을 느껴야 합니다. 정말입니다."

순간 의사들은 난감한 표정으로 나를 내려다보았다.

"언제부텁니까?"

우두머리로 생각되는 반백의 의사가 은단을 주머니에서 꺼내 두서너 알 입에 넣고 그것을 굴리면서, 거짓말을 하는 절도범을 취조하는 민완

형사 같은 소리를 내었다.

"어제부텁니다. 아니, 정확하게 말해서 저녁 여덟 시부텁니다."

"닥터 김."

갑자기 그 의사는 신경질적으로 그의 몰모트를 잠시 내려다보고 나서, 뒤에 선 의사들 중의 어느 누구를 불렀다.

"이틀 전의 엑스레이 검사는?"

"이상 없습니다."

"체온은?"

"이상 없는데요."

산호원들이 기재해놓은 도표를 들여다보고 있던 인턴이 계산기 같은 입놀림을 했다.

"정상입니다."

나는 순간 그 인턴을 저주했다. 차라리 나는 지금 이 순간 원인 모를 고열이라도 엄습해서 자신 있게 단정하는 그 잘생긴 인턴의 얼굴을 당황하게 만들어놓고 싶을 정도였다.

"당장 간호원을 불러주게."

그 의사는 가운에 손을 찌르며 사탕이라도 꺼내줄 듯이 의미심장한 몸놀림을 했다. 나는 내장을 자르고 실로 꿰매는 일에 수십 년을 보낸 그 의사의 손가락이 마치 거짓말 탐지기 같은 착각이 들었고, 학교 가기 싫어 꾀병 부린 막내둥이처럼 불안하게 아픔을 과장해서 앉아 있었다. 나는 정말 열이 나기 시작하는 것 같았다. 간호원은 금방 뛰어왔다.

"처방약들의 투입량은 정확한가?"

"틀림없습니다."

"체온은?"

"보시다시피 정상입니다."

"환자 자신은 열이 굉장히 심하다는데."

순간 간호원은 나를 보았다. 나는 그녀의 낯에 장난꾸러기 웃음을 터뜨리고 싶었다.

"체온을 다시 재보기로 하지."

나는 내 몸에서 갑자기 열이 상승되어 그 온도계의 수은주가 비등점까지라도 도달해주었으면 하는 기원으로 포로처럼 앉아 체온계를 받아 물었다. 그러다가 나는 인턴이 무심코 하품을 하는 모습을 보았다. 나는 그가 이미 내게서 흥미를 잃은 것이라고 생각했다.

나는 갑자기 그 체온계를 깨물어버렸으면 하는 충동을 받았다.

"정상입니다."

인턴이 체온계를 들여다보며 그것이 자기의 의무인 것처럼 대답했다.

"37도입니다."

나는 그 인턴의 반짝거리는 구두와 넥타이핀을 번갈아 바라보았다. 나는 심한 굴욕을 느끼며 몇 가지의 상투적인 주의말과 더불어 사라져가는 백혈구들의 뒷모습을 노려보았다. 그들의 뒷등은 영원히 거부하겠노라는 강한 의지를 담은 뼈라 조각처럼 생경해 보였다.

다음에 내가 취한 행동은 그 젊은 인턴에 대한 관찰이었다. 그는 병동 지하실, 인턴과 레지던트의 합숙소 B의 2호실에서 지내고 있었다. 요 며칠간은 산부인과 야근이었는지, 복도에서 만났을 때 그는 동료 인턴에게 이틀 동안 눈 한번 붙여보지 못했다네라며 약간 신경질적인 목소리를 내고 있었다. 그는 굉장히 잘생긴 사내였다. 모든 잘생긴 남자에게서 볼 수 있는 여유만만한 몸짓과 어딘지 우수에 찬 듯한 눈썹과 어깨, 그러면서도 눈에서 빛나는 의욕.

나는 그 눈을 보며 이 인턴이 분명 이제 곧 우수한 성적으로 인턴과 레지던트 과정을 마치고 해외유학을 해 박사학위를 따고, 고국에 돌아와 종합병원 외과 과장쯤의 관록으로, 점점 그 알맞게 균형 잡힌 몸매는 당연한 듯이 체중이 늘어, 드디어는 환자로 하여금 그 몸매만 보아도 병이 나아버릴 만큼 권위를 보이는 의사가 되리라는 것을 예감할 수 있었다. 그리고 그 의사가 여성잡지 화보, '행복한 부부상' 난에 곱게 늙어 제 나이의 절반으로밖에 안 보이는 아내와 비타민 공급 상태가 원활한 2남 1녀를 기느리고 화단에 물을 주고 있는 모습으로 등장할 수 있으리라는 것도 믿어 의심치 않았다. 어쨌든 그의 태도와 눈빛은 자신의 성공을 미리부터 확신하고 있는 것 같았다.

나는 그 인턴이 정원 휴게실의 비치파라솔 밑에 앉아, 혼자서 우유를 마시고 있는 모습을 본 적이 있다. 어둑어둑한 저녁이었는데 그는 한 차례의 수술을 끝내고 왔는지, 잔뜩 늙은 표정을 하고 있었다. 그는 방금 썩은 내장을 잘라내는 모습을 보았을지도 모른다. 백열전구 밑에서 음영이 없어서 마침내 하얀 가면을 쓴 피에로처럼 마취 상태에 빠져 있는 환자의 모습도 보았을 것이다. 그는 숱한 수술을 보았을 것이며, 앞으로도 그보다 더 많은 수술을 보고, 또한 자신이 집도를 해야 할 것이다.

그리고 짧은 시일 내에 거리의 수많은 사람들이 모두 환자로 보일 것이며, 실제 사람들이 약간의 부종과 약간의 노이로제를 가지고 있다는 사실을 알고는 스스로 소외되어버릴 것이다. 그는 비치파라솔 밑에서 홀로 우유를 마시듯, 언제나 강한 고독을 느껴야 할 것이다. 실상 자기 자신도 메말라 파삭파삭이는 정결한 소독환경 속에서 병리학 사전에도 없는 묘한 병을 가지고 있는 건조성 환자라는 것을 의식하지 못한 채.

'나는 그를 웃겨야 한다. 이 병동 15호실의 환자, 습성 늑막염 환자인 나는 그 건조성 환자를 웃겨야 할 의무를 가지고 있는 것이다.'

어느 날, 나는 옥상 휴게실에서 그 인턴을 만난 적이 있다. 그는 석간신문을 펴고 비스듬히 제라늄 화분에 둘러싸여 건포도를 씹으며 신문을 읽고 있었다. 나는 그에게 얘기를 걸고 싶은 강렬한 기대를 안고 맞은편에서 그를 쳐다보고 있었다. 거리에서 방금 켜진 네온사인이 그의 잘생긴 얼굴에서 너울너울 춤을 추어 그의 얼굴을 몇 번이고 현란하게 채색시켰다. 이윽고 나는 내가 알고 있는 한도 내에서 가장 그럴듯한 유머를 생각해내었고, 곧 그 인턴에게로 다가갔다.

"수고하십니다."

"아, 예."

인턴은 의무인 것처럼 대답했다. 나는 그가 보고 있는 석간을 같이 들여다보았다. 거기엔 현미경을 통해 본 세균 같은 작은 활자로 실상 진부해져버린 사건, 사건들이 신문 전면을 깨알처럼 메우고 있었다. 나는 그 의사가 무엇을 보고 있는가를 알아냈다. 그것은 토요일판 부록으로 나온 어린이용 만화였다. 나도 그 내용을 알고 있는, 어린이들 간에 선풍을 불러일으키고 있는 만화였다. 내용은 한국의 과학 박사가 로봇을 만들어 가상 적국과 싸움을 벌인다는 것으로 제법 색도 인쇄까지 했으나, 채 이가 맞지 않아 투박한 물감이 번진, 덤핑책 표지 같은 만화였다. 한국의 로봇이 적국의 과학자가 발명한 살인 광선 때문에 위협을 받게 된다는 서투른 데생의 만화를 젊은 의학도가 초가을의 바람이 불어오는 병동 휴게실에서 우두커니 보고 있다는 사실은 묘한 뉘앙스를 불러일으켜 나를 즐겁게 했다.

"그 만화가 재미있습니까?"

"아, 예. 아주 재미있는데요."

"물론 우리나라의 로봇이 살인 광선쯤에 끄떡할 리 있겠습니까?"

"그렇지요. 아! 그런데 제법 아슬아슬한 데서 다음 호로 미루었군요."

"그건 만화가들의 상투 수단이죠."

나는 즐거워서 쿡쿡 웃었다.

"다음 호를 기다리십니까?"

"아, 아니에요. 실상 저는 말입니다. 달력을 보며 세월을 의식하는 게 아니라 이 만화를 보면서 일주일이라는 공간을 의식하는 것뿐입니다."

"하하하."

웃어야 할 듯싶은데도 인턴은 웃지도 않았고, 웃은 것은 나 혼자였다. 만화가 연재되는 23회 동안, 이 의사는 옥상 휴게실에서 무표정하게 만화를 보면서 161일을 보냈을 것이다.

나는 담배를 피워 물었다. 날이 어두워져 주의해서 들여다보지 않으면 글씨가 안 보일 때까지 인턴은 신문을 놓지 않았고 우리는 쓸데없는 얘기를 간간이 나누며 시간을 보냈다.

"제가 재미있는 얘기를 하나 할까요?"

나는 적당한 기회를 노려 그를 유혹했다.

"아, 예."

"병원에 입원하고 며칠 후였지요. 눈을 감으면 공상만 늘고, 도무지 잠을 잘 수가 없었답니다. 웬 망할 놈의 공상이 그리 많던지, 그래 별수

22

없이 저는 어느 날 간호원에게 열 시쯤에 수면제를 갖다달라고 했습니다."

나는 일단 말을 끊고 피우던 담배를 던졌다. 담배는 긴 포물선을 그리며 어둠 속으로 사라져버렸다.

"그런데 그날은 제법 피로했던 모양으로, 저녁밥을 끝낸 후 곧 운수 좋게 베드 위에서 잠을 잘 수가 있었지요. 그래 다행히 며칠간의 불면이 겹쳐 나는 꿈도 꾸지 않고 깊은 잠에 들었습니다. 그때였습니다. 간호원이 제 병실로 들이닥쳤던 것입니다."

나는 다시 말을 끊고 상대편의 눈치를 살폈다. 나는 남을 웃기려 할 땐, 적당한 기회에서 숨을 돌려야 하는 법을 알고 있었기 때문이었다.

"그리고 제 이름을 부르며 황급히 깨우는 것이었습니다. 나는 놀란 나머지, 그렇습니다. 제가 만일 1병동의 애를 밴 아낙네였다면 분명히 유산을 했을 겝니다만, 벌떡 일어나서 베드 위에 앉았지요. 핫하, 그러자 그 간호원은 약봉지를 내밀며 '수면제 잡수실 시간입니다' 라고 속삭이는 것이었습니다. 핫하, 핫하하."

인턴은 웃지 않았다. 상식 정도의 에티켓을 지키는 의미로써도 그는 약간의 반응을 보였어야 할 텐데 웃지 않았다. 마치 웃는 방법을 잊어버린 사내처럼 그는 어리둥절해서 서 있었다.

오히려 웃는 쪽은 내 쪽이었다. 허나 내 웃음은 자신의 무안을 감추기 위한 과장의 폭소로써 곧 어색하게 사라져버렸고, 이내 묘한 수치 같은 것이 덤벼들었다. 우리는 무책임하게 지껄인 유머가 주고 간 뻣뻣하고 불유쾌한 여운 속에서 무슨 말을 꺼내야 할까 하는 식의 끈적끈적한 침묵을 동시에 응시했다. 우리는 서로의 약점을 알고 있는 사내들처럼 멍하니 상대편의 어두운 얼굴을 쳐다보며 이상하게 굳어버린 침묵 속에서 헤어나려고 결사적으로 애를 썼다. 그때 다행인 것은 어색한 침묵을 깨뜨리며 간호원이 뛰어온 것이었다.

"어머나 김 선생님, 여기 계셨군요. 한참을 찾았는데, 아래층에서 부르세요."

그러자 인턴은 비로소 비상구를 발견했다는 듯, 잰 걸음으로 문 앞으로 다가섰고, 잠시 그것도 의무인 듯한 몸짓으로 나를 돌아보았다.

"참, 몸은 괜찮으시오?"

"정상, 정상입니다."

나는 거수경례하는 훈련병처럼 큰소리를 냈다. 그리곤 한기가 스미는 휴게실에서 새로운 담배를 피워 물었다.

그즈음 내 몸은 적이 쾌조를 보이고 있었다. 원래 늑막염이야 1, 2개월이면 완쾌될 수 있는 병으로 문제는 폐결핵인데, 결핵이 나을 때까지의 긴 세월을 팔자 좋게 입원생활을 하며 지낼 수는 없는 형편이었기 때문에, 나는 불원간 퇴원을 해야 할 판이었다. 허나 나는 그네들이 진단을 하고, 뢴트겐을 찍고, 가래 검사를 한 후, 이제는 퇴원해도 좋습니다라는 확인을 주고 나서도 약간의 미열에 들떠 있어야 했다. 그것은 물론 결핵의 증세인, 그 후에 상승하는 미열 때문이기도 하지만, 그 인턴을 웃길 수 없다는 초조감 때문이었다. 사실 나는 그즈음 아침에 일어나서부터 자리에 들 때까지 상한 짐승처럼 끙끙거리며 나의 거대한 작업을 완성시키려고 애를 썼고, 토요일 오후, 퇴원하기로 작정한 날이 다가올수록 그를 아직 웃기지 못했다는 불안과 초조로 봄닭처럼 안절부절못하고 있었던 것이다.

나는 복도 한가운데 붙어 있는 일직 당번 칠판에 그 젊은 인턴의 이름이 분필로 적혀 있는 것을 발견할 때마다, 주위의 눈을 피해 그것을 지우고 대신 그곳에 '망아지'라는 동물 이름을 쓰고 싶은 충동을 받곤 했다. 그렇다면 그는 무심코 자기의 이름 대신 '망아지'라는 동물이 쓰인 것을 보고는 얼핏 웃을지도 모르는 일이기 때문이었다. 어떻게 운수 좋으면, 재재거리기 좋아하는 간호학교 학생들이 그것을 발견한 다음, 그에게 '망아지'라는 닉네임을 선사할지도 모른다. 도대체 한 인간에게 '망아지'와 같이 좀 얼빠진 별명이 붙는다는 사실은 얼마나 유쾌한 일인가.

아니면 나는 가장 못생긴 간호원의 이름을 도용해서 그 인턴에게 연애편지를 써 보낼까도 생각했다. 그러면 그 인턴은 쉽사리 마음이 풀어져 정구 치는 사내처럼 유연한 몸짓으로 가끔 웃음을 뿌리며 다니게 될지도 모른다.

아니면 그에게 독한 술을 두어 병 먹여볼 수는 없을까. 그러면 그 사내의 오랫동안 누적되고 억제된 유희본능이 해빙되어 어쩌면 병동 한복판에서 〈노란 샤쓰 입은 사나이〉를 큰소리로 부르게 될지도 모르는 일이었다.

아니면 의사들은 모두 발달되고, 때묻은 인간과의 유머에 권태를 느꼈기 때문에 단순히 원시적인 행동에서 순수한 카타르시스를 느낄지도 모르는 일이었다.

가령 어떤 나이 어린 여자애가 병동 한복판에서 배설을 하고 있는 모습을 보았다면 그들은 엉거주춤한 모습에서 통쾌한 희열을 느낄지도 모르는 일이었으며, 변소에 누군가가 유치한 내용으로 낙서를 하고 거기다가 춘화까지 대담무쌍하게 그려놓았다면, 의사들은 별로 변의(便意)를 느끼지 않으면서도 그 수세식 변소에 틀어박혀 치졸한 나상(裸像)을 쳐다보며 마구 문명을 비웃어주고 싶은 통쾌한 해학을 느낄지도 모르는 일이었다.

나는 퇴원하기 하루 전, 휴게실에서 어두워져가는 병동을 바라보며 그런 생각을 했고 형광등이 환히 빛나는 병동이 흡사 여러 갈래로 유리된 미로와 같다고 생각했다. 그때 내게 떠오른 것은 강의 시간에 미로에 빠진 채, 강렬한 먹이의 유혹을 몸부림치며 반추하던 실험용 쥐의 모습이었다. 교수는 엄숙하게 '이 쥐는 미로에 빠져버린 것이다'라고 말을 했지만, 내겐 그렇게 생각되지 않았다. 새로운 방황이 그 쥐에게 열린 것이다. 반복, 반복으로 터득한 안이한 먹이로의 길보다는 충분한 포식을 즐길 수 있는 새로운 미로가 쥐 앞에 전개된 것이다. 나는 그 쥐에 대해 열렬한 성원을 보냈다.

나는 이 철근 콘크리트로 격리한 견고한 미로 속에 쥐 대신 그 젊은 인턴을 삽입해보자고 생각했다. 그리하여 그날 밤, 나는 병동이 잠들기를 기다려 간호원의 눈을 피해 1병동에 있는 문패와 2병동에 있는 문패를 모조리 바꿔버렸다. 나는 그 거창한 작업에 거의 온밤을 새워야 했을 정도였다. 가을밤, 환자복만을 입고 층계를 수십 번 오르내린 피로와 추위 끝에 나는 둔한 통증을 느끼며, 그러나 유쾌한 마음으로 잠자리에 들었다. 내 병실 앞에 걸려 있는 이름은 해산일을 앞둔 여인의 문패였으니까 나는 그날 밤만은 늑막염 환자가 아니라 만삭의 여인이 된 셈인 것이다. 자, 이 병동의 의사와 간호원들은 어떤 방황을 시작할 것인가. 나는 나의 인턴이 새로운 방황의 길로 떠나주기를 기원했다. 뛰어라, 미로에 빠진 나의 투사여.

다음날 나는 늦잠을 잤다. 나는 잠을 자면서도 병동 전체가 달라질 것임을 의심치 않았다.

오전 여덟 시경. 나는 칫솔을 들고 병실 복도를 어슬렁거리며 무언가 달라진 낌새가 있는가를 관찰하였다. 하지만 섭섭하게도 아무것도 달라진 것이 없었다. 언제나 그러하듯 간호원들은 잰 걸음으로 복도를 뛰어다니고 있었고, 의사들은 알루미늄 식기 같은 얼굴을 반짝거리며 2층 계단을 오르내리고 있었다.

아침을 치우는 작업부들은 엘리베이터로 식기를 부산스럽게 운반하고 있었고, 병동은 그대로 어항처럼 투명한 건물 속에서 끓고 있었다. 나는 어젯밤 내가 기를 쓰며 가까스로 바꾸어놓았던 병실 문패가 제각기 제자리에 놓여 있는 것을 보았다. 어느 틈엔가 고등동물인 그들은 제 스스로 미로를 제거할 줄 알게 사육된 것이다. 나의 마지막 시도는 그들 앞에서 완전히 좌절되고 만 것이었다.

오전 아홉 시. 의사들은 동물원에서 갓 수입한 열대동물처럼 떼를 지어 회진을 시작했다. 간밤에 수면을 잘 취했는지 그들은 더욱 정결해 보였다.

"오늘 퇴원이시죠?"

우두머리 의사가 가운에 손을 찌르며 여전히 사탕이라도 꺼내줄 듯한 몸짓으로 물었다.

"그렇습니다."

나는 정확하게 대답했다.

"몸은 어떻습니까?"

"정상입니다."

"퇴원하실 때 간호원에게 약을 받아 가십시오."

"알겠습니다."

이윽고 젊은 인턴이 나를 쳐다보았다.

"어젯밤 뭐 잃으신 물건은 없는지요?"

"글쎄요. 없는 것 같은데요. 뭐 도둑이라도 들었나요?"

"아, 예. 다행이군요. 어젯밤에 굉장히 장난꾸러기 소질을 지닌 도둑놈이 들었습니다."

"핫하하."

나는 유쾌하게 웃었다.

"병원에 피해라도 있습니까?"

"글쎄요. 아직까진 발견 못하고 있습니다만 오전중으로는 판명이 되겠지요. 저, 그럼 항상 건강하시길 빕니다."

그들이 제각기 무어라고 주의말을 주면서 사라져버리자, 젊은 의사는 내게 악수를 청했다. 나는 그의 손을 마주 잡았다.

그날 오후, 나는 퇴원했다. 병원 앞뜰까지 택시를 불러다놓고, 나는 동생과 더불어 짐을 날랐다. 병실에서 죽어가고 있던 국화꽃 두어 송이를 가슴에 꽂고, 우리 형제는 결혼식장에 들어간 귀빈처럼 즐거웠다. 동생은 내게 축하한다는 의미로 시내를 한 바퀴 드라이브하자고 했다.

우리는 곧 차에 탔고 차는 발동을 걸기 시작했다. 그때 나는 차창 너머로 그 젊은 인턴이 어떤 아름다운 여인과 파라솔 밑에서 콜라를 마시고 있는 모습을 발견했다. 그 모습은 한 폭의 그림처럼 인상적이었다. 그 순간 차는 급커브를 틀었고, 나는 온몸에 돋친 비늘이 반짝이는 것처럼 병원 창문마다 비낀 햇살의 반사를 무표정한 자세로 반추하고 있는 병원 자신을 쳐다보았다.

그리고 나는 점점 멀어져가는 병원 한구석 코스모스 피기 시작하는 병원에서 방금 그 젊은 인턴이 웃음을 띤 것 같은 환영을 보았다. 나는 그것이 사실인가를 확인하기 위해서 바짝 차창에 눈을 밀착시키고 무어라고 손짓을 해가며 얘기를 나누고 있는 나의 사랑스러운 환자를 쳐다보았다. 하지만 내가 보았던 것이 한 개의 착각이었을까, 아니면 찰나적인 웃음에 틀림없었는가 하는 문제는 이미 별스런 의미를 가질 수 없었다. 왜냐하면 이제 우리는 상대적으로 환자가 아니기 때문이었다. 나는 그에게서 퇴원을 했고, 또 그는 내게서 퇴원을 한 셈이었던 것이다. 그러나 나의 환자였던 사내가, 초추의 햇살이 분수처럼 떨어져 쌓이는 뜨락에서 언젠가 내가 보았던 것처럼 고독하게 홀로가 아니라 예쁜 여인과 둘이서 콜라를 마시고 있다는 사실이 나를 감격하게 만들었다. 나는 마음속으로 그 여인이 그를 잘 요양시켜주기를 기원했다.

어느새 차는 로터리 신호등에 걸려 있었고, 이제 나는 통행금지 시간을 걱정하고, 신호등에 위반되지 않으려 걱정하고, 시민증을 꼭꼭 가지고 다녀야 하는 새로운 소시민으로서 파스와 나이드라지드를 하루에 꼭꼭 세 번씩 복용하며, 낙엽 떨어지는 소리에도 슬퍼해야 하는 길고 긴 방황의 생활과 서서히 마주하고 있는 것이다.

동생은 내게 유혹하는 목소리로 자기가 최근에 발견한, 술값이 싼 술집과 재미있는 영화를 하는 극장이 어디인가를 알려주었다.

2와 $\frac{1}{2}$ ※

제9회 사상계 〈신인문학상〉 수상작

아무래도 그 주사만큼은 맞지 않았어야 했다. 다른 사람들처럼 잘 봐 줍쇼라고 담배나 권하며 슬슬 우물쭈물 꽁무니 뺄 것을, 무슨 큰 영웅이 나 된 듯이 팔뚝을 걷어붙이고 예방주사를 맞아버린 것은 아무래도 틀려 먹은 짓이었다. 그 따위 주사를 맞아야 꼭 장티푸스가 예방된다면 지금 껏 난 매해 여름이면 소위 엠병에 걸려 머리털이 빠졌어야 했을 것이다. 그렇다고 이번 여름은 유독 덥고, 어딘가 몸 한구석이 망가져버린 듯 피 로하니, 그런 예방주사쯤 맞아두어 만일을 예비하자는 뚜렷한 목적의식 하에 방역원 앞에 팔을 내민 것은 아니었다. 그 이유는 나도 잘 모른다.

아, 아, 이 따분한 토요일 오후, 다른 회사 사람들은 이미 퇴근해서 껄 껄거리며 술을 마시며, 여인을 유혹하며, 오줌을 질질 흘리며, 제 시간을 즐기고 있을 시간에, 특근이랍시고 사무실에 붙잡아두고, 덜컹이는 윤전 기 소리와 활자공들의 고함 소리 속에서 권태롭기 짝이 없는 사무를 보아야 한다는 사실에 잔뜩 분노를 느끼고 있을 때였으니까, 사실 그것이 장티푸스 예방주사가 아니고 비소(砒素) 주사였더라도 나는 맞았을 것이다. 하지만 권태로운 것보다는 차라리 그 예방주사로 가벼운 장티푸스를 앓으며 따분한 주말의 오후를 보내자는 나의 막연한 기대는 완전히 오산이었다.

오후 세 시부터 굉장히, 굉장히 아파오기 시작했다. 주사를 맞은 오른팔은 꼼짝도 할 수 없을 정도로 무거워왔고 확확 달아올라, 깁스를 댄 사람처럼 오후 내내 나는 왼손으로만 오자(誤字)를 골라내고, 왼손으로만 전화를 받아야 했다. 그뿐인가. 덥기도 하고 몹시 춥기도 한 사뭇 미묘한 열 때문에 나는 마치 기름독에 빠진 곤충처럼 필사적으로 땀을 흘리며 허우적거려야 했다.

이러한 때 오후 아홉 시까지의 근무는 무리였다. 하지만 나는 참을 수 있을 때까지 참기로 했다. 저 아우성치는 기계 소리와 타이프 소리, 외무 사원들의 농지거리, 전화벨 소리, 부장의 하품, 이상하게 더운 화학섬유로 만들어진 남방 밑으로 끈적이는 땀—이 모든 것을 참기로 했다.

나는 실로 이를 악물고 망할 놈의 소(小)장티푸스와 타협해보려고 노력하였다. 오후 일곱 시까지는 그래도 용케 참을 수 있었다.

유리창 밖으로 어둑어둑 밤이 깃들이고 사나운 거리가 값싼 화장품 냄새로 점점 익숙해지고 노골화돼가자, 나는 더이상 참는 것은 무모한 짓이라고 결심을 하고는 불쑥 부장 앞으로 갔다.

"이런 말씀을 드린다면 기분이 어떠실지 모르겠지만 전 지금 굉장히 아픕니다. 저……."

나는 그것이 나의 책임인 것처럼 비굴해져 있었고, 속마음은 꾀병이 아니라는 것을 어떻게 표현하는 것이 가장 실감나는 것일까라는 어처구니없는 문제로 갈팡질팡하고 있었다.

"정말입니다. 전 지금······."

"아, 알겠네. 그만 퇴근해도 좋겠네."

부장은 웬일일까, 선뜻 응낙을 했다. 나는 밀린 초교 한 뭉치를 서랍 속에 집어넣고, 경리과로 내려갔다.

"기분 어떠실지 모르지만······."

경리과에선 언제든 전당포 냄새가 났다.

"돈을 좀 가불할까 하는데요."

주판을 튀기던 못생긴 여인이 나를 올려다보았다. 그 눈빛엔 노대체 이 녀석 어딘가에 흠잡을 곳이 없는가, 일테면 전당포 창구에 밀려진 철 지난 외투처럼, 좀먹은 데는 없는가, 속으로 빵꾸가 나지는 않았는가, 과연 철이 지나긴 했지만 저당 잡아도 좋을 만큼 천이나 디자인이 괜찮은가 하는 기막힌 가치판단의 예지가 번득이고 있었다. 나는 그녀에게 내 인생을 맡겨버리고 싶었다.

"아까 오전에 과장님에게 말씀드렸었고, 어느 정도 응낙을······."

"알고 있어요."

"이런 말을 해야 할지는 모르겠습니다만 내일 아버지 산소에 가야 하기 때문에 적어도······."

"얼마라고 하셨지요?"

"1천 원입니다."

"차용증을 써주십시오."

나는 빠닥이는 돈을 받았다. 그리고 토요일이 교회당의 비둘기처럼 자글자글 끓어대는 거리로 나섰다.

거리는 은밀하게 타오르고 있었다. 사람들은 담배를 짓씹으며 불한당처럼 여인들을 유혹하고 있었고, 젊은 축들은 침을 퉤퉤 뱉으며 거리를 방황하고 있었다. 아무 곳에도 갈 곳이 없고 누구와 만나기로 한 약속도 없었지만 나는 일주일이 쓰레기통 속에 버려지는 토요일 저녁을 사랑하고 있었다. 나는 즐거운 마음으로 사람들 사이를 헤엄쳐 다니기도 했고, 어느 술집에서 술을 마셨고, 중국 검술 영화 하는 극장 앞에서 집에 들르지 말고 낯익은 창녀애와 하룻밤을 잘까, 잠시 궁리하다가 버스를 타고 집으로 돌아왔다. 좀더 돌아다닐 수 있었지만 일요일 아침 일찍부터 내게 할 일이 있었기 때문이었다. 며칠 전 아침신문 아래칸에서 서울시장 명의로 된 분묘이장 공고를 보았는데, 바로 아버님 산소 있는 곳에 새로 주택단지가 들어서기 때문에 절반 넘어나 이장된다는 것이었다. 때문에 나는 일요일 아침에 시외버스를 타고 아버님의 산소는 그 커트라인에 들어가는가, 제외되는가를 알아봐야 하는 스케줄이 있는 것이다.

버스에서 내리자 또 몸이 아파왔고, 완전히 오른쪽 팔목이 마비 상태에 빠져 있었다. 망할 놈의 예방주사. 나는 뻔뻔스럽게 생긴 보건소 직원과 그의 주사약을 원망했다.

갑자기 이슬비가 내리기 시작했다. 끈끈한 비의 감촉이 술 몇 잔에 달아오른 목덜미를 핥아대고 있었다.

이상하게도 어디선가 시금치 끓이는 냄새가 났다. 나는 단골 약방에서 진통제 몇 알을 샀고 30분 가량이나 약방 주인과 같이 텔레비전을 보았다. 텔레비전에서는 권투 중계방송을 하고 있었다.

"우리는 이길 겁니다."

아나운서가 흥분해서 소리를 질렀다. 나는 다시 약방을 나와 집으로 가는 골목으로 들어섰다. 눅눅한 습기 냄새가 골목골목에서 음산하게 풍겨왔고, 애 우는 소리와 그릇 달그락대는 소리 같은 것이 뒤범벅되어 내리는 빗속에 가라앉아 있었다. 대문은 그냥 열려 있었다. 나는 천천히 어두운 집안으로 들어섰다.

"이씨유?"

문간방 문이 예기치 않게 드르륵 열렸다. 그 계집애였다.

"담배 있으면 한 대 주고 가요."

"그거야 어렵지 않지."

나는 후줄그레 젖은 상의 포켓에서 담배를 하나 꺼내주었다.

나이답지 않게 근육, 근육이 비상하게 발달된 계집애. 검은 살결 밑에 풍만하고도 거대한 갈색 정욕을 비장하고 있는 계집애. 저 노골적이고, 피로에 젖은 눈매로 담배를 뿜어대는 귀엽고도 작은 입술을 보라. 슈미즈 속으로 알 밴 게처럼 터져나올 듯한 유방과 육감적인 어깨의 선. 기대감을 불러일으키는, 범람하는 강처럼 엄청난 둔부, 짧은 다리 위에 저처럼 무르익은 과일들을 지탱하고 있는 질기디질긴 본능. 동물적인, 너무나 동물적인 음탕하게 빛나는 눈.

나는 강한 갈증을 느꼈다. 갑자기 계집애가 내 옆으로 다가왔다. 살찐 그녀의 유방이 마비된 나의 오른팔 위에서 꿈틀거리고 있었다. 차라리 그것은 통렬한 쾌감이었다.

"이씨, 오늘밤에 우리 방에 오지 않을라우? 내 밤에 문 따놓구 잘게. 밤 한 시쯤 살짝 와요."

그 계집애의 입에선 술 냄새가 났다. 나는 제법 공범자처럼 낄낄 웃었다. 내 머릿속에 한 편의 영화처럼 완전히 구상된 이 계집애와의 정사. 어두운 밤 꿈결처럼 이 방문을 열고 들어서서 옷깃 스치는 소리를 내가 며 차례차례 아주 수일을 두고 생각했던 대로 그녀의 몸을 정복하는 계획. 그 치밀하고도 완전한 여름밤의 정사. 나는 상상만으로도 적이 피로해졌다.

"이씬 꼭 우리 오빠 같애."

"못하는 소리가 없다니까."

"오빠 같은 사람하고 하룻밤 자봤으면."

계집애의 몸에선 썩은 땀 냄새가 났다. 나는 식인종처럼 그녀의 몸에 상상의 칼을 대었다.

"보는 사람 없다니까요. 자, 뽀뽀 한번 해줘요, 오빠."

나는 멍청하니 서있었다. 아, 아, 망할 놈의 토요일 저녁에, 망할 놈의 예방주사다. 순간 계집애의 입술이 번쩍이며 내 얼굴을 날쌔게 문지르더니 웃음소리와 함께 딜컹 문이 닫혔다.

"내 문 따놓고 잘게요. 깔깔."

나는 순간적인 그녀의 입술이 주고 간 끈적끈적한 타액을 혀끝으로 핥으며 서있었다. 내 머릿속으로는 어둡게 빛나는 칼날의 번득임 같은 것과 보지는 않았지만 말은 들어본 남양지방의 이상한 식물─날아가는 곤충이 꽃잎에 앉으면 주머니 같은 꽃잎이 오므라들어 곤충을 체액으로 융해하여 흡수해버린다는 식물─같은 것이 뒤범벅되어 떠올라 새로운 아픔이 나를 괴롭히기 시작했다. 나는 바깥채로 들어서서 2층 내 방으로 들어왔다. 열쇠를 따고 문을 여니 동생에게서 편지가 와 있었다. 보나마나 그 내용은 뻔할 테지. 형님. 우리 집안은 지금 결속해야 할 때입니다,

형님. 오냐, 결속해야 할 때고말고.

나는 진통제를 두 알이나 먹고 자리에 들었다. 곧 잠이 들었다.

다음날 새벽 나는 잠이 깨었다. 무언가 왁자지껄한 소음이 아래층에서 들려오고 있었다. 호루라기 소리도 들려왔고, 비명 소리 같은 것도 들려왔다. 나는 어렴풋이 잠결 속에서 그 소리를 듣고 있었다. 바로 그때 2층 내 방으로 누군가 쿵쾅거리며 올라섰다. 그리고 문이 부서질 듯이 방문을 두드렸다. 나는 벌거벗은 채로 일어섰다. 제기랄, 나는 툴툴거리며 방문을 땄다.

"당신이 이시영 씨요?"

"그렇습니다."

나는 맥 빠진 하품을 했다. 비, 비가 자욱이 내리고 있었다. 조용히, 비가 퇴색해가는 어둠 속에서 내리고 있었다. 플래시가 갑자기 내 얼굴을 비춰왔다.

"옷 입고 나오쇼."

"아니, 저, 도대체 무슨 일입니까?"

"어쨌든 나와보쇼."

아직까지 잠에서 덜 깨어났던 나는 그제야 그들이 경찰이라는 것을 알았다. 플래시를 든 경찰의 우의에선 물방울이 함부로 튀고 있었다. 나는 공연히 떨리는 손으로 옷을 주워 입었다. 아, 오른손이, 오른손이 칼로 에이는 듯한 통증을 주어왔다. 망할 놈의 예방주사. 애당초 그놈의 주사를 맞지 않았어야 했는데…….

먼동이 빗줄기 속에서 터오고 있었다.

"이런 말씀 드리면 기분 나쁘시겠지만 도대체 뭡니까?"

"살인사건입니다."

경찰은 무표정하게 뇌까렸다.

"예? 살인사건이라고요? 아니 그럼 누가 죽었다는 겁니까?"

그러자 내 머릿속엔 그 갈색 피부의 계집애가 직감적으로 떠올랐고, 나는 갑자기 온몸의 힘이 빠져나가는 것을 느꼈다. 아래층 마당엔 이 집 가족들 모두가 나와 있었다. 몇 명의 여자들은 소리 죽여 울고 있었고, 남자들은 멍하니 하품을 하고 있었다. 새벽 잔영이 쓸쓸히 머무른 퇴락한 집안으로 이상하게 여느 때에는 느낄 수 없던 술렁이는 생활 냄새가 느껴지기도 했다. 나는 사람들 어깨 너머로 그 계집애의 방을 넘겨다보았다. 계집애는 벌거벗은 채로 침대 위에 넘어져 있었다. 평소엔 볼 수 없던 몇 개의 유치한 문신이 계집애의 배 위에 새겨져 있었다. 사방에서 터지는 플래시 속에서 통통하고 온통 매니큐어를 칠해버린 듯한 비로드 색깔의 계집애 몸뚱어리는 영원한 포즈를 취하고 있는가 움직이질 않았다. 매우 서투른 화가가 아무렇게나 데생해버린 구도처럼 계집애는 쓰러져 있었다. 슈미즈가 찢겨 있었고, 목에는 브래지어가 감겨 있었다. 아아, 무엇을 보았을까, 저 계집애는. 죽는 순간에 바로 무엇을 보았을까. 탐스러운 갈색 유방은 핑크색 조명을 받고 올리브유를 바른 것처럼 번쩍이고 있었다.

우리는 비를 맞으며 마당에 서있었다. 집 뒤에 서있는 교회당에선 순간 맹렬히 거룩한 일요일을 알리는 종소리가 들려왔고, 우리는 완전히 잠이 깨었다. 나는 오슬오슬 한기를 느끼며, 부산스레 왔다갔다 하고 있는 순경에게, 2층에 가서 스웨터를 입고 와도 괜찮은가고 물었다. 그러자 갑자기 신경질적으로 안 된다고 고함을 질렀다. 별수 없이 나는 추위를 참기로 작정해야만 했다.

"자살이 아닐까요?"

뒤에 서있던 아낙네가 은밀한 목소리로 내게 물었다.

"글쎄요."

"아닙니다. 분명히 타살입니다."

연극 같은 것에서 조명을 맡아보고 있는 사내가 단호하게 말을 뱉었다. 그리고 그는 나지막한 소리로 불운한 동료들에게 물었다.

"누구 혹시 간밤에 이상한 소리 못 들었나요?"

"못 들었는데요."

"저두요."

"간밤에 비가 내렸잖아요."

"난행당한 흔적이 있다던데요."

"몇 시에 발견됐대요?"

"두 시라던데요. 왜 주인집 둘째 아들 있잖아요? 그 사람이 발견했다던데요."

"그런데 왜 그 사람은 두 시에 그 여자 방을 들여다봤담."

누군가 약간 장난기 어린 소리로 말을 했고 여러 아낙네가 이번엔 숨죽여 웃었다.

"원래 바람기가 있는 애 아녜요. 열아홉 살 아이치곤 못하는 짓이 없었잖아요?"

"맙소사. 난 그래도 스물대여섯 살은 더 먹은 줄 알았는데."

"그런데 난 일년 가까이 같이 있었는데도 그애가 뭘 해서 먹고 사는지 모르겠다니까요."

"뻔하지요."

한 여인이 눈을 반짝이었다.

"아무렴요. 그거야 뻔하지요."

모두들 한마디씩은 동조를 했다. 나는 한기와 더불어 굉장한 몸살을 느끼고 있었다. 이번엔 그냥 막연한 아픔이 아니었고, 온 관절이, 온 부분이 그냥 내리 콱콱 쑤시는 아픔이었다. 나는 이를 악물고 진땀을 흘리고 있었다. 정말이지 이럴 바엔 차라리 장티푸스를 그대로 앓아버리는 게 나을 성싶었다.

마당 아래로 게딱지 같은 지붕들이 내다보였고, 부우연 빗줄기 속에서 지붕들은 어깨를 이고 침전해 있었다.

날이 완전히 밝자 우의를 입은 경찰관이 우리를 이끌고 작은 쓰리쿼터에 태웠다. 우리는 피난민 시절 배급을 기다리는 사람들처럼 피로한 표정으로 차례차례 올라탔고, 무언가 불안한 마음으로 차 속에서 서로의 얼굴을 쳐다보고 있었다. 차는 흙탕물을 튀기며 달리기 시작했다. 차 후미 빠끔히 열린 아가리로 비 오는 일요일 아침이 전개되고 있었다. 일요일은 편물기 속에서 실들이 직조되듯, 가로로 세로로 질서정연하게 엉키기도 하고 풀리기도 하고 있었다. 나는 어두운 얼굴 가운데서 주인집 둘째 아들의 얼굴을 찾아내었다. 그는 침착하게 담배를 피우고 있었다. 평소에는 별로 같이 말을 나눈 적은 없었지만 동리 어귀 술집에서는 몇 번 술을 같이 했던 청년이었다. 그는 언제나 술을 혼자 먹었다. 그렇다고 유별나게 많이 먹는 것도 아니었고 꼭 제 주량만큼만 비우곤 했다. 나는 언제든 그 청년을 별로 좋아하지 않았다. 그 청년의 몸에선, 이상하게도 암울한 곳에 떨어진 동전 한 닢이 일순 반짝거리는 것과 같은, 안간힘을 쓰고 진땀 흘리는 조바심 같은 것이 엿보였기 때문이었다. 생활에 찌들어 가는 냄새라든가 어린애가 앙앙거리며 우는 생활 같은 것에 초연하여 청년의 몸가짐은 마치 온몸에 스스로의 방부액으로 밀초를 칠해놓은 사내처럼 유독 돋보이곤 했다.

"도대체 우리는 어디로 가는 것일까요?"

한 아낙네가 내게 물었다. 그 여인의 입에서는 일요일 아침에 늑장부리는 여편네들 입에서 흔히 나는 단호박 냄새가 났다.

"글쎄요."

나는 그제야 주머니 속에 어제 저녁때 사둔 진통제가 있음을 알았다. 나는 두 알을 꺼내 천천히 침으로 녹이었다. 차는 로터리에서 급커브를 틀더니 쿨럭이며 정지했다. 운전대 옆에 앉았던 우의 입은 경찰이 뒤쪽으로 와서 우리에게 내릴 것을 명령했다. 우리는 양순하게 차례차례 내렸다. 나는 게시판에서 '우리는 싸우면서 건설한다'라는 구호를 보았다. 어린애들 두 명이 지나가면서 "간첩인가부다, 간첩" 하며 시시덕거렸다. 나는 약간 절망했다.

그래 오늘 아침엔 내게 할 일이 있었다. 존경하는 아버지의 묘지가 불도저에 싹둑 밀려나갈지도 모르는 일 아닌가. 우리는 수사계로 끌려들어갔고, 잠시 의자에 앉아 쉬고 있었다.

"이것 보세요."

조명을 맡아보고 있는 사내가 탁자 위에 아무렇게나 놓여 있는 조간신문을 펼쳐들었다. 신문 사회면에는 토요일 밤과 일요일 아침의 틈바구니 속에서 벌어진 바로 우리 집 안채의 살인사건을 취급하고 있었다.

"어쩌면. 아, 아."

그 남자의 부인이, 우리가 일요일 아침마다 들여다보았던 신문 속의 기사가 모조리 요원하고, 딴 나라 사람 얘기 같았던 전례를 깨뜨리게 해준 계집애의 사진을 들여다보며 어쩐지 의기양양하게 감탄사를 발했다. 나는 모든 여인들은 어떤 면에선 저러한 죽음과 갈색 정욕 따위 마구 부패해가는 타락 같은 것을 원하며, 은밀한 동경을 금치 못하고 있을지도 모른다는 충격을 받았다. 잠시 후 사복을 한 눈매 매서운 사내가 우리들 앞에 나타났다.

"여러분들 아주 죄송하게 됐습니다."

사내는 별로 죄송하지 않은 표정으로 서두를 꺼냈다. 그리고는 여러분들을 이곳에 모셔온 것은 어떤 참고될 만한 단서를 얻을까 해서 그런 거니까 마음을 푸욱 놓으셔도 괜찮겠고, 묻는 말엔 솔직담백하게 대답해주길 바라며, 사실 죽은 사람이 별로 반항한 흔적이 없는 것으로 보아 여러분들 중에 한 명이 범인일지도, 핫하하, 이 말은 농담이지만, 모르니까 지시사항 이외에 함부로 자리를 이탈하지 말아줄 것과 조금 후부터 진지한 토론이 있을 예정이니 배가 고픈 사람들은 경찰서 뒤쪽에서 음식을 시켜다 먹어줄 것을 당부하고는 사라져버렸다. 우리는 각각 주머니를 털어 맹물처럼 허연 곰탕을 한 그릇씩 먹은 후 다들 의자에 몸을 기대고, 부족한 아침잠을 충당하려고 작정했다. 서민적인 것들은 어디서든지 잘 먹고, 또 어디서든지 잘 잘 수 있다. 비록 의자가 나무의자로 딱딱하고 수사계 안이 어딘지 모르게 식민지 냄새를 음산하고 차갑게 풍긴다 할지라도 그들은 의좋게 하나둘 어깨를 기대고, 머리를 기대고 잠을 잘 수 있는 것이다.

소위 그들이 말하는 진지한 토론은 오전 열 시부터 시작되었다. 한 사람, 한 사람 따로 불리어서 옆방으로 끌려들어갔다. 아, 아, 나는 또다시 지독한 아픔과 싸워야 했다. 그것은 정말 무지막지한 통증이었다. 사실 나는 오래전부터 아주 적은 시간 이외엔 끊임없이 혹사당하고 있었던 것이다. 토요일 오후까지, 어떤 때는 일요일까지도 나는 근무를 해야 했고, 그것은 이번 주만이 아니었다. 어제도, 그제도 내가 기억하는 내 인생 저 깊은 곳에서부터 나는 줄곧 부림을 당하고 있었다. 그리고 이렇게 예방주사를 맞은 것과 같은 본의 아닌 아픔도 이번이 처음이 아니었다. 집단적인 이웃과 이웃 사이에서 따스한 체온을 나누려면, 그저 세금을 꼬박꼬박 낸다거나, 시민증을 꼭꼭 가지고 다니거나, 국민의 의무인 통행금지 시간을 엄수하고, 군복무를 필한다는 자격 이외에도, 예방주사처럼 합리화된 독소에 몸을 떨어야 했다. 사회를 움직이는 것은 모두 우리네 생활과는 동떨어진 것이었다. 가령 투표를 한다는 최대의 권리 밖에서 사회는 움직여지고 있었고, 그저 나는 언제나 아픈 곳이라고는 없이 생이빨을 빼야 하는 듯한 본의 아닌 아픔 속에서 양순하게 사육되어온 것이다. 그것은 아버지의 시대에도 그러하였다. 내가 신화처럼 존경하는 아버님은 일제시대 때 아무런 이유도 없이 일본놈들에게 처형된 사람이었다. 마치 헤엄도 칠 줄 모르면서 물에 빠진 사람을 구하러 물에 뛰어든 어처구니없는 사람처럼 아버지에겐 아주 서민적인 퇴폐한 도덕이 있었을 것이다. 아버지나 내게 끊임없이 요구되고 있는 것은 바로 그처럼 서민적인 희생 같은 것뿐이었다. 우리는 모두 약간의 돈을 가지고 있으면서도 도박판에 끼어들지 못하고 그저 단지 내가 이 판에 끼어들어 이 돈을 잃어버리면 어쩌나 하는 막연한 불안의식과 체념 같은 것을 가지고 있기만을 강요받아왔던 것이다. 돈을 따고 잃는 것은 그들의 권리요, 훈장을 나눠 달고 마침내 열쇠장수처럼 온몸에 훈장을 달고 쩔그렁거리는 분열식(分列式)을 올리는 것은 모두 그들의 것이었다.

이처럼 멍청하게 이상한 곳에 있어야 하는 경우도 이번이 처음은 아니었다. 분명히 예매권을 사두었는데도 미리 예약된 다른 사람이 앉아 있는 것과 같은 수없는 착오 속에서 나는 살아온 것이다. 그것은 스스로 걸어온 상태가 아니라, 탁한 물 밑에 가라앉은 앙금처럼 밀려온 상태였다. 그곳이 어딘가 돌아보려면 나는 또다시 다른 곳에 밀려와 있었다.

아, 원칙적으로 내가 있어야 할 곳은 이곳이 아니었다. 바로 아버님의 산소였던 것이다. 이 음울한 일요일 아침, 아버님 산소에서 부드러운 풀을 뜯으며 약간의 우수 속에 잠겨야 했을 것이다. 그런데 망할 것, 아버님의 산소도 재수 없으면 본의 아니게 이장될 우려가 있는 것이다. 새로운 서울이 무덤 위에 건설되는 것이다. 말하자면 죽은 자 위에 산 자가 솟아오르는 것이다.

"이서영."

누군가 나를 불렀다. 호출되는 상태. 어릴 때부터 나는 호출되는 상태 속에서 자라왔다. 얼마나 많은 입들에서 나의 이미지가 반짝이었는가.

나는 그 방으로 들어섰다. 아까의 사복 입은 사내와 정복 경찰들이 나무의자에 앉아 있었다. 밝은 백열전등이 얼굴의 음영을 벗겨, 그들은 마치 가면을 쓴 것처럼 뻣뻣하고 무기미해 보였다.

"앉으시오."

그들은 낮게 그러나 명령하는 투로 말을 뱉었다. 나는 덩그러니 방 한복판에 놓여 있는 의자 위에 앉았다.

"내 묻는 말에 솔직히 대답해주시오. 아, 뭐 그렇게 딱딱해하실 필요는 없구, 담배 피우시나요?"

"죄송하지만 피웁니다."

"태우십시오."

사복 입은 사내가 신탄진 한 개비를 권했다. 나는 담배를 받아 물었다.

"올해 몇입니까?"

"서른입니다. 본의 아니게 나이만……."

"결혼은?"

"아직 못했습니다."

나는 좀 씁쓸해져서 웃었다.

"뭘 하고 계십니까?"

"뭘 하다니요?"

"아, 저 직업 말씀이죠."

"어떠실지 모르겠지만 아주 자그마한 출판사에 나가고 있습니다."

"어제 몇 시에 퇴근하셨습니까?"

"오후 일곱 시입니다."

"정확한 시간입니까?"

"제가 기억하는 한으로는 맞을 겝니다."

"집에 들어오셨을 때까지의 경위를 말씀해주십시오."

"퇴근하고 나서 술을 한잔 마셨지요."

"어디서요?"

"이름이야 어디 기억할 수 있습니까?"

그런 식이었다. 천주교 교리문답처럼 나의 소재는 이렇게 간단히 정의

되는 것이다. 간추리고 보면 나의 몸무게는 몇 온스나 나갈 것인가. 나는
면접하는 생도처럼 정확한 발음으로 모조리 대꾸했다. 허나 이상한 것은
열심히 대꾸하다보니, 내가 기억하는 어제의 기억이 그 이전의 기억과
자꾸 혼동되는 것이었다.

　이를테면 어제 저녁 술을 마셨던 술집은 무교동에 있는 술집이 아니었
고, 혹시 우리 동리 어귀에 있는 대폿집인지도 모른다는 착각에 진땀을
흘려야 했다. 나에 대한 진지한 토론은 20여 분 동안에 모두 끝이 났다.
그러나 그동안에 그들은 나에 관한 거의 모든 것을 캐치해버렸다. 내 주
량까지도, 내 버릇까지도, 학벌도, 출생지도, 예방주사 맞은 것도, 내가
왼손잡이라는 것도, 성병에 걸려 있다는 것도, 잠을 잘 때 약간의 몽유병
이 있다는 것도, 광장공포증이 있다는 것도, 군에 있을 때 연락병 노릇을
했다는 것도 모조리 알아버렸다. 그리고 마지막엔 정복한 사내가 내민
종이 위에 푸줏간 정육 위에 검정필을 낙인하듯 나의 왼손과 오른손 열
손가락을 모두 인장 찍고 나와버렸다.

　우리는 모두 매우 피로하고 쓸쓸해서 아무런 말도 하지 않았다. 우리
모두가 가엾게도 실험대에 놓여 어떠한 반응을 실험하고 있는 게라고 의
과대학생이 불평했다. 그는 이름 있는 대학의 의과대학 본과 졸업반으
로, 집은 전라도 어디라던데, 안경을 끼고 언제나 수면에 취해 있는 듯이
보이던 학생이었다. 어느 날 그는 내가 지나가는 말 비슷이 내 건강을 진
단해달라고 요구하자, 대뜸 비타민 C가 부족하다고 사뭇 비장한 표정으
로 선언을 했던 학생으로 그 후로 나는 그를 어느 정도 존경하게 되었다.
그는 비단 나 혼자뿐 아니고 온 집안의 건강 담당 카운셀러였다. 나는 그
갈색의 계집애가 이 안경 낀 대학생에게 비상한 관심을 가지고 있었음을

알고 있다. 걸핏하면 그녀는 아프다고 능청을 떨었고, 대학생은 그 밀실에 들어가 슈미즈 바람의 계집애에게 유혹을 당하곤 했다. 표본보다 더 현실적이요, 차가운 이지보다 더 뜨거운 계집애의 관능 앞에서 저 사내는 얼마만큼 진땀을 흘렸을까. 언젠가 그 계집애가 장난삼아 배가 아프다고 엄살해서 그 대학생을 당황하게 만든 것을 기억한다. 그때 그는 계집애의 몸과 맥을 짚어보더니, 옆에서 어리둥절해서 서있는 내게 "임신입니다. 아저씨, 임신이에요"라고 쩔쩔매던 사내였는데, 그의 말이 맞았다면 그 계집애는 벌써 애어머니가 되어 있어야 했을 것이다. 엉터리. 그 자식도 엉터리인 것이다. 돌팔이 의사 후보생.

"우리 같은 선량한 사람을……."

그는 손마디를 꺾었다.

"이처럼 푸대접한다는 것은 너무한 일인데요."

작은 밀실에서 자기를 몽땅 털어놓고 나왔을 때 우리들 마음에 충만이 되는 것은, 파장이 되고 만 듯한 공허감과 엄청난 고독감이었다.

"글쎄 내게 그 여인과 한번 관계해본 적이 있는가 묻잖아요."

그는 분개한 듯이 침을 퉤퉤 뱉었다.

"그건 제게도 물었지요."

이번엔 머리가 까지고, 고등학교 수학 선생을 하고 있는 사내가 말을 받았다.

"그래 없다고 했더니 그걸 어떻게 보증하나, 그래도 최소한 관계는 하고야 싶었겠지 하고 웃는단 말이에요, 망할."

갑자기 나는 뜨거운 침을 꿀꺽 삼켰다. 그래, 관계야 맺고 싶었지. 시치미 떼고 있지만 남자라면 모두 그랬을 게다. 그 작은 계집애의 슈미즈

48

를 난폭하게 찢어내리고 유방을 이빨로 씹어버리며, 수천만 개의 세포로 깔깔거리는 계집애를 태워버리고도 싶었지. 우리 모두가 그랬다.

"그래서요?"

아무런 말도 하지 않고 있던 주인집 둘째 아들이 물었다.

"그 질문에 무어라고 대답하셨습니까, 김 선생?"

"에끼, 여보슈. 난 두 애와 마누라가 있는 몸이외다. 헛허허."

그는 난감한 표정으로 사람 좋은 웃음을 웃었다. 한 사람씩 묻는 심문이 끝나자 경찰 측에서는 아낙네 축들을 미리 귀가시켜버렸다. 그녀들은 재재거리며 나가버렸고, 남은 축들은 다섯 명의 남자들뿐이었다.

"우리는……."

조명하는 사내가 하품을 했다.

"남아 있으랍니다. 아, 아."

오후부터 잠시 끊겼던 비가 다시 뿌리고 있었다. 일요일의 서울 거리는 무참하게 던져진 채 비를 맞고 있었다. 머리가 까진 고등학교 선생은 심심풀이로 일본 군대에 있었던 얘기를 했고 우리들은 듣고 있거나 딴생각을 하고 있었다. 나는 창밖으로 끽끽거리며 달리는 전차를 보고 있었다. 전차에 탄 사람들과 내 시선이 마주 닿을 때도 있었지만 대부분 그들은 멍하니 흐르는 빗줄기를 바라보고 있었다. 나는 이제 너무 아프고, 또 아파서 감각을 잃어버리고 있었다.

"오늘밤에 우리 방에 오지 않을라우? 내 문 따놓고 잘게. 뽀뽀 한번 해줘요. 깔깔."

나는 수많은 밤을 그 계집애와 정사하는 꿈을 꾸었다. 이상하게도 그

정사는 정상적인 정사는 아니었고, 언제나 강간이었다. 나는 난폭하게 그 계집애의 모든 것을 갈가리 찢어버리는 것이었다. 내가 창녀집에 갔을 때, 진딧물의 꽁무니를 노리는 개미인 양 냄새나는 요강을 핥는 것처럼, 그 계집애의 몸에서는 평상시에도 어딘지 모르게 절박한 그 무엇이 번득이고 있었다. 말하자면 쌓고 조립하는 쾌감이 아니라, 빨랫줄에서 한 방울 두 방울이 낙수하듯 허물어져가는 썩은 향내가 물씬거리는 섹스였던 것이다.

"내가 알기로는……."

선생의 얘기는 계속되고 있었다.

"중국 여자애들이 최고요, 최고."

나는 마지막 남은 두 알의 진통제를 침으로 녹이었다. 진통제를 먹어서 조금도 차도가 있는 것은 아니었지만 나는 그것이라도 먹어야 할 것 같았다. 기묘하게도 어제 저녁부터 나는 줄곧 땀을 흘리고 있었는데 누구 하나 그것을 물어준 사람은 없었다. 텔레비전을 켜고 볼륨을 죽였을 때 그 맥빠진 아나운서의 유희를 보듯, 우리 모두에게 칸막이 쳐진 이 일요일 오후의 유리 상태 속에서 아, 아, 망할 놈의 나는 도무지 남에게는 전염되지 않는 장티푸스를 혼자서만 끙끙 앓고 있는 것이 아닌가.

오후 세 시부터 다시 심문이 계속되었다. 나는 굉장한 땀을 흘리며 그들 앞에 섰다.

"피차 편견은 제거되어야 합니다."

사복 입은 사내가 흰 이빨을 보였다.

"어제 저녁, 우리가 알기로는 이서영 씨와 죽은 여인과의 정사관계가 사전 합의된 것으로 알고 있습니다. 다시 말하면 이서영 씨는 죽은 여인과 한 시쯤 정사를 나누리라 미리 약속이 되어 있었단 말입니다."

"이런 말씀을 드려서 어떠실지는 모르겠습니다만 그런 따위의 얘기라면 토요일 저녁이면 누구나 흔히 나눌 수 있는 그런 음담패설 같은 게 아닐까요?"

"피차 물론 편견은 제거되어야 합니다."

사내는 희게 웃었다. 나는 무언가 거대하고 신비로운 힘에 의해서 타의로 소용돌이 속으로 빠져들어가는 듯한 환각을 보았다. 사내는 다시 여인의 난행당한 성기에서 임균을 검출해냈다는 것과 그것은 이서영 씨도 지금 현재 가지고 있는 것이라는 것, 이서영 씨에게 몽유병이 있어 가끔 한밤중에 죽은 여인의 방 앞을 서성이는 것이 발견되었다는 것, 꿈이라는 것은 현실생활의 연장이요 내심의 세계가 녹을 벗기면 그런 무의식적인 증세로 돌출된다는 것 등을 미리 외워두었던 것처럼 분명하게 얘기했다. 나는 기묘한 충격을 받았다. 아주 재미있기도 해서 쿡쿡 웃을 뻔도 하였다. 또 하나의 나의 부분이 나 아닌 그들에 의해서 질서 있게 정리되고, 껍질이 벗겨지고 있는 것이다. 저들의 얘기는 도대체 무엇을 의미하고 있는가. 내가 어떠한 위치에 서있기를 바라는 것일까. 과연 저 얘기는 내가 범인이기를 바라는 의미일까. 아, 아, 내가 한 일이 있었다면 상상으로만 그 계집애를 강간했다는 것뿐이고 그것이 도대체 이 살인사건과 무슨 관련이 있는 것일까. 내 주머니 속에 얌전하게 접혀 있는 또 하나의 내가 그럼 그 계집애를 죽였다는 것일까. 대한민국, 본의 아니게 나이만 서른 살 이상 먹어버린 사람들이 주머니 속에 으레 스페어로 가지고 다니는 또 하나의 나. 열 걸음 이상은 굳이 택시를 타고, 예쁜 영화배우에게 몹쓸 병을 옮겨놓고, 일류 레스토랑에서 점심을 먹는 또 하나의 나.

햇볕 부서지는 밀림 속에서 방금 뛰쳐나온 듯한 싱싱하고 씩씩한 또 하나의 내가, 그 통통한 계집애를 죽였다는 것은 사실일지도 모른다. 그를 자유롭게 하라. 친구여, 밤마다 휘발유로 때를 벗기고, 브러시로 먼지를 털고, 버릇이라고는 눈곱만치도 없어, 기분 나쁜 말을 하는 놈에겐 철권을 휘두르는, 또 하나의 나를 사랑하라. 마음대로 그를 방목하여 그의 자존심에 조금도 금가지 않게 하라. 우리가 적어도 백 원짜리를 내고 파고다 한 갑을 샀을 때 어처구니없게도 460원을 거슬러 받았을 때와 같이 거리에서 벌어지고 있는 방화와 살인. 그것을 그의 책임으로만 돌리지 마라.

심문은 다섯 시쯤 끝났다. 우리는 딱딱한 나무의자에 앉아서 뜨개질을 하고 있는 아낙네처럼 차디찬 콘크리트 바닥을 궁상맞게 바라보고 있었다. 꽤 오랜 시간이 경과한 끝에 조명 하는 사내와 학교 선생이 먼저 불리어 나갔고 그들은 "우린 먼저 갑니다. 뒤차로 오쇼"라고 껄껄거리며 사라져버렸다. 남은 세 사람은 무거운 여름옷을 윗단추까지 꼭꼭 채우고 도사리는 자세로 땀을 흘리고 있었다.

"결국엔 우리 세 명뿐이군."

주인집 둘째 아들이 조용히 속삭였다. 나머지 대학생은 어디서 사왔는지 양갱을 얌전히 까서 먹고 있었다.

"이 선생."

무슨 생각이 났는지, 주인집 아들이 침묵 끝에 은밀하게 나를 불렀다. 나는 그를 쳐다보았다.

"우리 여기서 나가지 않겠습니까?"

"나가다니요? 이런 말을 물어본다고 어떠실지 모르겠습니다만, 누가 우리를 내보내주기나 한답니까?"

"그러니까⋯⋯."

그는 잠시 주위를 살폈다.

"도망가잔 말입니다. 이거 어디 사람이 할 노릇입니까?"

"⋯⋯."

나는 잠시 망설였다.

"변소로 도망가는 길을 봐두었습니다. 아무래도 며칠 후면 진범이 잡힐 테고 전 그동안 마침 약간의 돈이 있으니, 남해지방으로 여행이나 떠날 텝니다."

"그럼 나는, 아니 당신도 모두 무죄란 말입니까? 죄송합니다."

나는 의아스러워 열쩍은 목소리로 얼빠진 소리를 냈다.

"이 선생, 농담을 할 때가 아닙니다. 우린 지금 고놈의 망할 년 때문에 이렇게 무더운 여름날 오후에 욕을 보고 있는 것입니다. 학생은 어쩔 테요?"

"잡히지 않을까요?"

대학생은 겁먹은 소리로 말을 했다.

"나만 따라오면 안전해요. 설사 잡힌다고 해도 우리가 무슨 겁날 게 있습니까? 자 나갑시다."

그는 나를 돌아보았다. 그 눈에 어떤 우수와 비애 같은 것이 있었다. 나는 대학생을 쳐다보았다.

"이런 말 물어본다고 어쩌실지 모르겠습니다만 학생은 어쩔 테요?"

"저도 도망갈 텝니다. 고향에 내려갈랍니다."

"난⋯⋯."

나는 무언가 즐거운 마음이 들었다. 서른의 나이에 내가 배운 바로는 저들이 놓아준 자리에 박물관에 진열된 자기처럼 앉아 있어야만 된다는 확신, 그 순종하는 희열 같은 것에 나는 이미 친숙해져 있었던 것이다.

"난 그냥 있을랍니다. 난 아주 재미있어요. 내일이면 또 월요일 아닙 니까? 선생들."

"그럼."

사내는 주위를 보았다. 수사계실엔 두어 사람들이 오가고 있을 뿐, 아 무도 그들을 아랑곳하지 않았다.

"저희들은 갑니다. 안녕히 계십시오."

그들은 뒤도 안 보고 변소 쪽으로 사라져버렸다. 나는 그들이 가버린 방향을 한참이나 쳐다보았다. 장티푸스 예방주사는 끈질기게도 나를 괴 롭히고 있었다. 아무래도 그놈의 예방주사는 맞지 않았어야 했다.

나는 갑자기 심한 고독을 느꼈다. 내 눈앞엔 홀로 죽어간 그 갈색의 계 집애가 떠올랐고, 나는 그것이 나의, 우리의 책임인 것 같은 생각이 들었 다. 그것은 실로 불쑥 일어난 느낌이었다.

일요일 저녁. 차창으로 어둠이 몰려들어 차창에 맺힌 수많은 물방울들 이 전등불을 받아 일순 반짝이기 시작했다. 나는 아버님 산소에 가려던 계획이 휴지 조각처럼 던져진 일요일의 절정에서 그들이 나를 부를 때까 지 얌전하게 앉아 있을 계획이었다. 아침 한 끼밖에 안 먹은 배고픔과 주 사 덕분의 아픔, 그리고 가슴을 저미는 듯한 고독감으로 나는 천천히 울 고 있었다. 차라리 이만한 아픔이라면 아예 꾀병을 앓아버리는 게 나을 성싶다는 체념과 같이 차라리 이만한 고독과 슬픔 같은 것이라면 아예 그들에게 내가 범인이라고, 당신들이 원하는 것처럼 내가 범인이라고,

그 갈색의 계집애는 지금 우리 시대, 나이 서른 이상 먹은 자식들이라면 내가 아니더라도 누구든 망가뜨리고, 학대하고, 울리고, 때리고, 죽일 수 있는 여인이라고 고백하는 편이 더 홀가분하리라 생각들었다. 그러면 그들이 잘 해결해주리라 믿고 싶었다. 그래서 나는 어제 비 오는 토요일 밤 한 시, 통통하고 귀여운 갈색 유방을 가진 계집애를 죽였노라고, 나 아닌 딴 사람이 죽이기 전에 내가 먼저 죽여버렸노라 고백하리라 작정했다. 그러자 나는 무척 홀가분해졌다.

타인의 방 ※

제17회 〈현대문학상〉 수상작

그는 방금 거리에서 돌아왔다. 너무 피로해서 쓰러져버릴 것 같았다. 그는 아파트 계단을 천천히 올라서 자기 방까지 왔다. 그는 운수 좋게도 방까지 오는 동안 아무도 만나지 못했고 아파트 복도에도 사람은 없었다. 어디선가 시금치 끓이는 냄새가 나고 있었다. 그는 방문을 더듬어 문 앞에 프레스라고 쓰여진 신문 투입구 안쪽의 초인종을 가볍게 두어 번 눌렀다. 그리고 이미 갈라진 혓바닥에 아린 감각만을 주어오던 담배꽁초를 잘 닦아 반들거리는 복도에 던져버렸다. 그는 아주 참을성 있게 기다리고 있었다. 그의 아내가 문을 열어주기를. 문을 열고 다소 호들갑을 떨며 눈을 동그랗게 뜨고 자기를 맞아주기를. 그러나 귀를 기울이고 마지막 남은 담배에 불을 당기었는데도 안쪽에서는 소식이 없었다. 그는 다시 그 작은 철제 아가리 속에 손을 넣어 탄력감 있는 초인종을 신경질적으로 누르기 시작했다. 손끝에 가벼운 경련이 일었다. 그리고 그는 또 기다리기 시작했다.

처음에 그는 초인종이 고장난 것이 아닐까 하는 의심도 들었다. 그러나 그가 초인종을 누를 때마다 아득한 저쪽에서 희미한 소리가 반향되어 오는 것을 꿈결처럼 듣고 있었기 때문에, 필시 그의 아내가 지금쯤 혼자서 술이나 먹고, 그러고는 발가벗은 채 곯아떨어졌을 것이라고 단정했다.

나는 잠이 들어버리면 귀신이 잡아가도 몰라요.

아내는 그것이 자기의 장점인 것처럼 자랑하고 있다. 그래서 그는 분노를 느끼며 숫제 5분 동안이나 초인종에 손을 밀착시키고 방 저편에서 둔하게 벨 소리가 계속 울리고 있는 것을 초조하게 느끼고 있었다. 물론 그의 집 열쇠는 두 개로, 하나는 아내가 가지고 있고 또 하나는 그가 그의 열쇠 꾸러미 속에 포함시켜서 가지고 있는 것이다. 원하기만 한다면 그는 자기 자신의 열쇠로 문을 열 수 있을 것이었다. 그러나 그는 어느 편이냐 하면 그런 면엔 엄격해서 소위 문을 열어주는 것은 아내 된 도리이며, 적어도 아내가 문을 열어준 후에 들어가는 것이 남편의 권리가 아니겠느냐는 생각을 고수하고 있는 편이었다.

그래서 그는 이번엔 주먹으로 문을 두드리기 시작했다. 처음에는 천천히 두드렸지만 나중에는 거의 부숴버릴 듯이 문을 쾅쾅 두들겨대고 있었다. 온 낭하가 쩡쩡 울리고 어디선가 잠을 깬 듯한 어린 아이의 울음소리가 들려왔다. 그러자 아파트 복도 저쪽편의 문이 열리고, 파자마를 입은 사내가 이쪽을 기웃거리며 내다보았는데 그것은 그 사람 한 사람뿐만이 아니었다. 왜냐하면 그는 남의 시선을 개의치 않고 문을 두드리고 있었기 때문에, 그 사람뿐만 아니라 다른 집의 사람들도 문을 열고 조심스럽게, 그러나 사뭇 경계하는 듯한 숫돌 같은 얼굴을 하고 이쪽을 노려보고 있었다.

"여보세요."

마침내 그를 유심히 보고 있던 여인이 나무라는 목소리로 말을 꺼냈다.

"그 집에 무슨 볼일이 있으세요?"

"아닙니다."

그는 피로했으나 상냥하게 웃으면서 그러나 문을 두드리는 것을 계속하면서 말을 했다.

"그 집엔 아무도 안 계신 모양인데 혹 무슨 수금 관계로 오셨나요?"

그는 그를 수금사원으로 착각케 한 여행용 가방을 추켜들며 적당히 웃었다.

"그런 일로 온 게 아닙니다."

"여보시오."

이번엔 파자마를 입은 사내가 손마디를 꺾으면서 슬리퍼를 치룩치룩 끌며 다가왔다.

"벌써부터 두드린 모양인데 아무도 없는 것 같소. 그러니 그냥 가시오. 덕분에 우리 집 애가 깨었소."

"미안합니다."

그는 정중하게 사과를 하였다. 하지만 그는 더러워서, 정말 더러워서 침이라도 뱉을 심산이었다.

"사실은 말입니다."

그는 방귀를 뀌다 들킨 사람처럼 무안해하면서 주머니를 뒤져 열쇠 꾸러미를 꺼냈다. 그리고 그는 익숙하게 짤랑이는 대여섯 개의 열쇠 중에서 아파트 열쇠를 손의 감촉만으로 잡아들었다.

"전 이 집의 주인입니다."

"뭐라구요?"

여인이 의심스럽게 그를 노려보면서 높은 음을 발했다.

"당신이 그 집 주인이라구요?"

"그런데요."

나는 대답하였다. 그러자 여인은 고개를 갸우뚱거렸다.

"아니 뭐 의심나는 것이라도 있습니까?"

"여보시오."

아무래도 사내가 확인을 해야 마음 놓겠다는 듯 다가왔다. 사내는 키가 굉장히 큰 거인이었으므로 그는 사내를 올려다보았다.

"우리는 이 아파트에 거의 3년 동안 살아왔지만 당신 같은 사람을 본 적이 없소."

"아니 뭐라구요?"

그는 튀어오를 듯한 분노 속에서 신음 소리를 발했다.

"당신이 나를 한번도 본 적이 없다고 해서 그래 이 집 주인을 당신 멋대로 도둑놈이나 강도로 취급한다는 말입니까? 나두 이 집에서 3년을 살아왔소. 그런데두 당신 얼굴은 오늘 처음 보오. 그렇다면 당신도 마땅히 의심 받아야 할 사람이 아니겠소?"

그는 화가 나서 고래고래 소리를 질렀다.

"어쨌든."

사내는 집요하게 물고늘어졌다.

"당신을 의심하는 것은 안됐지만 우리 입장도 생각해주시오."

"그건 나두 마찬가지라니깐."

그는 화가 나서 투덜거리면서 열쇠 구멍에 열쇠를 들이밀었다. 문은 소리 없이 열렸다.

"정 못 믿겠으면 따라 들어오시오. 증거를 봬주겠소."

그는 안으로 들어섰다. 집안은 캄캄하였다.

"여보!"

그는 구두를 벗고, 스위치를 찾으려고 벽을 더듬거리면서 분노에 차서 소리를 질렀다. 하지만 집안은 어두웠고 아무도 대답하질 않았다. 제기랄. 그는 너무 피로해서 퉁퉁 부은 다리를 질질 끌며 간신히 벽면의 스위치를 찾아내었고, 그것을 힘껏 올려붙였다. 접속이 나쁜 형광등이 서너 번 채집병 속의 곤충처럼 껌벅거리다가는 켜졌다. 불은 너무 갑자기 들어온 기분이어서, 그는 잠시 동안 낯선 곳에 들어선 사람처럼 어리둥절하게 서있었다. 그때 그는 아직도 문밖에서 사내가 의심스럽게 자기를 쳐다보고 있는 것을 보았고, 그는 조금 어처구니없어서 문을 쾅 닫아버렸다. 그때 그는 화장대 거울 아래 무슨 종이가 놓여 있는 것을 발견하였고, 그래서 그는 힘들여 경대 앞까지 가서 그 종이를 주워들었다.

여보, 오늘 아침 전보가 왔는데, 친정아버지가 위독하시다는 거예요. 잠깐 다녀오겠어요. 당신은 피로하실 테니 제가 출장 갔다고 잘 말씀드리겠어요. 편히 쉬세요. 밥상은 부엌에 차려놨어요.

당신의 아내가.

그는 울분에 차서 한숨을 쉬면서, 발소리를 쿵쿵 내면서, 한없이 잠겨 들어가는 피로를 느끼면서, 코트를 벗고 넥타이를 풀고 와이셔츠를 벗는 일관작업을 매우 천천히 계속하였으며 그러고는 거의 경직이 되어 뻣뻣한 다리를 접는 나이프처럼 굽혀 바지를 벗고 그것을 아주 화를 내면서 옷장 속에 걸었다. 그때 그는 거울 속에서 주름살을 잔뜩 그린 늙수그레한 남자를 발견했고, 그는 공연히 거울 속의 자기를 향해 맹렬한 욕을 퍼붓기 시작했다.

제기랄, 겨우 돌아왔어. 제기랄, 그런데 아무도 없다니.

그는 심한 고독을 느꼈다. 그는 벌거벗은 채, 스팀 기운이 새어나갈 틈이 없어 후텁지근한 거실을, 잠시 철책에 갇힌 짐승처럼 신음을 해가면서 거닐었다. 가구들은 며칠 전하고 같았으며 조금도 바뀌지 않은 것처럼 보였다. 트랜지스터는 끄지 않고 나간 탓에 윙윙거리고 있었다. 그는 그것을 껐다. 아내의 옷이 침실에 너저분하게 깔려 있었고, 구멍 난 스타킹이 소파 위에 누워 있었다. 다리 안쪽을 조이는 고무줄이 탁자 위에 놓여 있었다. 루주 뚜껑이 열린 채 뒹굴고 있었다.

그는 우선 배가 고팠으므로 부엌 쪽으로 갔는데, 상 위에는 밥 대신 빵 몇 조각이 굳어서 종이처럼 딱딱해져 있었다. 그는 무슨 고무를 씹는 기분으로 차고 축축한 음식물을 삼켰다.

이건 좀 너무한 편인걸.

그는 쉴새없이 투덜거렸다. 그는 마땅히 더운 음식으로 대접을 받았어야 했다. 그뿐인가. 정리된 실내에서 파이프를 피워 물고, 음악을 들어야 했을 것이다. 하지만 그는 운수 나쁘게도 오늘밤 혼자인 것이다.

그는 신문을 보려고 사방을 훑어보았지만 신문은 아무 데도 없었다.

그래서 그는 신문 볼 생각을 포기하였다. 그는 시계를 보았는데, 시계는 일주일 전의 날짜로 죽어 있었다. 그것은 그의 아내가 사온 시계인데, 탁상시계치곤 고급이긴 하나 거추장스러운 날짜와 요일이 명시되어 있는 시계로, 가끔 망령을 부려 터무니없이 빨리 가서 덜거덕하고 날짜를 알리는 숫자판이 지나가기도 하고 요일을 알리는 문자판이 하루씩 엇갈리기도 했는데, 더구나 시간이 서로 엇갈리면 뾰족한 수 없이 그저 몇 천 번이라도 바늘을 돌려야만 겨우 교정되는 시계였으므로, 그는 화를 내면서 시계의 바늘을 돌리기 시작하였다. 더구나 환장할 것은 손톱을 갓 깎은 후였으므로 그는 이빨 없는 사람이 잇몸으로만 호두알을 깨려는 듯한 무력감을 손톱 끝에 날카롭게 느끼고 있었다. 그저 망할 놈의 시계를 숫제 바닥에 내동댕이쳐버리고 싶은 충동을 가까스로 참아가면서 참으로 무의미한 시간의 회복을 반복해나가고 있었다.

그는 오랫동안 그 작업을 하였다. 그래서 그는 더욱 지쳐버렸다.

그는 천천히 아픈 다리를 질질 끌며 욕실로 갔다. 욕실 안의 불을 켜자, 욕실은 아주 밝아서 마치 위생적인 정육점 같아 보였다. 욕조 안엔 아내가 목욕을 했는지 더러운 구정물이 그대로 담겨 있었다. 아내의 머리칼이 욕조 가장자리에 붙어 있었고, 그것은 마치 살아 있는 벌레처럼 꿈틀거렸다. 그는 손을 뻗쳐 더러운 물 사이에 숨은 가재 등과 같은 고무마개를 뺐다. 그러자 작은 욕조는 진저리를 치기 시작했고, 매우 빠른 속도로 물이 빠져나가 좀 후에는 입맛 다시는 듯한 소리를 내면서 더러운 때의 앙금을 군데군데 남기고는 비었다.

그는 우선 세면대의 고무마개를 틀어막은 후 더운물과 찬물을 동시에 틀었다. 더운물은 너무 찼다. 그는 얼굴에 잔뜩 비누거품을 문질렀고, 그래서 그는 마치 분장한 도화역자의 얼치기 바보 같아 보였다. 그는 면도기가 일주일 전 그가 출장 가기 전에 사용했던 그대로 날을 세우고 놓여있는 것을 발견했다. 면도기의 칼날 부분엔 아직도 비눗기가 남아 있었고, 그 사이로 자른 수염의 잔해가 녹아 있었다. 그는 화를 내면서 아내의 게으름을 거리의 창녀에게보다도 더 심한 욕으로 힐책하면서 수염을 깎기 시작했다. 수염은 거세었고, 뿌리가 깊었으므로 이미 녹슬고 무디어진 칼날로 잘라내기란 용이한 일이 아니었다. 때문에 그는 얼굴 두어 군데를 베였고 그중의 하나는 너무 크게 베여 피가 배어나왔으므로 얼핏 눈에 띄는 대로 휴지 조각을 상처에 밀착시켰다. 휴지는 침 바른 우표처럼 얼굴 위에 붙여졌다. 우표는 매끈거리는 녹말기로 접착된다. 하지만 그의 얼굴 위에선 피로 붙여진다.

그는 화를 내었다. 그는 우울하게 서서 엄청난 무력감이 발끝에서부터 자기를 엄습해오는 것을 느꼈으며 욕실 거울에 자신의 얼굴이 우송되는 소포처럼 우표가 붙여진 채 부옇게 떠오르는 것을 보았다. 그때 그는 거울에 무엇인가 붙어 있는 것을 발견했다. 그는 손을 뻗쳐 그것이 무엇인가 확인을 했다.

그것은 껌이었다. 아내는 늘 껌을 씹고 있었는데, 그것은 아내의 버릇 중의 하나였다. 밥을 먹을 때나 목욕을 할 때면 밥상 위 혹은 거울 위에 껌을, 송두리째 뜯어내려는 치밀한 계산하에 진득한 타액으로 충분히 적신 후에 붙여놓는 것이었다. 그는 잠시 낄낄거렸다. 그는 그 껌을 입 안에 털어넣었다. 껌은 응고하고 수축이 되어 마치 건포도알 같았다. 향기가 빠져 야릇하고 비릿한 느낌이었지만 좀 후엔 말랑말랑해졌다. 아내의 껌이 그를 유일하게 위안해주었다. 그래서 그는 한결 유쾌해졌고 때문에 노래를 부르기 시작했다.

나뭇잎에 놀던 새여. 왜 그런지 알 수 없네.
낸들 그대를 어찌하리. 내가 싫으면 떠나가야지.

그의 목소리는 목욕탕 속에서 웅장하였다. 온 방안이 쩡쩡거리고, 소리가 빠져나갈 구멍이 없었으므로 종소리처럼 욕실을 맴돌았다. 그는 휘파람도 후이후이 불기 시작했다.

역시 집이란 즐겁고 아늑한 곳이군 하고 그는 중얼거렸다. 무심코 중얼거렸지만 그는 순간 그 소리를 타인의 소리처럼 느꼈으며 그래서 놀란 나머지 뒤를 돌아보았다. 그는 누군가의 인기척을 느꼈다. 그러나 개의치 않기로 하였다.

그는 욕실 거울 앞에 확대경이 놓여 있는 것을 발견했다. 물론 그는 그것의 용도를 잘 알고 있었다. 그것은 아내가 겨드랑이의 털이나, 코밑의 솜털을 제거할 때, 족집게와 더불어 사용하는 것으로 그는 그것을 쥐어들었다. 그는 그것을 들고 그것을 통하여 자신의 얼굴을 비춰보았다. 뚜렷한 형상을 가지지 않은 사내가 이상하게 부풀어서 확대되어 있었다. 그는 그것을 움직여 욕실의 형광 불빛을 한곳으로 모으려고 애를 쓰기 시작했다. 햇빛 밑에서 확대경을 움직거리면 날개 잘린 곤충을 태워버릴 수도 있다. 그는 끈끈하고 축축한 욕실에서 한기를 선뜻선뜻 느껴가면서 형광 불빛을 한곳으로 모으려고, 빛을 모아 뜨거운 열기를 집중시키려고 땀을 흘리고 있었다. 그는 긴 지난 여름날의 하지(夏至)를 느끼고 있었다.

지난 여름은 행복하였다고 그는 생각하였다. 그러자 그는 그것을 입으로 중얼거리고 싶은 충동을 느꼈다. 그래서 그는 소리를 내었다.

그럼 행복했었지. 행복했었구말구.

그는 여전히 자신의 소리에 놀라면서 뒤를 돌아보았다. 그러나 그의 곁엔 아무도 없었다. 그는 좀 무안해졌고 부끄러워졌으므로 과장해서 웃어젖혔다.

그는 키 큰 맨드라미처럼 우울하게 서서 그를 노려보고 있는 샤워기 쪽으로 다가갔다. 샤워기 쪽으로 갈 때마다 그는 키를 재고 싶은 충동을 느낀다. 샤워기의 모가지는 사형당한 사형수의 목처럼 꺾이어서 매우 진지하게 그를 응시하고 있다. 그는 샤워기의 줄기 양 옆에 불쑥 튀어나온 더운물과 찬물을 공급하는 조종간을 잡았다. 그는 더운물 쪽을 조심스럽게 매우 조심스럽게 틀었다. 그러자 뜨거운 비가 쏟아져내리기 시작했다. 욕실 바닥의 타일을 때리고 금세 수증기가 되어 올랐다. 그는 신기하다. 이것은 어제의 더운물이 아니다라고 그는 의식한다. 그는 갑자기 오랜 암흑 속에서 눈을 뜬 사내처럼 신기해한다. 그는 이번엔 찬물을 더운물만큼 튼다. 그 차가운 물은 이제 예사의 찬물이 아니다라고 그는 의식한다. 물은 그의 손바닥 위에서 너무 뜨겁기도 했고 차갑기도 해서 그는 잠시 망설이다가, 이윽고 껌을 질겅질겅 씹으며 사나운 비바다 속으로 뛰어든다. 그는 더운물이 피로한 얼굴을 핥고, 춤의 신발을 신어버린 소녀처럼 매끈거리면서 몸을 타고 흘러내리는 감촉을 즐기고 있다.

그는 비누를 풀어 온몸을 매만진다. 거품이 일어 온몸이 애완용 강아지의 흰 털처럼 무장하였을 때, 그는 그의 성기가 막대기처럼 발기해서 힘차고 꼿꼿하게 피어오르는 것을 보았다. 욕망이 끓어오르고, 그는 뜨거운 물속으로 다시 뛰어들면서, 신음을 발하면서, 세찬 물줄기가 가슴을, 성기를 아프도록 때리는 감촉을 느끼고 있었다. 뜨거운 빗물은 성성한 정육 냄새 나는 발그스레 상기한 근육을 적신다. 이윽고 온몸에 비눗기가 다 빠져도 그는 한참이나 물속에 자신을 맡긴 채, 껌을 씹으면서 함부로 몸을 굴리고 있었다. 피로가 어느 정도 풀리자 그는 물을 잠그고 몸을 정성들여 닦는다. 그는 심한 갈증을 느낀다.

그는 욕실을 나와 한결 서늘한 거실 찬장 속에서 분말 주스와 설탕을 끄집어낸다. 그는 바닥에 가루를 흘리지 않으려고 조심을 하면서 주스를 타고 설탕을 서너 숟갈, 그러다가 드디어 거의 열 숟갈도 더 넣어버린다. 그것에 그는 차가운 냉수를 섞는다. 그리고 손잡이가 긴 스푼으로 참을성 있게 젓는다. 그는 컵을 들고 한 손으로는 스푼을 저으면서 전축 쪽으로 간다. 그는 많은 전축판 속에서 아무 판이나 뽑아든다. 그는 그 음악의 이름을 알지 못한다. 전축에 전기를 접속시키자, 전축은 돌연히 윙-거리면서 내부의 불을 밝혀든다. 레코드판 받침대가 원을 그리면서 돌기 시작한다. 그는 원반을 가볍게 날리는 육상 선수처럼 얇은 레코드를 그 받침대 위에 떠올린다. 바늘이 나쁜 전축은 쉭쉭 잡음을 내다가는 이윽고 노래를 토하기 시작한다. 그는 음악을 들으면서 소파에 길게 눕는다. 아직 정리되지 않은 것이 몇 가지 있긴 하지만 그는 안정을 느낀다. 갓 스탠드의 은밀한 불빛이 온 방안을 우울하게 충전시킨다. 그는 천장 위에서 보면 사람처럼 보이지도 않는다. 그는 부동의 자세로 누워 있다. 때문에 그는 가구 같은 정물로 보인다. 그러다가 그의 눈엔 화장대 위에 놓인 아내의 편지가 들어온다. 그러자 그는 아내의 메모 내용을 생각해내고 쓰게 웃는다. 아내가 그에게 거짓말을 하였다는 사실을 그는 깨닫는다. 그는 원래 내일 저녁에야 도착하였어야 할 것이었다. 그는 출장 떠날 때도 내일 저녁에 도착할 것이라고 아내에게 일러두었었다. 그런데도 아내는 오늘 전보를 받았다고 잠시 다녀오겠노라고 장인이 위독해서 가보겠다고 쓰고 있다. 그는 웃는다. 아주 유쾌해지고 그는 근질근질한 염기를 느낀다. 나는 안다라고 그는 생각한다. 아내는 내가 출장 간 그날부터 어디론가 사라져버렸을 것이다. 아내는 내일 저녁 내가 돌아올 것을 예측하고 잘해야 내일모레 아침에 도착할 것이다. 다소 민망하고 부끄러워하면서 아내는 내게 나지막하게 사과를 할 것이다.

　나는 아내가 다른 여인과 다른 성기를 가진 것을 잘 알고 있다. 그녀의 성기엔 자크가 달려 있다. 견고하고 질이 좋은 자크이다. 아내는 내가 보는 데서 발가벗고 그 자크를 오르내리는 작업을 해 보이기 좋아한다. 아내의 하체에 자크가 달린 모습은 질 좋은 방한용 피륙을 느끼게 하고 굉장한 포용력을 암시한다.

　그는 웃으면서 스푼을 젓는다. 그때였다. 그는 무슨 소리를 들었다. 공기를 휘젓고 가볍게 이동하는 발소리였다. 그는 귀를 기울였다. 그는 욕실 쪽에서 무슨 소리가 들려오고 있다는 것을 눈치챘다. 그는 난폭하게 일어나서 욕실 쪽으로 걸었다. 그는 분명히 잠근 샤워기에서 물이 쏟아져내리고 있는 것을 보았다. 제기랄. 그는 투덜거리면서 물을 잠근다. 그리고 다시 소파로 되돌아온다. 그러자 이번엔 부엌 쪽에서 소리가 들려오기 시작한다. 그는 될 수 있는 한 불평을 하지 않으려고 이를 악물고 부엌 쪽으로 간다. 부엌 석유풍로가 불붙고 있다. 그는 투덜거리면서 그것을 끈다. 그리고 천천히 소파 쪽으로 왔을 때, 그는 재떨이에 생담배가 불이 붙여진 채 타고 있음을 발견한다. 그는 반사적으로 주위를 둘러본다. 그는 엄청난 고독감을 느낀다.

"누구요?"

그는 조심스럽게 소리를 지른다. 그의 목소리는 진폭이 짧게 차단된다. 그는 갇혀 있음을 의식한다. 벽 사이의 눈을 의식한다. 그는 사납게 소파에 누워, 시선에 닿는 가구들을 노려보기 시작한다. 모든 가구들이 비 온 후 한결 밝아오는 나뭇잎처럼 밝은 색조를 띠고 빛나기 시작한다. 그는 스푼을 집요하게 젓는다. 설탕물은 이미 당분을 포함하고 뜨겁게 달아 있으나 설탕은 포화상태를 넘어 아직 풀리지 않고 있다. 그래도 그는 계속 스푼을 젓는다. 갑자기 그는 그의 손에 쥐어진 손잡이가 긴 스푼이 여느 스푼이 아님을 느낀다. 그러자 스푼이 그의 의식의 녹을 벗기고, 눈에 보이는 상태 밖에서 수면을 향해 비상하는, 비늘 번뜩이는 물고기처럼 튀어오르는 것을 보았다. 그는 힘을 다해 스푼을 쥔다. 그러자 스푼은 산 생선을 만질 때 느껴지는 뿌듯한 생명감과 안간힘의 요동으로 충만된다. 그리고 손아귀에 쥐어진 스푼은 손가락 사이를 민첩하게 빠져나간다. 그는 잠시 놀란 나머지 입을 벌린 채 스푼이 허공을 날면서 중력 없이 둥둥 떠서 흐르는 것을 보았다. 그는 온 방안의 물건을 자세히 보리라고 다짐하고는 눈을 부릅뜬다. 그러자 그의 의식이 닿는 물건들마다 일제히 흔들거리면서 흥을 돋우기 시작하는 것이었다. 그는 비틀거리면서 일어나 거실에 스위치를 넣으려고 걷는다. 그는 스위치를 넣는다. 형광등의 꼬마전구가 번쩍번쩍거리며 몇 번씩 반추한다. 그러다가 불쑥 방안이 밝아온다.

그는 스푼이 담수어처럼 얌전하게 손아귀 속에 쥐어 있는 것을 발견한다. 그는 조심스럽게 온 방안의 물건들을, 조금 전까지 흔들리고 튀어오르고 덜컹이던 물건들을 하나하나 훑어보기 시작한다.

물건들은 놀랍게도 뻔뻔스러운 낯짝으로 제자리에 가라앉아 있었다. 그는 비애를 느낀다. 무사무사(無事無事)의 안이 속에서 그러나 비웃으며 물건들은 정좌해 있다. 그는 투덜거리면서 스위치를 내린다. 그리고 소파에 앉아 단 설탕물을 마시기 시작한다. 방안 어두운 구석구석에서 수군거리는 소리가 들려온다. 어둠과 어둠이 결탁하고 역적모의를 논의한다. 친구여, 우리 같이 얘기합시다. 방 모퉁이 직각의 앵글 속에서 한 놈이 용감하게 말을 걸어온다. 벽면을 기는 다족류 벌레의 발소리가 들려온다. 옷장의 거울과 화장대의 거울이 투명한 교미를 하는 소리도 들려온다. 그는 어둠 속에서 눈을 부릅뜬다. 벽이 출렁거린다. 그는 천천히 몸을 움직인다. 방 벽면 전기다리미 꽂는 소켓의 두 구멍 사이에서 소리가 들려온다. 친구여, 귀를 좀 대봐요. 내 비밀을 들려줄게. 그는 그의 오른쪽 귀를 소켓에 밀착한다. 그의 귀가 전기 금속 부품처럼 소켓의 좁은 구멍에 접촉된다. 그러자 그의 온몸이 고급 전기난로처럼 달아오르기 시작한다. 그의 몸에 스파크가 일고, 그는 온몸에 충만한 빛을 느낀다.

잘 들어요. 소켓이 속삭인다. 마치 트랜지스터 이어폰을 꽂은 것처럼 그의 목소리는 귓가에만 사근거린다. 오늘밤 중대한 쿠데타가 있을 거예요. 겁나지 않으세요?

그는 소켓에서 귀를 뗀다. 그리고 맹렬한 기세로 다시 스위치를 올린다. 불이 들어오면 이 모든 술렁임이 도료처럼 벽면에 밀착하고 모든 것은 치사하게도 시치미를 떼고 있다. 그는 불을 켠 채 화장대로 다가간다. 그는 투덜거리면서 키가 크고 낮은 모든 화장품을 열어 검사한다. 그리고 찬장을 열어 그 안에 가지런히 빈 그릇들, 성냥통, 촛대, 옷장을 열어 말리는 바다생선처럼 걸린 옷들, 그리고 그들의 주머니도 검사한다. 옷들은 좀 꽤씸했지만 얌전하게 주머니를 털어 보인다. 그는 하나하나 보리라고 다짐한다. 서랍을 뒤져 남은 물건도 조사한다. 그러다가 이미 건조하여 건드리기만 해도 부서질 듯한 낙엽 몇 장을 발견했다. 그것은 그에게 지난 가을을 생각나게 했고 그는 잠시 우울해졌다. 그는 사진틀 속의 퇴색한 사진도 유심히 들여다보았다. 책장에 꽂힌 뚜껑 씌운 책들도 관찰하였다. 그는 부엌으로 가서 석유풍로의 심지도 관찰하고, 낡은 구두 속도 들여다보았다. 다락문을 열어 갖가지 물건도 하나하나 세밀히 보았고 욕실에서 그는 욕조 밑바닥까지 관찰하였다. 덮개가 있는 것은 그 내용물을 검사하였으며 침대도 들어서 털어도 보았다. 심지어 변기도 들여다보았고, 창 틈 사이도 들여다보았다. 물건들은 잘 참고 세금 잘 무는 국민처럼 얌전하게 그의 요구에 응해주었다. 그러나 그가 들여다보는 물건은 본래 예사의 물건은 아니었다. 그것은 이미 어제의 물건이 아니었다.

그는 한층 더 깊은 피로를 느끼면서 거실로 돌아와 술병의 술을 잔에 가득히 부어 단숨에 들이마셨다. 그러자 그는 아주 쓸쓸하고 허무맹랑한 고독감을 느꼈다. 그래서 그는 다시 한 잔을 그득히 부어 연거푸 단숨에 들이마셨다. 술맛은 짜고도 싱겁고, 달고도 썼다.

그는 어디쯤엔가 피우다 남은 꽁초가 있을 것이라고 생각하고 서랍을 뒤지다가 말라빠진 담배꽁초를 발견했다. 그는 그것에 불을 붙였다. 술기운이 그를 달아오르게 하고 그를 격려했기 때문에 그는 아동처럼 큰소리로 노래를 부르기 시작했다.

나뭇잎에 놀던 새여. 왜 그런지 알 수 없네.

낸들 그대를 어찌하리. 내가 싫으면 떠나가야지.

　

그는 벌거벗은 채 온 방안을 서성거리기 시작했다. 그는 그것이 일상
사인 것처럼 걷고, 그리고 뛰었다. 그는 부엌을 답사하였고 그럴 때엔 욕
실 쪽이 의심스러웠다. 욕실 쪽을 보고 있노라면 그는 거실 쪽이 의심스
러웠다. 그는 활차(滑車)처럼 뛰고 또 뛰었다. 그러나 그는 아무것도, 아
무런 낌새도 발견해낼 수 없었다. 무생물에 놀란다는 것은 부끄러운 일
이다라고 그는 생각했다. 그러자 그는 비로소 안심이 되었다. 그래서 거
만스럽게 걸어가서 스위치를 내렸다. 그는 소파에 앉아 남은 설탕물을
찔금찔금 들이켜기 시작했다. 그가 스위치를 내리자, 벽에 도료처럼 붙
었던 어둠이 차곡차곡 잠겨서 덤벼들고 그들은 이윽고 조심스럽게 수군
거리더니 마침내 배짱 좋게 깔깔거리고 있었다. 말린 휴지 조각이 베포
처럼 늘여져 허공을 난다. 닫힌 서랍 속에서 내의가 펄펄 뛰고 있다. 책
상을 받친 네 개의 다리가 흔들거리기 시작한다. 찬장 속에서 그릇들이
어깨를 이고 달그럭거리며 쟁그렁거리면서 모반을 시작한다.

　그것은 그래도 처음엔 조심스럽게 시작되었다. 하지만 그들의 대상이
무방비인 것을 알자, 일제히 한꺼번에 고래고래 소리를 지르면서 날뛰기
시작했다. 크레용들이 허공을 난다. 옷장 속의 옷들이 펄럭이면서 춤을
춘다. 혁대가 물뱀처럼 꿈틀거린다. 용감한 녀석들은 감히 다가와 그의
얼굴을 슬쩍슬쩍 건드려보기도 하였다. 조심해, 조심해. 성냥갑 속에서
성냥개비가 중얼거린다. 꽃병에 꽂힌 마른 꽃송이가 다리를 번쩍번쩍 들
어올리면서 춤을 춘다. 내의가 들여다보인다. 벽이 서서히 다가와서 눈

을 두어 번 꿈쩍거리다가는 천천히 물러서곤 하였다. 트랜지스터가 안테나를 세우고 도립하기 시작한다. 그러자 재떨이가 박수를 치기 시작한다. 소켓 부분에선 노래가 흘러나온다. 낙숫물이 신기해서 신을 받쳐들던 어릴 때의 기억처럼 그는 자그마한 우산을 펴고 화환처럼 황홀한 그의 우주 속으로 뛰어든 셈이었다. 그는 공범자가 되고 싶은 욕망을 느낀다.

그때였다. 그는 서서히 다리 부분이 경직되어오는 것을 느꼈다. 그것은 우연히 느낀 것이었다. 처음에 그는 이 방에서 도망가리라 생각했었기 때문에, 될 수 있는 한 소리를 내지 않고 살금살금 움직이리라고 마음먹고 천천히 몸을 움직이려 했을 때였다. 그러나 그는 다리를 움직일 수가 없었다. 이상한 일이었다. 그래서 그는 손을 내려 다리를 만져보았는데 다리는 이미 굳어 석고처럼 딱딱하고 감촉이 없었으므로 별수 없이 손에 힘을 주어 기어서라도 스위치 있는 쪽으로 가리라고 결심했다. 그는 손을 뻗쳐 무거워진 다리, 그리고 더욱더 굳어져오는 다리를 끌고 스위치 있는 곳까지 가려고 안간힘을 썼다. 그러나 그는 채 못 미쳐 이미 온몸이 굳어오는 것을 발견하였다. 그래서 그는 숫제 체념해버렸다. 참 이상한 일이라고 생각하면서 그는 조용히 다리를 모으고 직립하였다. 그는 마치 부활하는 것처럼 보였다.

다음다음날 오후쯤 한 여인이 이 방에 들어왔다. 그녀는 방안에 누군가가 침입한 흔적을 발견했다. 매우 놀라서 경찰을 부를까고도 생각했지만, 놀란 가슴을 누르며 온 방안을 조심스럽게 살펴보았는데 틀림없이 그녀가 없는 새에 누군가가 들어온 것은 사실이긴 했지만 자세히 구석구석 살펴본 후에 잃어버린 것이 없다는 것을 발견하자, 안심해버렸다.

그러자 그녀는 곧 잃어버린 것이 없는 대신 새로운 물건이 하나 놓여 있는 것을 발견했다.

그 물건은 그녀가 매우 좋아했던 것이었으므로 며칠 동안은 먼지도 털고 좀 뭣하긴 하지만 키스도 하긴 했다. 하지만 나중엔 별 소용이 닿지 않는 물건임을 알아차렸고 싫증이 났으므로 그 물건을 다락 잡동사니 속에 처넣어버렸다. 그리고 그녀는 다시 그 방을 떠나기로 작정을 했다. 그래서 그녀는 메모지를 찢어 달필로 다음과 같이 써서 화장대 위에 놓았다.

여보. 오늘 아침 전보가 왔는데 친정아버지가 위독하시다는 거예요. 잠깐 다녀오겠어요. 당신은 피로하실 테니 제가 출장 갔다고 할 테니까 오시지 않으셔두 돼요. 밥은 부엌에 차려놨어요.

당신의 아내가.

처세술개론 ※

제17회 〈현대문학상〉 수상작

노(老)할머님이 아흔한 살로 돌아가셨다. 그날은 어찌나 더운 날이었는지 거리엔 사람이 하나도 없었고, 기온은 35도를 가리키고 있었다. 그것은 수년 내 최고의 기온이라고 아나운서가 말을 했다.

"35도라면 실감이 오지 않으시겠지만……."

우스갯소리 잘하는 재담가가 만담 시간에 익살을 부렸다. "우리 체온이 36도 가량이니 이런 날씨에 거리를 나다닌다는 것은 여편네 속살을 종기에 고약 붙이듯, 피부에 밀착시키고 다니는 셈이니까요." 운운.

그래서 그 노할머님이 돌아가셨다는 전보를 받았을 때 나는 하필이면 이처럼 무더운 날씨에 돌아가실 게 뭐냐고 투덜거렸지만, 투덜거리긴 노할머님이 선선한 가을 날씨에 돌아가셨다 해도 마찬가지였을 것이다. 왜냐하면 아흔한 살이란 나이는 좀 너무하다 싶은, 거의 1세기에 걸친 나이이기 때문이었다. 그러나 그것보다도 내가 투덜거렸던 이유는 다른 곳에 있다. 그 노할머님의 죽음을 알리는 전보로 내 어린 날의 기묘했던 추억담이 생각나서 씁쓸해졌기 때문인 것이다.

나의 아버지는 키가 크고, 거인이었고 술주정뱅이였다. 술만 먹으면 우리들 형제를 때리거나 공술이나 얻어먹은 날이라야 그 거끌거끌한 수염의 감촉을 누이들 얼굴에 부비곤 했으므로, 우리들은 어려서부터 아버지의 표정을 판독하고 아버님의 발소리를 듣기만 해도 그날의 아버지가 과연 기분 좋은가 기분 나쁜가를 점치는 데 익숙해져 있었다. 그에 비하면 어머니는 키가 아주 작아 두 분이 서있는 모습은 그 모습에서부터 웃기려는 싸구려 쇼 코미디언처럼 회화적이었는데 성격도 아주 달라서, 어머니는 그래도 일요일이면 예배당에도 나가시고 주기도문도 외우고 그러다가는 가끔 훌쩍훌쩍 울다가 이내 깔깔 웃기도 잘하는 여인이었다.

두 분은 다산성 동물처럼 기회만 있으면 아이를 낳았기 때문에 어머니는 늘 뱃속에 됫박을 차고 있는 것처럼 애를 배고 있어서 지금은 옛말하듯 우스갯얘기 하지만, 그 한창 시절에 무려 열두 명의 아이들을 순산하셨던 것이다. 연필을 한 다스 사면 꼭 한 개씩 돌아갔고, 축구팀을 짜도 한 명의 후보선수쯤은 낼 수 있는 여유도 있었다. 그러나 축구팀이란 좀 무리인 게 열두 명 중에서 일곱 명은 여자였고 다섯 명만 남자였기 때문이었다.

만약에 그 열두 명이 몽땅 살아서 집안에 같이 있었다면 정말 무슨 식용동물 기르는 축사 같은 기분이 들었을 것이지만, 다행인 것은 참으로 다행인 것은, 그 열둘 중에서 다섯 명만 살아남아 있다는 것이다. 열두 명 중에서 다섯 명만 살아남아 있다는 것은 참 어처구니없는 거짓말 같지만 그것은 사실이다.

전란이 있을 때마다 으레 두셋은 죽었고, 제일 멋쩍게 죽은 편이라면 내 동생으로 겨우 걸음마를 배울 무렵 우물에 빠져 죽었다. 죽음이란 체에 용케 걸려 남은 다섯 명을 나는 뭐 새삼스레 신의 가호가 두터운 편이라고 변명하고 싶지는 않다.

물론 죽은 사람은 죽은 사람들대로의 이유가 있다. 전쟁통에 전사한 형으로부터 아기를 낳다 죽은 누이로부터, 무슨 몹쓸 유행병이 돌 때 자꾸 설사를 하다 죽은 동생으로부터 나는 죽음만을 보아왔고 죽음에 익숙해져 있었다.

어린 나이에 죽음에 익숙해져 있다는 것은 우울한 일일 것이다. 나는 죽은 형의 옷을 줄여 입고, 죽은 누이의 책가방을 들고 학교에 가야 했고, 그리고 자라왔다. 때문에 나는 투명한 죽은 이의 혼, 보이지 않는 죽은 이의 감촉과 체취, 언제나 어디서나 조용히 속삭이는 죽은 이의 언어, 이런 모든 것에 익숙해져 있었다. 그래서 나는 어린 나이였지만 크게 웃는 일도 없이 언제나 과묵하였고 행동이 신중하였으며, 교회에서는 어린이 합창대의 가장 높은 소프라노 고음을 내는 성가대원이었다.

아버지는 술을 마신 후 간혹 동리 망나니 같은, 유행가를 흥얼거리며 길거리에서 시비를 하고 아버지의 반 뼘만큼이나 작은 사내들을 때리고 욕지거리하는 일이 왕왕 있었는데 으레 그때엔 내가 나갔고, 그 떠들썩한 군중들 틈에 끼여 서있노라면 아버지는 이내 나를 발견하고는 "여어 되련님, 되련님. 저 같은 놈두 죽으면 천당에 갈 수 있을까요. 회개해 주세요. 꼬마 신부님 꼬마 신부님" 하고 사람들이 보거나 말거나 무릎을 꿇고 눈물을 두어 방울 흘리는 시늉을 하다가, 그러고는 느릿느릿 집으로 돌아오곤 하는 것이었다. 그래 동리 사람들은 아버지가 술이 취하기만 하면 남의 집 부부싸움 구경하는 것 이상으로 재미있어하였고, 심지어 동리 조무래기들은 졸졸 따라다니기까지 하였다. 그러나 아버지가 나를 꼭 그럴 필요가 없는데도 사람들이 구경하는 가운데 목말을 태우고 신부님 도련님 어쩌고저쩌고 해가며 집으로 왔다 해도, 그것은 형제 중에서 누구보다 나를 사랑하고 있기 때문은 아니었다. 오히려 내가 아버지를 미워하고 있듯이 아버지도 나를 미워하고 있는 것이 사실이었다. 아버지가 진실로 사랑한 아들이라면 우리 형제들 가운데 첫째 형으로, 나는 그 얼굴도 본 적이 없는 친구였지만, 거의 전설에 가까운 일화를 남기고 있다. 그 이야기인즉 힘이 세어서 씨름대회에 나가 곧잘 황소도 끌고 오던 사람이었던 모양으로 그 한창나이에 도박판에서 칼침 맞고 죽었는데, 죽은 지 사흘이 지났는데도 심장이 펄떡펄떡 뛰더라는 관우 장비 같은 일화가 구전으로 전해오고 있었다.

나는 어릴 때 남자답지 않게 예쁘게 생겨서 국민학교 거의 졸업할 때까지 어머니를 따라 여자 목욕탕에 가곤 했었는데, 그래서 가끔 차라리 여자로 태어날 걸 그랬지 하고 생각할 때도 있을 정도였다. 나는 어머니를 빼다박은 듯 닮아 키는 작았으나 살결이 희었고 입술은 연지를 바른 듯 붉었으며 행동도 예의발라, 거리를 지나노라면 동리 사람들이 "아아, 고 녀석, 지 애비하구는 영 딴판으로 생겼네" "거, 지 엄마 닮아서 그렇지 않나" 하는 소리를 듣는 적이 많았다. 그래서 나는 항상 모범생 같은 표정을 짓고 다녔으며, 어머니의 광적일 정도로 강한 애정을 받고 성장했다. 어머니는 언제나 조산원같이 사근사근하셨고 아버지한테 큰 목소리를 한번도 낸 적이 없으셨지만 내 문제만 나오면 어머니는 큰소리로 아버지에게 덤벼드셨고, 그럴 때마다 아버지는 좀 어정쩡한 얼굴이 되어

물러서곤 하는 것이었다.

　한번은 아버지가 술이 취해서 집안에 들어와서는 고래고래 창가를 하고, 지금은 아기 낳다 죽은 누이를 붙들고 상소리로 욕을 하다간 무슨 생각이 났던지 구석진 의자에 얌전히 앉아 있는 나을 보더니 갑자기 "여어 도련님. 꼬마 신부님. 찬송가 좀 불러주세요. 거 왜 있지 않아요. 나의 사랑하는 책 비록 해어졌으나, 어머니의 무릎 위에 앉아서 어쩌구저쩌구 하는 노래 말이에요" 하고 노래를 청하였는데, 내가 쉽사리 응하지 않자 좀 화가 났던지 "인마, 애비가 자식새끼한테 노래 좀 듣자는 게 아니꼽냐" 하고 언성을 높였다. 그러나 그때 어머니가 들어오시면서 "뭐라구요? 노래를 불러보라구요? 이거 어빠 대구 술주성이에요" 하며 소리를 지르시기에 나는 그 광경을 쳐다보며 무슨 일이 벌어지지나 않을까 불안해하고 있었지만, 이상하게도 아버지는 풀 덜 먹인 빨래처럼 시선을 피하며 "난 그저 노래 한번 불러보라고 했을 뿐이오" 하고 수그러지는 것이었다. 그러자 어머니는 "이애에게 악을 배워주지 말아요, 그 더러운 손으로" 하고는 갑자기 울기 시작하셨는데 오히려 아버지는 술이 일순에 깬 사람처럼 멀쩡해져서 "난 그저 노래 불러보라구 했을 뿐인데 거 왜 울구 야단이오. 제기럴, 내가 또 잘못했지. 그저 내가 죽일 놈이지" 하고 거실로 사라져버리는 것이었다. 그때 나는 어머니의 품에 안겨서 그 의미 모를 눈물을 볼에 받으며, 대체로 아버지란 좀 거추장스런 존재여서 차라리 일찌감치 죽어버리고 어머니를 내가 아버지 대신 차지해버리면 어떨까 하는 생각을 하고 있었던 것이다.

　어머니의 큰어머님이 미국에서 오셨는데 대충 얘기를 들으면 구한말

82

하와이에 사진 결혼으로 이민 간 후 갖은 고생 끝에 무지무지 돈을 벌어, 말년에 고향에 뼈나 묻힐까 하고 그 많은 재산을 모조리 정리하고 오신 모양으로, 그때 나이는 일흔여섯인데 아주 정정하시며, 더구나 재산이 그처럼 많으시면서도 슬하에 자식이 한 명도 없다는 얘기가 우리들 가족들 간에 무슨 예수님의 재림같이 떠들썩하게 대두된 것은 바로 그 무렵이었다. 어머님의 생각은 일찍이 남편을 여의고 자기 자식도 없고 오직 있는 친척이라면 그녀 동생의 두 딸, 즉 어머님과 어머님 동생 두 명뿐으로, 더구나 이모는 품행이 나빠 벌써 네 번씩이나 결혼했다가 겨우 나만한 나이 또래의 계집애를 하나 가지고 있을 뿐, 그래도 대부대의 식솔을 거느리고 군림하는 어머니 편에 고무적인 무엇이 있을 게 아니냐는 공론으로 아버지는 단연 술도 끊고 수염도 깎았으며, 하루아침에 밭 가운데서 유전을 발견한 앞니 빠진 시골뜨기 같은 좀 얼떨떨한 미남자가 되어 버렸던 것이다. 며칠 동안 집안은 붐비기 시작했다. 일년에 한 번 볼까 말까 하는 이모는 자주 집에 드나들면서 같이 공항에도 나가고 아주 붙임성 있게 놀았다. 그 노할머님은 거처가 마땅치 않아 우선 간단한 살림채를 하나 얻고, 연신 들락거리는 아버님 부부와 이모의 접대를 받으며 노후를 즐기고 계신 모양이었는데, 어느 날 밤은 바로 그 노할머님 댁에 다녀오신 이후로 아버지와 어머니는 대판 싸움을 하기 시작했다. 대충 얘기를 들으면 식사중에, 아버지가 좀 주책없게 자식을 열두 명 낳았지만(그것은 아버지의 유일한 자랑거리였고, 빨강머리 이모에 대한 유일한 우월성이었다) 그중 다섯 명만 살아 있는 경위를 자세히 설명했던 모양인데, 그깟것 얘기를 왜 하느냐는 어머니의 반론과, 하면 어떠냐는 아버지의 변명으로 모처럼 엄숙하게 실연했던 모범 부부의 묘가 깨뜨려지기 시작했던 것이다. 어머님 말에 의하면 그때 노할머님이 "에그, 그렇다면 자네가 어디 사람인가, 짐승이지" 하고 낯을 찡그리시자 아버지는 아버지대로 "건 모르시는 말씀입니다요. 애 많이 낳았다고 어디 꼭 짐승인가요" 하고 낄낄거렸다는 것인데, 바로 그것이 더욱 큰 아버지의 주책이었다는 것이 어머니의 주장인 것이었다. 차라리 가만히 있을 것이지 무슨 장한 일이라고 말대꾸는 말대꾸냐 하고 핀잔을 주자, 아버지는 아버지대로 "그건 내 잘못 때문만은 아니야. 당신도 책임이 있어. 좀 건드렸다 하면 뒷박을 차던 것은 바로 당신이었어" 하고 덤벼들어 별수 없이 어머니는 또 그 예의 눈물을 터뜨리셨고, 아버지는 에잇 모르겠다, 찬장에서 소주병을 꺼내들고 잔에 따라 마실까 말까, 며칠간의 금주를 깨뜨릴까 말까 아주 위태위태하였었다. 그러나 곧 잠잠해졌고 형제들은 자리를 들었는데 어머님이 상냥하게 거의 잠이 들어 있는 나를 깨웠고, 나는 눈을 비비며 아버지가 한결 기분이 좋아져서 껄껄거리고 있는 마루로 나갔었다.

"쟤가 해낼 수 있을까."

아버지는 침착한 목소리로 귀를 새끼손가락으로 쑤시기도 하고, 또 그것을 톡톡 털어버리는 불결한 행동을 반복해가며 나를 쳐다보았다.

"왜요? 애가 어때서요?"

어머니는 뜨개질을 하시면서, 그러나 정확히 그 올 사이사이로 대나무 바늘을 찔러넣으면서 반문을 했다.

"우리 정아가 어때서요?"

"글쎄."

아버지는 손으로 배를 긁으면서 하품을 했다.

"워낙 그 계집애가 별종이라고 하니 말이야."

"그래두 얘라면 문제없어요."

어머니는 강하게 대답하셨다.

"그 계집애가 지 에미를 닮아서 별난 애라 해두 우리 정아는 문제없어요."

나는 무슨 소린지는 몰랐지만 약간 부끄러움을 느끼면서 얌전히 앉아 있었다.

"애야, 어디 일어서봐라."

아버지는 부드럽게 늙은 간호부 같은 소리를 냈다. 그래서 나는 일어났는데 아버지는 미술 감상이나 하듯 눈을 가느다랗게 뜨고 이모저모로 나를 훑어보았고, 심지어는 몸까지 만져보더니 "됐다. 그만하면 충분하다. 아주 잘생긴 도련님인데. 그만하면 할머님이 너한테 홀랑 빠져버리실 게다" 하고는 껄껄 웃었고, 어머니도 자못 대견하다는 듯 내 머리를 자신의 무릎 위로 껴안아 올려놓으시며 "애야, 오늘은 푹 자두렴. 내일 아침엔 노할머님한테 가야 하니까" 하고는 내게 입을 맞추시는 것이었다.

나는 왜 내가 우리 집 형제들을 대표해서 다음날 아침 그 노할머님 집을 찾아가야 했었는지 모른다. 그리고 그날 하루 종일 할머님 집에서 저질렀던 실수는 지금도 내 얼굴을 뜨겁게 한다.

물론 부모님들이 다섯 형제 중에서 나를 골라내었던 것은 그중에 내가 제일 예쁘게 생기고 공부도 잘하고 주기도문을 잘 외우는 모범 소년이라는 것 때문이었지만, 할머님의 환심을 사야 하는 일 같은 것에 관해서는 오히려 나는 무자격자였던 것은 숨길 수 없는 사실이었다. 차라리 그것이 목사님 앞에서 예수님의 행적에 대해 교리문답을 하는 것이었다면 모른다. 아니면 노래를 부르는 경연대회였다면 나는 적격자였겠지만, 거의 반백 년 가량 외국에서 고생을 해온 질기고 편협적이고 단순한 할머님의 환심을 사야 하는 일에는 말주변이 없는 나로서는 영 젬병이었던 것이다.

어쨌든 나는 다음날 아침 죽은 누이가 입던 옷을 줄여 갑자기 남성용으로 변조시킨 빨강 색깔에 흰 무늬가 물방울처럼 점점이 있는 옷을 입고 할머님 집으로 갔다. 아버지가 다 큰 애한테 그게 무슨 망할 놈의 옷이냐고 한마디 하셨지만, 어머니는 모르는 소리 말아요, 이애는 이런 색깔이 어울려요 하고 아버지에게 핀잔을 주셨다.

그리고 우리는 출발하였다. 다음날은 일요일이었으므로 우리는 마땅히 교회에 가야 했던 것이다. 그러나 우리는 밀수업자 같은 단단한 복장을 하고, 찬송가가 울려퍼지는 교회를 지나 할머님 집으로 향하였다.

우리가 할머님 집에 당도하였을 때 할머니는 노인답지 않게 노오란 원피스를 입고 안락의자에 앉아서 주스를 마시고 계셨다. 그 곁에는 갈색머리를 한 계집애가 앉아 있었는데 나는 그애가 행실 나쁜 이모의 딸인 것을 알아차렸다. 그 계집애는 참으로 이상한 몸매를 하고 있었다. 나이는 내 나이하고 동갑으로 열 살 가량이었으나 몇 살은 족히 더 먹어 보였다. 푸른색 원피스를 입고 있었는데 앞쪽엔 희고 큰 단추가 점점이 달려 있었기 때문에 마치 배추벌레 같은 옷차림이었다. 등 뒤에는 큰 리본을 매고 있었고 머리는 굉장히 파마를 해서 토인용 가발을 쓴 것처럼 보였다. 얼굴은 붉었는데 그것은 원래 붉어서라기보다는 연극배우용 화장품을 너무 발랐기 때문이었다. 매우 말라빠져서 할머님이 마시는 주스에 꽂힌 밀짚대같이 보였지만, 그러면서도 이상하게 얼굴만은 살이 쪄 있었다. 손가락에는 모조 반지가 빛나고 있었고 손톱엔 붉은 매니큐어가 칠해져 있었다. 한마디로 말해서 그 계집애는 어미를 닮아서 예쁘고 매혹적이긴 했지만 그러나 제 어미를 닮아서 속되어 보였다.

계집애는 방금 양지바른 황톳길에서 말똥을 굴리는 곤충처럼 재빠른 손짓으로 빵조각을 뜯어 조그맣게 둥근 알을 만들어내고 있는 중이었다. 나는 매우 점잖게 앉아 있었다. 하지만 그 계집애가 나이 먹은 사람들이 하듯 손으로 입을 가리며 웃는다든지, 무용을 하듯 리본을 팔랑거리며 걷는다든지, 한시도 쉬지 않고 곁눈질을 살짝살짝 하거나 할머님이 묻는 말에 아주 진지한 태도로 대답하는 것을 보노라면 어쩐지 슬그머니 겁이 나는 것은 사실이었다.

할머니는 나를 굉장히 반갑게 맞아주셨고 제 어미를 닮아서 아주 예쁘고 착하게 생겼다고 칭찬을 한 다음 내게 몇 살이냐고 물었는데, 나는 그만 조심했던 나머지 내 이름을 큰소리로 대답해버렸다. 그러나 조금 후에 할머님이 내게 물으신 것이 이름이 아니고 나이라는 것을 깨닫자, 곧 수정해서 나이를 대고는 눈을 내리깔았다. 그 순간 할머님 곁에 앉아 있던 계집애가 킥킥거리면서 웃는 것을 나는 보았다.

"넌 이제 보니 늬 에미를 빼다박은 듯 닮았구나."

할머니는 서너 번이나 그런 얘기를 했고, 그럴 때마다 아버지는 좀 무안해서 헛기침을 큼큼했다.

"교회에 갔다 오는 길이에요."

어머니는 조용히 거짓말을 하셨는데 하등 이상스레 보이지 않았다. 그러자 아버지도 거짓말을 하기 시작했다.

나는 어른들 얘기에 귀를 기울이지 않고 얼핏얼핏 내게 적의의 눈빛과 또 한편으로 이상야릇한 유혹의 눈빛을 보내고 있는 계집아이를 쳐다보고 뜨거운 침을 삼키고 있었다. 그 계집애는 참 이상한 계집애였다. 할머님이 얘기 도중에, 애야 저기 가서 담배 좀 가져온 하고 말을 시키자 그 계집애는 그 넓은 초록색 원피스를 펄렁거리며 발끝으로만 서는 발레리나처럼 탁자 옆으로 가더니 담배를 한 개비 입에 물고, 싸악 성냥을 그어서 자기가 두어 모금 빨아 그 불티를 확인한 다음 할머님께 주는 것이었다.

어머니와 아버지는 그냥 얘기를 계속하고 계셨지만, 그것은 일부러 못 보는 척하는 것뿐으로, 공연히 아버지는 애꿎은 담배만 연신 피우고 있었고, 어머니는 아직 그럴 철이 아닌데도 콧등에 땀이 솟아 있었다.

거의 한낮이 다 되었을 때 어머니와 아버지는 볼일이 있다고 자리를 일어나셨고 나는 그냥 집에 남아 있기로 했다. 저녁때쯤 아버지가 나를 데리러 오겠다고 말하고는, 할머님이 안 보시기를 기다려 내게 잘해보라는 듯 눈을 두어 번 꿈쩍꿈쩍했다.

집은 넓었고 따뜻한 봄 햇살이 정원의 잔디밭을 비추고 있어 실내는 좀 무더운 감이 들었다.

그래서 우리는 정원으로 향한 유리문을 모두 열고 안락의자에 앉아 있었다. 꿀벌의 닝닝거리는 소리가 정원 쪽으로부터 들려오고 조춘(早春)의 햇살 속에서 꽃들은 유리 제품처럼 투명하게 빛나고 있었다. 계집애가 내게 주스를 타주었는데, 나는 그것을 흘리지 않으려고 매우 조심스럽게 조금씩 빨아먹었다.

할머니는 아주 기분이 좋아 보였다. 햇볕을 가리려고 챙이 큰 모자를 쓰고 앉아 있었고 움직일 때마다 넓은 블라우스 위로 늘어진 젖가슴이 푸대자루처럼 흔들거리고 있었다. 손과 발이 몸집에 비해 매우 커서 거의 남자의 그것처럼 보일 때도 있었다. 계집애는 앉아서 할머님에게 얘기를 해주고 있었다. 매우 카랑카랑하고 높은 목소리로 얘기를 했는데, 할머니는 "얘야, 이 할미는 아직 귀가 먹지 않았으니까 좀 조용히 얘기해라, 얘야" 하고 웃으셨다. 계집아이는 평판이 나쁜 자기 어머니에 대해서 얘기를 하고 있었다. 할머니는 때때로 눈을 감고 있거나 주스를 마시면서 꽤 열심히 얘기를 듣고 있었다.

"세상 사람들이 우리 어머니를 무어라고 욕하는 것쯤은 나두 알아요. 허지만 세상 사람들이 우리 어머니를 망친 거예요."

계집아이는 연극배우처럼 강하게 말을 했다.

"어머니는 늘 할머니를 생각하고 있었지요. 건 정말이에요."

"늬 에미 두번째 남편은 뭘 하던 사내였지?"

"밴드마스터였대요."

계집애는 손으로 나팔 부는 시늉을 했다.

"트럼펫을 불었는데 매일같이 술만 마시구 어머니를 때렸대요. 건 정말이에요. 그래서 어머니는 참다참다 못해서 나를 안고 도망쳤대요. 나는 지금도 그날 밤을 잘 기억할 수 있어요. 그날은 흰 눈이 펑펑 쏟아지는 밤이었어요. 어머니는 나를 껴안구 끝없이 우셨어요."

"얘야, 꼭 영화 같은 얘기로구나."

할머님은 높은 소리로 웃었다.

"정말이에요. 꼭 영화 같은 얘기예요. 어머니가 고생한 얘기는 책으로 열 권 엮어두 모자랄 지경이에요."

갑자기 계집애 눈에서 눈물이 굴러떨어졌다. 그것은 아주 사실 무근한 눈물이어서 마치 안약처럼 보였다. 계집애는 그것을 닦을 염도 하지 않고 내버려두었다가 좀 후에 원피스에 꽂혀 있던 손수건을 꺼내 꼭꼭 집어서 눈물을 닦아냈다. 그것은 참으로 알맞게 흘린 눈물이었고, 그래서 나는 아주 감동을 하면서 그 계집애에게 일종의 존경심까지 느끼게 되었다. 하지만 할머니는 여전히 카이카이 웃으시었다.

"얘야, 꼭 넌 늬 에미를 닮았구나. 어떻게 꼭 그렇게 닮아버렸냐. 얘기하는 투도 꼭 같구나 얘야. 도대체 넌 이 다음에 뭐가 될 테냐?"

할머니는 손녀의 큰 눈을 쳐다보며 부드럽게 물으셨다. 그러자 계집애의 얼굴은 아주 진지한 얼굴로 되어버렸다.

"전 발레리나가 되겠어요."

계집애는 언제 울었냐는 듯이 아주 생생한 얼굴로 대답했다.

"우리 이쁜이는 뭐가 될 테냐?"

이번엔 할머님이 나를 쳐다보았다.

"전, 전."

나는 당황해져서 볼 안에 가득 사탕을 문 것 같은 어정쩡한 대답을 했다.

"소설가가 되겠습니다."

"소설가라구?"

할머니는 순간 쿡쿡 어깨로만 웃으셨다.

"얘야, 왜 하필이면 배고픈 소설가가 되겠다는 말이냐? 건 아주 헐 일 없는 사람들이나 허는 게란다. 수염이나 기르구 침이나 탁탁 뱉어내는 사람들 말이다."

나는 얌전하게 앉아 있었다. 나는 차라리 의사가 되겠다고 말할 걸 그랬다 후회를 하고 있었다. 하지만 그런 내색은 하지 않았다. 나는 무언가 골똘히 생각하는 듯한 표정을 짓고 앉아 있었다.

"애, 늬 아버진 아직두 그렇게 술 많이 마시니? 동리에서 소문났더라."

이번에는 계집애가 아주 지나가는 말 비슷하게 그러나 날카로운 목소리로 내게 물어왔고, 나는 좀 어리둥절했던 나머지 정직하게 얘기해버렸다.

"전에는 조금 마셨지만 할머님이 오신 후부터 끊어버리셨어요."

"애야, 늬 엄마한텐 너희 애비가 좀 과했지. 그게 무슨 소린지 아느냐?"

"……모르겠는데요."

나는 대답했다.

"난 늬 엄마를 굉장히 귀여워했단다. 난 늬 엄마가 거의 걸음마를 배우고 났을 때 미국으로 떠나버렸지만 그때 벌써 늬 엄마는 동리에서 첫째 가는 미인이었지……. 그런데 얘기를 듣자니까, 늬 아버진 뭐랄까, 늬 아버진 거 술만 마시는 알부랑당이라던데……."

"아닙니다."

나는 조금 분개에 차서 할머님의 말을 막았다.

"아버지는 술을 마시지만 지금은 끊어버렸습니다. 그리구 저희들두 아버지를 사랑하고 있습니다."

"허기야."

할머님은 떴던 눈을 다시 감으시면서 말을 이으셨다.

"부부 사이가 나쁘다면 새끼를 열둘이나 낳았겠느냐."

나는 그 순간 계집애를 쳐다보았는데 계집애는 손톱을 물어뜯으면서 내게 유쾌한 웃음을 보내고 있었다.

우리는 그 이외에 여러 가지 얘기를 많이 하였다. 하지만 주로 이야기는 계집애가 하는 편이었고, 할머니는 듣거나 듣지 않거나 하고 있었다. 얘기에 지치자 할머니는 내게 노래 한 곡 부르라 하셨고, 나는 찬송가 한 곡을 불렀는데, 원래 고음에 자신 있던 나는 일부러 높은 음으로 노래를 불렀지만 흥분했던 탓인지 고음에서 삐익거리는 빗긴 음을 발하고 말았다. 허나 할머니는 아주 흡족해하시면서 박수를 치셨다. 그러자 계집애는 "전 무용을 할 줄 알아요" 하고는 혼자서 마루에 있는 전축에 레코드를 걸더니 이윽고 춤을 추기 시작했다. 그것은 굉장한 춤이었다. 지금 생각하면 그 춤은 서부 개척시대에나 추었을 그런 폴카 조의 경쾌하고 날렵한 뜀박질 같은 춤이었다. 하지만 어린 내가 보기에도 그 춤은 좀 야한 춤이어서 간혹 다리를 번쩍번쩍 들 때마다 붉은 내의가, 넓적다리가 들여다보였고, 그 춤은 어찌나 요란했던지 탁자 위에 놓였던 꽃병이 울림에 떨어져 깨어졌을 정도였다. 그것뿐만이 아니었다. 노래를 부르다가 계집애는 간혹 기묘한 함성을 질렀고, 그럴 때마다 더욱 이상한 것은 할머니도 따라 교성을 지르며 마루를 구르고 박수를 쳐대는 꼬락서니였다. 나는 한심했으나 얌전하게 앉아서 세상이 점점 내가 어릴 때하고 많이 달라져가는구나 하는 격세지감을 느끼고 있었다.

"넌 늬 에밀 닮아서 그저 사내를 홀리는 것이라면 무엇이든지 잘하는 구나."

춤이 끝나자 손수건으로 땀을 닦으시며 할머니는 명랑한 목소리로 말씀하셨다.

그리고 또 우리는 여러 가지를 하면서 많이 놀았다. 점심도 먹었고 주기도문도 외웠는데 나는 좀 느릿느릿하게 외울 참이었으나 계집애가 책상 밑을 통해 손톱으로 내 넓적다리를 슬쩍 꼬집어서 빨리 끝내고 말았다. 기도가 끝나 눈을 뜨고 보니 계집애는 아주 천연덕스러운 낯짝으로 아멘 하고 중얼거리면서 나를 보고 웃었다. 나는 원래 포크질을 할 줄 몰랐으므로 할머님이 일일이 가르쳐주셨고 계집애는 혼자서 나이프와 포크질을 썩 잘하면서 2인분이나 먹어치웠다.

점심을 먹고 난 후 우리는 목욕을 했다. 원래 목욕을 하려던 것은 아니었다. 그런데 웬일인지 계집애가 "할머니 제 몸 좀 씻어주시겠어요" 하고 청을 했는데 그러자 할머님은 의외로 천천히 응시하면서 계집애를 목욕탕으로 끌고 가셨다.

그러나 문을 꼭꼭 잠갔는데도 계집애는 내게 뒤로 돌아서 있으라고 목욕탕 안에서 신경질적으로 소리를 질렀고, 내가 좀 무안해서 뒤로 돌아서 있자, 이번엔 거실에 있지 말고 잔디밭에 나가 있으라고 떼를 썼으므로, 나는 우울하게 햇살이 가득한 잔디밭으로 나와 천천히 앉았다.

잔디밭은 아주 아름다워 생생한 생명감이 넘쳐흐르고 있었다. 무슨 꽃일까, 담 밑에 가득한 꽃 사이로 꿀벌들이 닝닝거렸고, 햇빛이 찬란한 잔디밭 위에 핀 꽃의 순색은 눈이 부시게 눈을 찌르고 있었다. 나는 넓은 정원 속에서 혼자 앉아 있었다. 온 정원은 꽃의 향기로 충만되어 있었다. 나는 차라리 작문을 짓느니보다는 그림을 그리는 화가가 되고 싶다고 생각하고 있었다. 그러나 나는 형제가 많은 집에서 자라난 애들 특유의 우울한 비애감으로 그 꽃잎을 뜯어버리고 싶은 충동감과, 누이의 옷을 줄여 입어야 하는 소년 특유의 고집, 질긴 인내를 동시에 느끼고 있었다.

목욕탕에서 유쾌한 물장난 소리가 들려왔다. 또 할머님이 계집애의 엉덩이를 때리는지 찰싹찰싹 하는 소리가 났고, 그 소리에 맞춰 계집애의 높은 비명 소리가 들려왔다. 그러고는 옷을 입는지 좀 조용해지더니 곤충의 날갯짓 같은 수상스런 옷깃 소리가 들려오고 있었다.

나는 참 오랫동안 앉아 있었다. 초봄의 따가운 햇살을 몸 가득히 받으면서, 초조하게 조용히 귀를 기울이고 있었다. 나는 땀을 흘리고 있었다.

"들어와두 좋아요."

한참 후에야 유리창 사이로 고개가 밀려나오더니 우윳빛처럼 환한 얼굴을 하고 계집애가 말했다. 그러나 나는 조금 더 앉아 있었다. 흰 나비한 마리가 햇빛 속을 열대어처럼 비상하더니 꽃 사이로 사라져가는 모습을 쫓으면서.

"들어오라니까."

다시 계집애의 고개가 나왔을 때야 나는 천천히 마루로 들어갔다. 햇볕에 앉아 있었으므로 어둠에 익숙지 않았는데 갑자기 계집애가 내게 등을 내밀더니 "애, 자크 좀 올려줘" 하고는 천연덕스럽게 아직 마르지 않은 머리에서 뚝뚝 듣는 물방울을 함부로 뿌리면서 말을 했다. 내가 좀 우두커니 서있자 할머니는 카이카이 웃으시면서 "애야, 동생 자크 좀 채워줘라" 하고 재촉하셨다. 나는 비누 냄새를 맡으면서 쑥스럽고 분한 기분으로 계집애의 자크를 올려주었다.

"넌 어쩔 테냐. 목욕할 테냐?"

"싫어요."

나는 대답했다.

"목욕하지 않겠어요."

"얘야."

할머니는 열린 목욕탕 저편에서 욕조의 물을 뽑으시면서 나를 쳐다보셨다.

"난 손주새끼 목욕시켜주고 싶은데. 자, 부끄러워 말구 이리 들어오라니까."

나는 별수 없이 목욕탕으로 들어갔다. 그러자 할머님은 목욕탕 문을 안에서 잠그시면서 손으로 찬물과 더운물을 알맞게 조종하신 다음, 옷을 벗기기 시작했다. 할머니는 아주 오랫동안 그런 일에 익숙해오신 듯 조금도 주저하지 않으시며 내 단추를 끄르고 옷을 벗기셨는데 할머님의 차디찬 손길이 내 몸에 닿을 때마다 나는 깜짝깜짝 놀라곤 했다. 나는 곧 발가벗기었고 할머니는 내가 옷을 입었을 때보다 발가벗을 때 더욱 기분 좋으신 모습으로, 내 몸을 찰싹찰싹 가볍게 때리시며 우선 나를 뜨거운 물속에 집어넣고는 향기 나는 비누를 물속에 가득 풀었고 그 속에 향수를 반 병 넘게 뿌리셨다. 그리고 거품이 자꾸 일어나 이윽고 내가 온통 햇솜 같은 비누 거품 속에 파묻히게 되자, 천천히 거품 속으로 손을 뻗어 노인 특유의 완만한 몸짓으로 내 몸의 때를 벗기기 시작했고, 나는 할머님의 손이 겨드랑이나 목덜미나 아랫부분을 스칠 때마다 간지럽기도 하고 즐겁기도 하고 또 한편 부끄럽기도 해서 몸을 비틀었는데, 할머니는 아주 자상하게 내 몸 구석구석을 문지르고 긁어내리고 그러고는 아주 오랫동안 정성 들여 아랫부분을 닦아주시는 것이었다.

"얘야, 넌 꼭 늬 에미를 닮아서 아주 살결이 부드럽구나."

할머니는 내 몸을 문지르시며 몇 번이고 같은 말을 반복하셨다.

목욕탕의 젖빛 유리창으로 스며들어온 회색의 빛 속에서 묵직하게 가라앉아, 나는 점점 배포가 유해져 이미 수치심도 상실하고, 할머니가 요구하실 때마다 몸을 뒤로 젖히거나 옆으로 비켜주고 있었다. 아주 오랜 후에 목욕이 끝나고 나는 샤워를 했는데 할머니는 갑자기 찬물을 내게 끼얹어주시면서 "애야, 저기 마른 타월이 있으니까 그걸로 닦은 후에 옷을 입어라" 하시고는 문을 열고 나가셨다.

나는 벌겋게 상기되어서 욕탕 거울을 쳐다보았다. 수증기 어린 부연 거울 위에 아주 예쁘게 생긴 소년이 부표처럼 떠 있었다. 그것은 참으로 뻔뻔스런 얼굴이었다. 나는 충분히 물기를 닦으면서 그 모범생 같은 모습으로 단아하게 서있는 자신의 모습에 혀라도 내보이고 싶은 혐오감을 느끼고 있었다. 나는 이미 알고 있었다. 나는 어린 아이가 아니다. 그러나 그들은 내게 어린 아이이기를 요구하고 있다. 나는 실제로 모든 것에 곁눈질하고 있었지만 겉으로는 모르는 체하고 있을 뿐이었다. 아아, 저 예쁘게 생긴 소년은 나쁜 자식이다. 나쁜 자식. 형편없는 자식인 것이다.

우리는 좀더 이야기를 하였다. 벌써 짧은 봄의 햇살은 어느덧 뉘엿뉘엿 사라지려 하고 정원의 푸른 잎들은 사라지려는 잔영 속에서 날카롭게 빛나고 있었다. 해질녘의 푸른 잎들은 한결 생생한 빛깔로 불타오르고, 짙은 향기를 풍기고 있었다. 계집애는 다시 자기 어머니 얘기를 하기 시작했다. 그 목소리는 사라져가는 빛을 역광으로 받고 앉아 있는 우리들의 분위기를 매우 천연덕스럽게 가라앉히고 있었다. 할머니는 눈을 감고 계셨는데 아마도 우리 둘을 손수 목욕시킨 후 매우 피로해지신 것 같았다. 우리 셋은 거의 아무런 움직임도 없었다. 나는 의자에 단정히 앉아서 목욕 후의 나른함을 손끝으로 느끼고 있었다.

"어머니가 고생한 얘기는 이것뿐 아니에요."

소녀는 마치 솜씨 좋은 외무사원처럼, 말과 말 사이에 화제를 풍부하게 하는 침묵도 배치할 줄 알았다. 그러다가는 발작적으로 손을 흔들며 목소리를 높였고, 그럴 때마다 일몰하는 빛 속에서 계집애의 모조 반지는 둔중하게 번득이고 있었다.

"어머니는 패션모델도 했었으니까요. 그것뿐인 줄 아세요. 노래두 부르고 춤도 추고, 할 수 있는 것이라곤 모조리 했었으니까요."

계집애는 말을 끊었다. 나는 거의 수면 상태 속에서 계집애의 얘기를 듣고 있었는데 갑자기 계집애는 말을 끊더니 소파에 누워 있는 할머님의 표정을 살폈다. 할머님은 안락의자에 몸을 파묻고 잠이 든 것처럼 보였다. 그러자 소녀는 살금살금 몸을 떼어 할머니 곁으로 가더니 조심스럽게 "할머니, 할머니" 하고 불러보았다. 그러나 할머님은 조금도 움직이시질 않으셨다. 이번엔 소녀는 손끝으로 할머님의 눈썹을 건드려보았다. 그래도 할머님은 움직이시지 않으셨다.

"잠이 들었군."

할머님이 잠에 완전히 빠지신 것을 확인하자, 계집애는 무언가 즐거운 듯 몸을 크게 움직이면서 중얼거렸다.

"지독한 할망구 같으니라구."

소녀는 이를 악물며 어리둥절해서 앉아 있는 나를 쏘아보았다. 커튼 사이를 통한 우울한 빛 속에서 계집애의 눈은 짐승처럼 빛나고 있었다.

"얘, 넌 참 바보 얼간이같이 생겼구나 얘. 거짓말 잘하는 사기꾼같이 생겼어."

소녀는 갑자기 소파 위에 놓여 있는 스펀지를 내게 던졌다. 나는 피할 길 없이 그 스펀지를 얼굴에 얻어맞았다.

"얘, 너무 젠체하지 마라. 난 다 알구 있다. 이 뻔뻔스런 바보 자식아."

이번엔 계집애는 던져도 깨어지지 않을 플라스틱 접시를 내게 던졌다. 허나 나는 이번에는 주의를 했으므로 맞지 않았다. 플라스틱 접시는 벽에 부딪힌 후 마룻바닥에 굴렀다.

"니가 내 친척이라니. 얘, 더럽다 더러워. 가서 그 애 많이 낳는 늬 엄마한테 가서 얘기해라. 이 할망구는 곧 죽을 테니까 염려 말라구."

계집애는 아주 성이 난 듯 보였다. 얼굴은 발갛게 달아올랐고, 목은 성난 뱀의 그것처럼 부풀어 있었다.

나는 주춤주춤 일어났다.

"얘, 너 비쳤니?"

나는 될 수 있는 한 나지막하게 얘기했다.

"미쳤다, 미쳤어. 왜, 고소하니?"

계집애는 이번엔 던지는 것을 중지하고 숫제 몸째로 덤벼들었다. 나는 계집애의 손을 피해 슬슬 뒷걸음질 쳐서 거실로 밀려들어갔다. 계집애의 힘은 무척 강했고 독이 올라 있었으므로 마치 쌈닭처럼 사나워 보였다. 계집애는 방 한구석에 쌓아놓은 방석을 차례차례 던지기 시작했다. 나는 얼떨떨해서, 그러나 용케 피하며 그 방석이 벽에 걸린 액자를 깨거나 꽃병을 깨뜨리는 것을 멍하니 바라보고 있었다. 계집애의 행패는 그것뿐만이 아니었다. 처음엔 깨어지지 않는 물건들만을 던졌으나 좀 후엔 손에 잡히는 대로 마구 내어던지고 있었다.

레코드가 날아와서 깨어졌고 스푼이 번득이며 물고기의 흰 배처럼 날았다. 덕분에 유리창이 깨어졌다. 참으로 어처구니없는 일이었다. 나는 조금 무서워져서 엎질러진 꽃병을 바로 세우고 흘러나온 물을 걸레로 훔

치려고 했다. 그러나 이러한 나의 성의의 시도는 계집애의 다음번 행동으로 말미암아 무참하게 좌절되었다. 구석으로 몰린 내게 이번엔 계집애의 몸이 달려와서 내 얼굴을 할퀴기 시작했던 것이다. 아주 사나운 기세였다.

정말이지 나는 참을 수 있는 데까지는 참아보려 했다. 그것은 사실이다. 그것은 꼭 이해해주길 바란다. 나는 결단코 형제 많은 집에서 자라난 특유의 질기디질긴 인내성으로 참아나가려 했던 것을 꼭 기억해주길 바란다. 그러나 참는 것에도 한계가 있었다.

나는 유약하고, 신중하고, 주기도문을 외우는 소년이었지만, 비록 처음엔 무슨 영문인지 잘 몰라서 뒷걸음질 치는 소년이었지만, 계집애의 손톱이 내 얼굴을 할퀴고 후비고 주먹이 발길질이 내 몸을 향해 돌격해 올 때엔 분명히 분노할 수 있는 남자임을 이해해주길 바란다. 그것은 비단 그 계집애뿐만 아니라 온 세상 여자에 대한 죄소한도의 우월감 때문이었다.

나는 순간 계집애를 때리기 시작했다. 계집애의 머리칼을 쥐고 머리통을 벽에 두어 번 쾅쾅 부딪쳤다. 그것은 아버지가 가끔 술이 취해서 집에 왔을 때, 누이에게 했던 것으로 구태여 그 방법을 모방했던 것은 아니었다. 그러나 역시 남자가 여자에게 타격을 가할 때는 그같이 하는 것이 제일 손쉬운 방법이라는 것은 내가 실제로 실행해보니까 증명되었다.

"사람 살려요! 이 자식이 날 죽여요!"

계집애는 갑자기 소리를 지르기 시작했다. 그래서 손을 늦추어주었더니 계집애는 엉엉 울면서 마루로 뛰어나갔다. 그녀는 잠들어 있는 할머니를 흔들어 깨우기 시작했다.

"할머니, 할머니!"

할머님은 아주 늦게야 눈을 떴다. 그러고는 머리를 풀어헤치고 얼굴에 멍이 든 채 울고 있는 손주딸을 의아하게 쳐다보았다.

"무슨 일이냐?"

"저 오빠가 날 때렸어요."

"뭐라구?"

할머님이 일어서서 아직 방안에 서있는 내게로 다가오셨다.

"얘들아, 이게 무슨 꼴이냐? 유리는 누가 깼었니? 꽃병은 누가 엎질렀구?"

허나 계집애는 대답하지 않았다. 나도 변명하지는 않았다. 그러나 내가 매우 못된 난폭한 소년처럼 방 한가운데 서서 엎질러진 꽃 몇 송이를 들고 있었기 때문에, 범인으로 보이리라는 것은 의심할 여지가 없었다.

"갓뎀."

할머님은 아주 젊은 여자 같은 비명 소리를 내셨다.

"얌전한 줄 알았더니 이제 보니 지 애빌 닮았군. 저 자식이 왜 널 때렸는지 아느냐 아가야?"

"모르겠어요."

계집애는 서럽게 울면서 대답했다.

"할머님이 잠이 드신 바로 직후였어요. 저는 조용히 앉아서 얘기를 하고 있었는데 갑자기 저 오빠가 듣기 싫다고 하면서 날 때리기 시작했어요."

"미친 자식. 꼴두 보기 싫다. 얼른 내 눈앞에서 없어져버려."

할머니는 고래고래 소리를 지르셨다. 그때 우리는 초인종 소리를 들었고, 좀 후엔 아버지가 월부책 팔러 온 외판원 같은 표정으로 정원에 서있는 것을 볼 수 있었다. 아버지는 할머님께 드릴 생과자를 손에 들고 있었다.

"이리로 들어와보라구."

"무슨 일입니까?"

할머니는 무서운 기세로 아버지께 대들었다.

"무슨 일입니까?"

"애를 똑똑히 교육시키라구. 부랑배 만들지 말구."

"뭐, 뭐라구요?"

아버지는 좀 얼버무리는 듯한 웃음을 웃으려고 했다.

"저자식이 이애를 때렸단 말야. 보라구. 이 생채기를 보라구."

"글쎄요."

아버지는 애매하게 대답하며 나를 쳐다보았다. 나는 서글퍼져서 고개를 숙인 채 서서히 몇 방울의 눈물이 흘러내리는 것을 느끼고 있었다.

"빨리 데리구 가. 이 주정뱅이야."

나는 눈물 어린 눈으로 아버지를 바라보았는데 아버지는 갑자기 결심했다는 듯 뚜벅뚜벅 내게 오더니 좀 우악스럽게 내 손을 거머쥐었다.

"이 생과자두 가지구 가라구."

할머니는 소리를 질렀다.

"안녕히 계십시오."

아버지는 정중하게 큰 목소리로 인사를 했지만 할머니는 인사를 받지도 않으셨다.

"안녕이구 굿바이구, 이젠 얼씬두 하지 말아라."

"알겠습니다."

아버지가 대답했다.

"이젠 다시 오지 않겠습니다."

우리는 거리로 나왔다. 거리엔 어둠이 내려 있어 거리의 상가는 불을 밝히고 있었다. 나는 이미 눈물을 흘리고 있었으므로 거리의 불빛은 번질번질 윤택이 흐르고 있었다.

"울지 마라."

아버지는 무뚝뚝하게 말씀을 하셨다.

"사내녀석이 울긴."

나는 어머니와 많은 동생들과 누이들과 형들이 기다리고 있는 저편의 우리 집을 생각해냈다.

"아버지."

나는 변명하기 위해서 입을 열었다.

"난 정말 때리려고는 하지 않았어요. 정말이에요, 아버지."

"다 알구 있다니까."

아버지는 갑자기 웃기 시작하셨다. 어찌나 크게 웃으셨는지 지나가는 사람들이 쳐다봤을 정도였다.

"그래, 그 계집앨 니가 때렸니? 캴캴캴, 정말 니가 그 계집앨, 캴캴캴, 때렸니?"

나는 눈치를 보며 대답했다.

"……때리긴 때렸어요."

"어떻게 때렸니? 캴캴캴, 주먹으로 말이냐?"

아버지는 자기의 커다란 주먹을 들어 보였다.

"……주먹으로두 때렸어요."

"아주 힘껏 때렸니?"

"……예."

나는 무언가 즐거워져서 아버지와 같이 웃었다. 유쾌한 공범의식이 서서히 가슴에 충만되기 시작했다.

"발루두 찼어요."

"자알했다. 망할 계집애."

아버지는 내 머리를 쓰다듬어주셨다.

"네가 이제부터 진짜 남자가 되는가 보다. 팽이하구 북어하구 여자란 자고로, 캴캴캴, 좀 맞아야 되는 게다. 이제부터 넌 진짜 내 아들 자격이 있다."

길거리엔 술집이 있었는데 아버지는 조금도 망설이는 기색 없이 내 손을 붙들고 그 술집으로 성큼성큼 들어가셨다. 내가 약간 주저주저하며 아버지의 손을 잡아끌자, 아버지는 크게 웃으시면서 나를 내려다보시는 것이었다.

"아니다. 오늘같이 즐거운 날은 술 한잔 먹어야 한단다. 제기럴, 젠장. 애, 거 술 며칠 끊었더니만 어디 사람 살겠디? 캴캴캴, 술이나 먹구 노래나 부르자."

깊고 푸른 밤 ※

제6회 〈이상문학상〉 수상작

1

　그는 약속대로 오전 여덟 시에 눈을 떴다. 눈을 뜨고 뻣뻣한 팔을 굽혀 손목시계를 보았다. 정각 아침 여덟 시였다. 누가 깨워준 것도 아닐 텐데 그처럼 곤한 잠 속에서도 시간의 흐름을 예민하게 감지하고 있는 동물적인 본능이 그를 정확한 시간에 자명종 소리를 내어 깨워준 셈이었다.

　낯선 방이었다.

　그는 자기가 지금 어디서 잠들어 있는가를 아직 잠이 완전히 달아나지 않은 혼미한 의식 속에서 헤아려보았다. 그는 눈이 몹시 나쁜 사람이 안경도 없이 사물을 바라보는 것 같은 느낌을 받았다. 보이는 것은 모두 흐릿했고 머리는 죽음과 같은 잠에도 불구하고 먼지가 갈피마다 긴 듯 복잡하고 어지러웠다.

집안은 조용했고, 닫힌 커튼 사이로 눈부신 아침햇살이 비비고 쏟아져 들어오고 있었다. 한 30분 더 잠을 잘 수 있는 시간적 여유는 있었다.

준호와 그는 여덟 시쯤 일어나 세수를 하고 늦어도 정각 아홉 시에는 출발하기로 약속을 해두었던 것이다.

샌프란시스코에서 로스앤젤레스까지 줄곧 5번 도로로 달린다면 여섯 시간이면 닿을 수 있을 것이다. 101번 도로로 내려간다고 해도 일곱 시간에서 여덟 시간이면 충분할 것이다. 그러나 그들은 해안선을 따라 꼬불꼬불한 1번 도로로 내려가기로 합의를 봐두었으므로 1번 도로를 따라 로스앤젤레스까지 가는 길은 시간을 짐작할 수 없는 거리였다. 쉬지 않고 달린다고 해도 열 시간은 넘게 걸릴 것이다. 아니다. 열 시간이라는 것도 막연한 추측일 따름이다.

1번 도로의 대부분은 바닷가의 가파른 해안선을 따라 형성된 2차선의 관광도로에다 한여름의 우기에는 길가 벼랑에서 굴러떨어지는 낙석과 흙더미로 길이 종종 폐쇄되기도 한다. 그러므로 어쩌면 시간이 훨씬 더 걸릴지도 모른다. 최소한 아홉 시쯤에는 출발을 해야만 오늘밤 안으로 로스앤젤레스에 도착할 수 있을 것이다.

그들은 일주일 전 로스앤젤레스를 떠났다. 그들은 15번 도로를 따라 베이커에서 127번 도로로 갈라져 데스밸리, 죽음의 계곡을 거쳐 129번 도로를 따라 내려오다가 오랜차에서 395번 도로를 만났으며 그 길을 따라서 내려오다가 프리맨에서 178번 도로를 따라 베이커즈필드에 도착했다.

베이커즈필드는 찰스 디킨스의 소설에 나오는 남주인공 이름 같은 도시였다. 베이커즈필드에서 그들은 99번 도로를 타고 북상했다.

그들은 프레즈노에서 99번 도로를 버리고 41번 도로로 접어들었다. 41번 도로는 요세미티의 국립공원으로 들어가는 간선도로였다. 요세미티를 거쳐 그들은 120번 도로로 빠져나와 맨데카에서 일차로 90번 도로를 다시 만났다가 5번 도로를 만났으며, 205번 도로를 거쳐 마침내 그들은 580번 도로로 해서 샌프란시스코에 들어선 길이었다.

그들은 지도 한 장만을 들고 로스앤젤레스를 떠났었다. 그들은 수없이 갈라지고 방사선으로 펼쳐진 거미의 줄과 같은 도로들을 따라 숨가쁘게 캘리포니아의 구석구석을 헤매며 온 것이었다.

그들은 사막과 눈〔雪〕의 계곡을 거쳐 바다를 향해 한꺼번에 달려왔다. 이제는 바다를 볼 계획이었다. 바다를 보기 위해서는 아무래도 해안선을 끼고 달리는 1번 도로가 최고의 지름길이라는 사실은 지도만을 보아도 알 수 있었다.

이제 일주일 동안 내내 쉬지 않고 강행군을 벌여온 그들로서는 어지간히 지치고 피로했으므로 빨리 로스앤젤레스로 돌아가고 싶은 욕망뿐이었다. 그리고 돈도 거의 바닥나 있었다. 가는 도중에 휘발유를 한번쯤 가득 채워야만 불안하지 않을 것이며, 식사는 간이매점에서 싸구려 햄버거로 때운다 해도 모텔비는 아슬아슬하게 남을까 말까 하는 금액이 주머니에 들어 있을 뿐이었다. 그래서 내처 이날 안으로 로스앤젤레스로 돌아가야만 했다. 그러기 위해서는 최소한 아홉 시에는 출발을 강행해야 했다.

그는 무거운 몸을 일으켰다.

잠시 그가 지나온 여정을 머릿속으로 더듬는 동안 잠기운은 서서히 가시고 있었으며, 그래서 그는 비로소 안경을 찾아 쓴 것 같은 명료한 의식을 되찾았다.

어젯밤 두 시까지 술을 마셨으므로 그는 겨우 여섯 시간 정도 눈을 붙인 셈이었다. 그러나 그는 비교적 일찍 잠이 든 셈이었고, 남은 사람들은 그가 잠이 든 뒤에도 더 많은 술을 마시고 더 많은 이야기를 나누고 더 많은 술에 취했을 것이 분명했으므로 아마도 날이 밝을 무렵에야 지쳐서 쓰러진 채 잠이 들었을 것이었다.

그는 깊은 잠 속에서도 간간이 매캐한 담배연기를 맡으며 귀를 찢는 듯한 음악 소리와 두런거리는 사람들의 목소리들을 듣고 있었다. 그는 간밤에 엉망으로 취해 잠이 들었었다. 몸을 저미는 피로에 한꺼번에 너무나 많은 위스키를 마신 모양이었다. 몹시 취해서 누군가와 심한 말다툼을 했던 것도 어렴풋이 떠올랐다.

그를 떠밀어 부축해서 잠을 재우고 난 뒤에도 모처럼의 파티는 새벽까지 계속되었을 것이 분명했다. 그는 머릿속이 쏟아져내릴 듯한 통증을 느꼈다. 그는 더듬거리며 일어섰다.

방문을 열고 나서자 채광이 좋은 거실로 은가루 같은 오전의 햇살이 한가득 흘러넘치고 있는 것이 보였다.

거실은 난장판이었다. 탁자 위에는 마시다 남은 위스키 병과 술잔, 엎질러진 술, 피우다 함부로 비벼 끈 담배꽁초, 레코드판, 누군가 밟았는지 부서진 레코드판의 잔해들, 기타, 먹다 남은 빵 부스러기들, 씹다 버린 치즈 조각, 그리고 마리화나를 가득 담은 담배함이 놓여 있었고, 그것을 피우기 위한 파이프와 기구들이 내팽개쳐져 놓여 있었다. 온 거실에 술 냄새와 담배 냄새 그리고 밤새워 피웠던 마리화나의 독한 풀 냄새가 뒤범벅이 되어 구역질 나는 냄새로 가득 차 있었다.

대여섯 명의 사람들이 거실 바닥에 뒤엉켜 잠들어 있었다. 유리창을 통해 들어온 햇살의 무차별한 공격에도 그들은 곯아떨어져 있었다. 그들은 서로서로의 다리와 팔을 베고 잠들어 있었다. 안색이 몹시 나쁜 그들의 얼굴은 마치 물속에 가라앉은, 익사해 죽은 시체를 끌어올린 형상을 하고 잠들어 있었다. 머리칼이 긴 여자는 커다란 곰인형을 부둥켜안고 있었다. 그는 준호가 어디 있는가 둘러보았다.

준호는 소파 위에서 담요를 뒤집어쓰고 잠들어 있었다. 머리맡에 빵 부스러기가 부서져 있는 것으로 보아 아마도 무엇인가 먹다가 잠이 들어버린 것이 분명했으며 그것으로 그는 준호가 간밤에 마리화나를 몹시 피웠다는 사실을 알 수 있었다. 그는 마리화나를 피우면 자꾸 무엇이든 먹으려 했다. 그는 준호가 마리화나를 피운 후 한 파운드의 빵과 샌드위치 세 개를 꾸역꾸역 먹는 것을 본 적이 있었다.

그는 준호의 머리를 흔들었다. 그는 쉽사리 눈을 뜨지 않았다. 그는 조금 심하게 준호를 흔들었다. 준호는 간신히 눈을 떴다.

"일어나."

그는 낮은 소리로 말했다.

"아홉 시가 되었어."

"제발."

그는 돌아누우며 말했다.

"조금만 더 잡시다, 형. 어제 다섯 시에야 잠이 들었어."

"일어나 이 쌔끼야."

그는 준호의 머리칼을 움켜쥐었다. 그의 머리칼엔 여자용 헤어핀이 꽂혀 있었다. 아마도 어떤 여자가 그의 머리칼을 정성들여 빗어준 후 자신의 헤어핀을 꽂아준 모양이었다. 헤어핀은 나비 모양으로 제법 아름다웠다.

"아아, 제발, 제발."

준호는 두 손으로 빌면서 중얼거렸다.

"한 시간만. 한 시간 후에 떠나도 늦진 않아."

"일어나야 해. 당장 떠나야 해."

"우라질. 부지런을 떨고 있네. 여긴 한국이 아니야. 여긴 미국이야 형. 좋아 씨팔. 내 안경 어디 갔지. 내 안경 좀 찾아봐, 형."

그는 준호의 안경을 찾기 위해서 난장판이 된 거실을 훑어보았다.

준호는 눈이 몹시 나빠 안경을 쓰지 않으면 한치 앞을 구별하지 못한다. 준호의 안경은 그의 눈이었다. 그는 운전을 전혀 하지 못했고 오직 준호만이 운전을 할 줄 알았으므로 어제까지의 여행도 준호 혼자서 계속해왔던 것이다. 안경이 없다면 그는 운전을 할 수 없게 된다.

그는 불타버린 잿더미 속에서 살림도구를 챙기는 사람처럼 엉겨 붙어 잠들어버린 사람들을 헤치고 다녔다. 누군가 그의 발에 밟혔다. 잠결에 둔한 비명 소리를 지르며 한 사내가 그를 올려다보았다.

"미안합니다."

그는 웃으며 말했다. 전혀 낯선 얼굴이었다. 그는 어젯밤 아홉 시쯤 이곳에 도착했었다. 샌프란시스코에 도착한 것은 오전이었지만 둘이서 시내를 돌아다니다가 저녁 무렵에야 이곳으로 찾아온 것이었다. 준호가 알고 있는 유일한 사람의 집이었다. 하지만 주소만 알고 있을 뿐 전화번호도 알고 있지 않았다. 주머니에 돈이 없었으므로 노상에서 잠을 잘 수는 없는 노릇이었다. 그들이 무어라 하든, 싫어하든 좋아하든 준호가 알고 있는 주소에 적힌 집을 찾아 하룻밤 신세를 지지 않으면 안 될 만한 상황에 놓여 있었다. 대충 눈치로 보아 그들이 찾아가는 사람도 준호와 절친한 사람으로 보이지 않았고 그저 오가다가 주소만 적어준, 겨우 안면만 있는 사람처럼 보였다. 그러나 어떤 사이라도 상관없었다. 하룻밤만 신세지면 그것으로 충분했다. 쫓아내지만 않는다면 차고 속에서라도 하룻밤 자고 떠나면 그만이었다.

주소 하나만을 갖고 집을 찾는 것은 구름 잡는 식이었다. 산호세에 있는 사내의 집을 찾은 것은 아홉 시가 지날 무렵이었다. 집을 찾는 데만 세 시간이 넘어 걸린 셈이었다. 마침 집안에서 토요일을 맞아 파티가 벌어지고 있었는지 대여섯 명의 사람들이 모여 있다가 그들을 맞아주었다. 준호가 한때 노래를 부르던 제법 유명한 가수라는 사실을 그들은 모두 알고 있어 보였다. 그래서 그들은 기대했던 것보다는 훨씬 환대를 받을 수 있었다. 파티를 위해 아이들을 친척집에 미리 맡겨두었다는 집주인은 그들에게 웃으며 말했다.

"잘됐습니다. 우리도 모처럼 파티를 벌일 참이었는데 실컷 노세요."

그들은 이미 전주가 있었는지 다들 눈이 풀어져 있었다. 그들은 악수를 나누었고, 서로 통성명을 하고 웃음을 나누었다. 그러나 그는 그들의 이름을 하나도 기억하지 못하고 있었다. 밤 두 시까지 그들은 떠들고 웃고 그리고 춤을 추었다. 취한 여인 중의 하나가 풀장에 들어가 옷을 입은 채로 수영을 했다. 그는 취한 김에 그 여인을 따라 팬티만 입고 물속에 뛰어들었던 기억이 어렴풋이 떠올랐다. 그것은 이상한 일이었다.

아홉 시부터 밤 두 시까지 무려 다섯 시간을 그들과 끊임없이 이야기를 나누고, 무엇을 마시고 먹고 춤을 추고 나중에는 몹시 다투기도 했지

112

만 잠들어 있는 그들의 얼굴은 전혀 낯이 설었다. 그들은 누구인지, 이름이 무엇인지, 왜 그가 그들과 싸웠는지, 옷을 입은 채 풀장에 뛰어든 여인은 누구인지, 준호의 안경을 찾으며 거실을 샅샅이 돌아다니는 그의 마음은 두터운 암벽과도 같이 단절되어 있었다.

그는 간밤에 그토록 지리한 여행 끝에 마침내 이 집 앞에 다다랐을 때 초인종을 누르자 불빛 아래에서 나타나는 얼굴들을 보며 이상한 충격을 받았던 기억을 떠올렸다. 그들은 모두 가면을 쓴 사람처럼 보였다. 몸은 지치고 피로해서 쓰러질 것만 같았다. 그들은 이제 마악 임종을 한 뒤 영혼이 육신을 빠져나가 거칠고 황량한 어두운 벌판을 이리저리 배회하다 우연히 만난, 아직 이승에서 방황하는 죽은 자들의 혼령들처럼 보였다.

이제 다시는 잠든 그들과 이야기를 나눌 수 없는 것이며 또다시 그들을 만나지도 못할 것이다.

그는 여행을 떠나고 나서부터 아름다운 풍경이나 거대한 사막, 선인장, 눈 덮인 요세미티 공원의 절경을 볼 때면 언제나 그런 감상적인 비애를 느끼곤 했다.

다시는 만나지 못할 것이다.

시속 70마일의 빠른 속도로 스쳐 지나가는 차창에 잠시 머물다 스러지는 저 풍경은 또다시 만나지 못할 것이다. 한번의 만남이 영원한 과거로 소멸되고 말 것이다. 저 끝간 데를 모르는 벌판. 초록의 융단 위에 구름에 가리워진 빛의 그늘이 대지 위에 이따금 그림자놀이를 하고 있었다. 어린 날 우린 흐린 저녁불 아래에서 두 손으로 벽에 그림자를 만들어 보곤 했었지. 여우, 토끼, 개의 그림자를 손가락을 구부려 벽에 만들어보곤 했었지.

짓궂은 구름은 이따금씩 하늘의 햇빛을 가려 지상에 그림자를 드리우곤 했다. 어떤 때는 여우비를 뿌리고 어떤 때는 얽힌 대지의 머리칼을 빗질하듯 슬며시 쓰다듬고는 사라지곤 했다. 그러한 것. 잠시 보이는 구름의 장난으로 여우비를 내리고 심심풀이 장난으로 서늘한 그림자를 드리우는 찰나적인 어둠도 그것으로 그만이었다. 다시는 만날 수 없을 것이다.

저 구름도, 햇빛도, 먼 벌판에 민머리로 빛나는 구름도, 가끔 거웃처럼 웃자라 있는 몇 그루의 나무도 다시는 만나지 못할 것이다.

그가 지나온 5번 도로도, 101번 도로도, 죽음의 계곡도, 사막도, 베이커스필드도 다시는 만나지 못할 것이다. 잠들어 있는 사람들의 얼굴들. 이름을 기억할 수 없는 사람들. 그들의 목소리, 그들의 웃음소리는 영원히 기억되지 않을 것이며, 그들은 이제 이 한 번만의 해후로 영원히 잊혀질 것이다.

그는 준호의 안경을 스피커 옆에서 찾아냈다. 안경은 밟혀서 테가 몹시 구부러져 있었지만 다행히도 안경알은 건재했다. 그는 안경을 들고 소파로 다가갔다. 안경을 찾느라고 시간을 지체하는 동안 준호는 다시 깊은 잠에 빠져 있었다. 그는 준호의 머리를 거칠게 흔들었다. 신음 소리를 내며 준호는 눈을 떴다. 그는 안경을 준호의 얼굴 위에 씌워주었다.

"일어나. 벌써 아홉 시 반이야."

"아아."

준호는 하품을 하며 몸을 일으켜 세웠다.

"유난히 부지런을 떠는군. 젠장. 형은 그래도 일찍 잠이 들었잖아. 난 다섯 시가 넘어서 눈을 붙였단 말이야."

"떠나자, 떠나면 잠이 안 올 거야. 여기서 시간을 지체할 순 없어."

"씨팔."

그는 웃었다.

"외박을 하고 집으로 돌아가려는 사람 같애. 여긴 미국이야, 형. 로스앤젤레스로 돌아가봤댔자 반겨줄 사람은 없어. 로스앤젤레스가 서울인 줄 아슈. 젠장할. 아이구 머리 아파. 머리가 아파 죽겠어. 커피나 한잔 마셨으면 좋을 텐데."

순간 준호의 코에서 붉은 핏물이 맥없이 굴러떨어졌다. 그것은 코피였다.

"얼씨구 코피까지 나는군."

준호는 휴지를 찢어 동그랗게 만든 후 코를 틀어막고서 일어섰다.

"내 양말이 어디 있을 텐데."

그는 더듬거리며 소파 밑을 뒤졌다. 그는 한 짝의 양말을 소파 밑에서 찾아내었고 다른 한 짝의 양말을 곤히 잠든 여인의 머리 쪽에서 찾아내었다. 준호는 낑낑거리며 양말을 신다 말고 물끄러미 여인의 얼굴을 들여다보았다.

"형. 이애의 이름이 뭐였지?"

"몰라. 간밤에 난 엉망으로 취했었어."

"맞아."

준호는 낄낄거리며 웃었다.

"형은 미친 사람 같았어. 이 친구들이 깨어나면 형을 떼지어 죽일지도 몰라. 형은 간밤에 너무 심했어. 풀장에도 뛰어들어 갔었다고. 저 레코드판을 깬 사람이 누군 줄 알우. 형이야."

그는 유쾌하게 웃었다.

"형은 어젯밤 저 유리창도 부쉈다구. 풀장 옆에 있는 돌멩이를 집어던 져 유리창을 깼어. 내버려두었으면 온 집안을 부쉈을 거야. 웃겼어. 형은 미친 사람 같았어. 나중엔 온 집안에 불을 지른다고 설쳐댔었다고."

그는 부끄러웠다.

"그러니까 서두르자. 이 친구들이 깨기 전에."

"이 친구들은 얼굴에 오줌을 싸도 깨어나진 않을 거야. 밤새 춤을 추 고 마리화나를 빨고, 술까지 처먹었으니까. 지독한 친구들이야."

어느 정도 코피가 멎었는지 준호는 틀어막았던 휴지 조각을 빼서 재떨 이에 버렸다.

"갑시다. 젠장."

그는 한데 뭉쳐 잠든 사람들을 밟으며 거실을 가로질렀다. 준호는 냉 장고를 열어 주스통과 우유, 그리고 빵 조각을 비닐봉지 속에 가득 넣었 다.

"커피를 마시면 정신이 날 텐데. 아, 아. 커피를 좀 먹었으면."

준호는 거실 한 가장자리에 코를 처박고 잠든 사내를 흔들어 깨웠다.

"이봐, 친구. 이봐, 친구."

사내는 짜증난 얼굴로 무어라고 중얼거리며 눈을 떴다.

"우린 떠나겠어. 친구 고마웠어, 친구. 가만 있자, 이 친구의 이름이 뭐였더라. 형, 이 집 주인 이름이 뭐였지."

"생각나지 않아."

"가만있어봐. 어디 주소를 적어둔 종이가 있을 텐데."

준호는 주머니를 뒤졌다. 그러나 메모지는 어디론가 달아나버린 모양

116

이었다.

"어이 친구."

할 수 없다는 듯, 간신히 눈을 떴다 다시 눈을 감은 사내의 얼굴을 가볍게 두드리며 준호는 소리 질렀다.

"우린 가겠어. 고마웠어. 친구. 로스앤젤레스에 오면 연락하게."

"잘 가."

꿈에 잠긴 목소리로 그는 중얼거렸다.

"하룻밤 신세졌어요. 우린 갑니다."

그는 부드러운 목소리로 인사말을 했다.

"안녕히 가세요. 안녕……."

"갑시다. 형."

먹을 것이 든 비닐봉지를 들고 준호는 어느 정도 원기를 회복했는지 기분 좋게 소리 질렀다. 그들은 문을 열고 밖으로 나섰다. 무지막지한 햇빛의 광채가 수천 개의 플래시를 일제히 터뜨리듯 그들의 얼굴을 공격했다. 밤길을 달려왔으므로 집 앞의 돌연한 햇빛과 진초록의 나무와 장미와 숲들은 일제히 아우성을 치며 덤벼들었다. 새떼들이 잔디밭 위에 앉아서 귀가 따갑도록 지저귀고 있었다. 집 앞 정원에 세워둔 준호의 검은 차가 없었다면 그들은 돌연히 다가온 이 정원 풍경을 어떻게 받아들여야 할지 어리둥절한 기분이었을 것이다. 준호의 차는 해안에 정박한 낡은 폐선처럼 보였다. 수천 마일을 쉬지 않고 달려왔으므로, 비와 눈과 먼지와 흙탕물에 뒤범벅이 되어 더럽고 불결해 보였다. 차창은 먼지로 반투명의 잿빛 유리처럼 더러웠으나 브러시가 만든 부채꼴의 반원만큼은 깨끗했다. 그 낡은 중고차로 일주일 동안 수천 마일을 쉴새없이 달려왔다는 사실이 믿어지지 않을 정도였다. 멕시코 녀석에게 2천 달러를 주고 샀다는 볼품없는 구형의 차는 그러나 의외로 견고하고 조그만 고통쯤에는 신음 소리 하나 내지 않는 충직한 노예와도 같았다. 그 먼 길을 달려오는 동안 딱 한 번 죽음의 계곡 그 가파른 언덕길에서 왈칵 오바이트한 것을 빼놓고는 내내 건강하고 명랑했다.

그들은 차의 문을 열고 좌석에 앉았다. 차 안은 난장판이었다. 여기저기 눌러 끈 담배와 먹다 흘린 빵 조각들. 낡은 옷. 펜트하우스에서 잘라낸 여인들의 벌거벗은 사진들. 요세미티 공원에서 산 자동차 체인. 일주일 만에 벌써 낡아 너덜거리는, 캘리포니아의 도로망을 상세히 알려주고 있는 지도책. 그러나 막상 앉자 이상한 행복감과 안도감이 충만하기 시작했다.

남은 것은 이 집을 떠나는 일뿐이었다.

"잠깐."

운전대를 잡았던 준호가 깜빡 잊었다는 듯 운전대에서 손을 떼며 그를 보았다.

"큰일날 뻔했군. 잠깐만 기다려요, 형."

그는 차의 문을 열고 정원을 되돌아 집안으로 사라졌다. 그는 시트 바닥에 굴러떨어져 있는 담뱃갑에서 담배를 한 대 꺼내 피워 물었다. 입 안이 깔깔해서 담배 맛이 나질 않았다. 그는 시트 바닥에서 간밤에 그들이 유일하게 구원의 메시지처럼 들고 물어물어 찾아왔던 주소가 적힌 메모지를 발견했다. 그는 메모지를 꺼내보았다.

'정준혁.'

그곳엔 그들이 하룻밤 묵었던 집의 주인 이름이 적혀 있었다. 알 것 같기도 모를 것 같기도 한 이름이었다. 다시는 만날 수 없는 사람의 이름이었다. 이곳을 떠난다면 이 지상에 이러한 집이 있었다는 것은 영원히 망각 속에 묻혀버리게 될 것이다. 이곳을 떠난다면 분명히 하룻밤 머물렀던 저 집 안에서의 기억은 흔적도 남아 있지 않게 될 것이다. 요세미티의 방갈로에서 하룻밤 자고 일어났을 때 아침에 문을 열고 나서자 문득 막아섰던 엄청난 전나무의 꼿꼿한 나뭇등걸처럼 아아, 눈 덮인 나무숲 너머로 햇살을 받고 빛나던 산봉우리들. 얼어붙은 폭포가 산봉우리에 손바닥에 그어진 손금처럼 흘러내리고 있었다. 푸르다 못해 창백하게 질린 벽공의 겨울 하늘을 등 뒤로 하고 눈 덮인 산봉우리들은 상아(象牙)의 탑처럼 백골로 우뚝 서 있었다. 그곳을 떠나와 이곳에 있듯이 이곳을 떠난다면 그 기억들은 뒤범벅된 머리의 갈피 속에 끼어들어 더러는 금방 잊히고 더러는 생선의 가시처럼 틀어박혀 어쩌다 기억이 나곤 하겠지. 그들이 이 집을 떠난다 해도 이 집은 이 집대로 존재할 것이다. 그들이 눈 덮인 계곡을 떠나왔다 해도 그 전나무는 늘 그 자리에 존재하듯이 그들이 180번 도로를 떠나왔다 해도 늘 그 자리에 그 도로는 놓여 있을 것이다. 프레즈노는 언제나 그 자리에 존재할 것이며 샌프란시스코는 그곳에 있을 것이다. 마치 우리가 두꺼운 책을 읽어내릴 때 눈으로 훑어내리면 내용은 머릿속에 전이되어 기억되나 페이지는 가차 없이 흩어져 나가버리듯. 책을 거꾸로 읽는 사람은 없듯이 우리는 일단 스쳐 지나온 길을 고스란히 거꾸로 되돌아갈 수는 없는 것이다.

준호가 집에서 나왔다.

그는 파이프와 마리화나를 가득 담은 담배쌈지를 들고 있었다. 그럼 그렇지, 그가 그것을 그냥 놓고 나올 리는 없었다.

"하마터면 큰일날 뻔했어, 형."

준호는 만족하게 웃으며 운전대에 앉았다.

"이건 아주 좋은 거야. 아주 비싼 거야. 이 정도면 60달러가 넘을 거야."

그는 그것을 소중하게 다루며 차 앞 캐비닛을 열고 그 속에 집어넣었다.

"이걸 저번처럼 버리면 그땐 형이고 뭐고 골통을 부숴버리겠어. 알겠수?"

"알겠다."

준호는 주머니에서 자동차 키를 꺼내들고 구멍 속에 집어넣고 비틀어 보았다. 차는 부드럽게 작동했다.

"멋있어. 형, 이 자식은 정말 멋진 놈이야."

준호는 기분이 좋은 듯 운전대를 쾅쾅 때렸다. 제풀에 클랙슨이 두어 번 크게 울렸다. 잔디밭에 떼지어 앉았던 새들이 놀라서 일제히 박수를 치며 일어섰다.

"갑시다. 자, 출발이야. 잘 있거라, 이 우라질 놈의 집. 잘 있거라, 덜 떨어진 암놈 수놈들아."

차는 일단 후진을 한 후 방향을 잡았다. 그리고 달려나가기 시작했다. 그는 고개를 젖혀서 그가 하루 묵었던 집을 돌아보았다. 회백색의 양옥집은 초록의 숲속에서 잠시 반짝이며 빛났다가 스러졌다. 뭔가 강렬한 인상을 머릿속에 접목시켜두지 않으면 안 된다고 그는 생각했다. 그것은 여행을 떠나고 나서 줄곧 머릿속을 지배해온 일관된 흐름이었다. 마치 책을 읽다 인상적인 구절이 나오면 귀찮더라도 붉은 색연필로 언더라인을 그어서 표시해놓듯이. 그래야만 책을 다 읽은 후 책장을 펄럭펄럭이며 대충 훑어보아도 인상적인 장면을 떠올릴 수 있을 것이다. 이 여행이 끝난 후 집으로 돌아가 먼 후일에라도 머릿속에 각인시켜둔 풍경과 많은 기억을 떠올리려면 뭐든 집중력을 가지고 봐두어야 할 것이다. 방향을 잃은 사람이 밤하늘에 빛나는 별과, 나뭇등걸의 나이테를 보고 방향을 잡듯이.

그러나 그가 하루 머물렀던 집은 기억 속에 새겨놓기 전에 벌써 맹렬한 속도로 달려나가는 차의 전진으로 아득히 멀어져갔다. 이제는 잊어버릴 의무만이 남아 있는 셈이었다. 그래서 그는 잊기로 했다.

2

날씨는 기가 막히게 좋았다. 미국에서도 가장 좋은 캘리포니아의 날씨였다. 비록 겨울이긴 했지만 햇볕은 귤과 오렌지와 그 풍성한 캘리포니아의 채소를 익히는 부드러운 입김을 가지고 있었다. 햇볕은 작은 미립자로 형성된 분말 같았다. 습기가 깃들여 있지 않은 햇볕이었으므로 쥐면 바삭 부서져버릴 것처럼 햇볕은 건조해 있었다. 햇볕은 그늘 속에서도 빛나고 있었으며 야자수의 열매 위에서도 빛나고 있었다. 그늘은 햇볕이 눈부신 만큼 짙었지만 금박의 햇볕 가루가 생선 비늘처럼 모여 있었다.

산호세를 지나 1번 도로로 접어들기 위해서는 우선 101번 도로를 거치지 않으면 안 되었다. '살리나스'라는 도시에서 갈라져야만 해안으로 나갈 수 있었다.

운전은 준호의 차지였고, 지도를 읽고 판독하는 것은 그의 몫이었다. 지난 일주일 내내 그들은 그렇게 여행을 해왔다. 길이 갈라지는 두어 마일 전방이면 도로표지판이 우뚝 서서 방향을 가리키고 있었다. 어쩌다 잠깐 한눈을 팔면 갈라지는 교차점을 놓치게 되는데 그렇게 되면 방향 감각을 잃어버리게 된다. 무시무시한 속도로 달려가는 고속도로에서 일단 잃어버린 방향을 되찾아가는 것은 최초의 단추를 잘못 채운 외투를 벗고 다시 입을 때처럼 짜증스러운 일이었다.

고속도로에서는 모든 것이 맹렬한 속도로 굴러가고 있었다. 차가 굴러가고 있는 것이 아니라 도로 자체가 무서운 속도로 움직이고 있는 착각에 빠져들게 된다. 그들은 운전대를 잡고 가만히 앉아 있는 느낌을 받는다. 도로는 미친 듯이 질주하고 도로 양옆에 키 큰 농구선수들처럼 서있는 야자수 나무들은 휙휙 스쳐 지나간다. 모든 차들은 일정한 골문을 향해 볼을 쥐고 달려가는 선수들처럼 대시하고 있으며 야자수 나무들은 그 공을 방해하는 상대편 선수들처럼 막아서고 있는 것처럼 보인다. 거대한 에스컬레이터 속에 갇혀 있는 환상을 불러일으킨다. 그런 맹렬한 속도감에서 잠시 한눈을 팔면 간선도로를 알리는 도로표지판을 잃어버리게 되는데, 일단 방향을 잃어버리면 자동 기계 속에서 스스로 조립되고 절단되고 포장되는 상품처럼 조잡한 불합격품이 되고 마는 것이다.

도로는 거대한 이동 벨트이며 그 위를 굴러가는 차들은 빠르게 조립되는 상품들처럼 보인다. 운전을 하는 준호나 쉴새없이 방향을 잡고 주위를 환기시키는 그나 무시무시한 메커니즘을 이기는 길은 살인과도 같은 전쟁에서 쓰러지지 않는 것이었다. 지도는 그들의 유일한 나침반이었다.

"어떻게 된 거야. 나올 때가 되었어, 형."

산호세를 출발해 101번 도로를 따라 미친 듯이 달려오던 준호는 30분쯤 지나자 숨가쁜 소리를 질렀다.

"잘 봐, 씨팔. 한눈 팔지 마. 살리나스야."

"알고 있어. 줄곧 지켜보고 있다니까."

그는 충혈된 눈으로 소리질러 말을 받았다.

모건 힐. 길로이. 프런데일에서 156번 간선도로가 갈려나간다. 차는 방금 프런데일을 지났다. 프런데일을 지나면 산타리타다. 산타리타를 지나야만 살리나스다. 산타리타를 지나야만 1번 도로로 빠져나가는 간선도로 표지판이 고속도로에 서있을 것이다.

"살리나스, 살리나스."

그는 잊어버리지 않기 위해서 중얼거린다. 살리나스는 무엇을 뜻하는가. 그것은 샌프란시스코와 로스앤젤레스로 가는 도로 위에 위치한 작은 도시에 지나지 않는다. 미국의 도시는 어느 도시건 같다. 크고 작은 차이만 있을 뿐 같은 빌딩과 같은 고속도로와 같은 슈퍼마켓, 동일한 이름의 햄버거집, 거대한 체인 스토어, 같은 얼굴, 같은 말, 같은 문화를 갖고 있다. 도시는 으레 검둥이들의 세계이며 도시의 다운타운은 무질서한 낙서와 더러운 휴지 조각들로 가득 차 있다.

그러나 그는 늘 배반당하면서도 다가올 '살리나스' 란 도시는 뭔가 다를 것 같은 희망을 갖고 있다.

"살리나스, 살리나스."

그는 간이역을 알리는 역원의 목소리처럼 장난스레 중얼거렸다.

"다음 역은 살리나스입니다. 살리나스에 내리실 분은 미리미리 준비해주십시오."

살리나스. Salinas. 에스, 에이, 엘, 아이, 엔, 에이, 에스, 살리나스.

그곳엔 무엇이 있는가. 공룡이 있을까. 아직 발견되지 않은 유인원의 두개골이 햄버거집 계단에 묻혀 있을지도 모른다. 금광을 캐기 위해 서부로 달려들어오던 백인을 죽이던 독 묻은 화살촉이 마당에 묻혀 있을지도 모른다. 살리나스, 살리나스. 어디서 많이 듣던 이름이다. 존 스타인벡의 소설, 《에덴의 동쪽》의 무대가 살리나스였지, 아마. 그 자식은 살리나스를 에덴 동산으로 비유했어.

그는 수천 마일을 여행해오면서 때가 되면 미국 어느 도시에서나 볼 수 있는 동일한 간이 음식점에 들어가서 식사를 하곤 했다. 똑같은 구조와, 똑같은 가격, 똑같은 양, 똑같은 메뉴의 간이 음식점 의자에 앉아 핫도그를 먹고, 아이스크림을 먹을 때면 음식점 한구석에 비치해둔 전자오락 기계 앞에서 그 도시 젊은이들이 열중해서 우주에서 쳐들어온 외계인을 죽이는 모습을 보곤 했다.

그는 식사하는 동안만 그 도시에 머물러 있을 것이다. 그러나 그들은 이곳에서 태어났으며, 그곳에서 자라고 때가 되면 사타구니에 털이 돋아날 것이며, 연애를 할 것이며, 그리고 결혼을 하고 늙어갈 것이다. 태어난 곳에서 죽을 것이다. 때로는 태어난 고향을 떠나겠지. 운이 나쁜 녀석은 이미 한국전쟁에서, 월남 정글 속에서 죽었을지도 모른다. 그들의 전 인생이 그에게는 30분에 불과했다.

그가 빵을 먹고 아이스크림을 먹는 동안 그들은 전 인생을 그곳에서 살고 있는 것이다. 그가 이제 식사를 끝내고 그 낯선 음식점과 낯선 도시를 떠난다면 그들은 죽음을 맞이하게 될 것이다.

살리나스.

그곳엔 무엇이 있을까. 그 똑같은 음식점 구석에서 애꿎은 외계인을 죽이는 젊은이들이 태어나서, 자라고, 사랑하고, 애를 낳고, 죽어가는 우스꽝스런 곡예를 변함없이 펼치고 있겠지.

"뭐 하고 있어, 살리나스야. 뭘 하는 거야."

그는 옆 좌석에서 벼락같이 소리 지르는 준호의 외침 소리에 정신이 번쩍 들었다.

"형은 좀 이상해. 넋이 나간 사람 같아. 미친 거야. 씨팔. 어떻게 된 거야. 깜빡 졸았어?"

차선을 바꾸기 위해서 회전등을 켜고 쉴새없이 차의 뒤쪽을 바라보며 준호는 신경질적으로 소리 질렀다.

1번 도로를 알리는 마지막 표지판이 고가교 위에 붙어 있었다. 도로표지판은 으레 서너 개의 간선진입로 전부터 씌어 있게 마련이었다. 도로표지판은 앞으로 있을 세 개의 간선도로망을 안내해주고 있는데 차례가 되면 맨 밑부분에 씌어진 도로 이름이 윗부분으로 올라가게 된다. 그것은 그 도로가 임박했다는 사실을 가르쳐주는 신호이기도 했다.

차는 아슬아슬하게 1번 도로로 빠져들었다. 겨우 안심했다는 듯 준호가 그를 보며 말했다.

"배가 고프슈? 그럼 빵을 먹어. 어떻게 된 거야, 길 안내조차 제대로 할 줄 모르니."

그는 대답하지 않았다. 배도 고프지 않았다.

차는 '살리나스 도시' 옆을 스쳐 지나가고 있었다. 그곳엔 유인원의 두개골도 인디언의 화살촉도 남아 있지 않았다. 고속도로 양옆으로 똑같은 야자수와 집들과 거리가 스쳐 지나가고 있을 뿐이었다.

이젠 곧장 1번 도로를 따라 내려가면 되었으므로 어느 정도 심리적 안정감을 느꼈는지 준호가 라디오의 음악을 틀었다. 그는 음악을 몹시 크게 듣는 버릇을 갖고 있었다. 차 속에서 음악을 듣기 위해서 실내 앰프까지 설치해둔 그는 있는 대로 볼륨을 높이는 나쁜 버릇을 갖고 있었다. 그것은 음악을 감상하는 것이라기보다는 음악의 비 속에 갇혀 있는 기분이었다. 차문은 굳게 닫혀 있으므로 작은 밀실과도 같다. 달리는 작은 밀실 속에서 스테레오의 음향이 귀를 찢을 듯이 들려온다는 것은 차라리 고통이었다. 그러나 그는 될 수 있는 대로 내색을 하지 않기로 마음을 굳게 먹었다.

준호는 그의 고등학교 2년 후배였다. 그의 동생과 같은 나이 또래고 또한 절친한 친구였으므로 보통 이상의 친밀감을 갖고 있었다. 그가 로스앤젤레스에서 준호 그를 만난 것은 전혀 우연이었다.

그는 여행을 떠나온 길이었고, 준호 역시 여행을 떠나온 길이었지만 목적하는 바는 달랐다. 준호는 여행을 떠나온 김에 아예 미국에서 눌러 살려고 작정을 하고 있었다. 준호는 한때 제법 이름이 알려진 가수였고, 그의 노래 가사를 그가 몇 개 써준 것도 있었다. 그러나 그는 인기 절정에서 소위 대마초를 피운 죄로 지난 4년간 무대를 빼앗긴 불운한 과거를 가지고 있었다. 노래를 부르지 못하는 동안 그는 이것저것 사업에 손을 대어 제법 돈도 모았지만 결국 끝내는 빈털터리가 되고 말았다.

그는 CM송도 작곡하고 양복점도 하고 나중에는 제주도에서 감귤 농장을 경영하기도 했지만 그의 방랑벽이 그를 빈털터리로 만들어버렸다. 결국 대마초 가수들을 구제한다는 발표가 난 후에도 그는 노래를 부르지 않았다. 그는 자신이 노래를 부르기엔 너무 늦었으며 좋지 않은 목소리를 갖고 있다는 것을 알고 있었다. 그는 두 아이와 아내가 있는 가장이었는데 우연히 미국을 여행할 수 있는 기회를 갖게 되었으며 이 기회를 이용해서 일단 해외로 빠져나왔지만 이미 돌아갈 시간은 초과되어 있었다. 그는 내친 김에 미국에 눌러앉겠다고 말했다.

그가 준호에게 왜 돌아가지 않느냐고 묻자 그는 대답했다.

"무서운 나라야. 난 악몽에서 깨어난 것 같아. 씨팔 난 미국에서 살 거야."

그는 지난 4년간 어쩔 수 없이 낭인생활을 할 수밖에 없었던 쓰라린 과거가 준호를 그렇게 만들었다고 애써 생각하려 했다. 그는 알고 있었다. 준호를 위시해서 많은 젊은 가수들이 마약중독자로 몰려 두들겨 맞았으며, 정신병원에 수용되기도 했으며, 끝내는 사회의 도덕적 패륜아로 지탄받고 격리되었던 쓰라린 과거를. 그들을 만약 단순한 범법자로 다루었다면 길어야 일년, 집행유예 정도로 끝났을 것이다. 그러나 그들은 사회적 여론으로 두들겨 맞았으며, 그리고 언제까지라고 정해지지 않은 이상한 압력으로 재갈을 물리고, 격리되었던 것이다. 그것이 우연히 해외로 나온 여행에서 그를 밀입국자 신세로 전락시키게 한 동기가 되었을 것이다.

그는 빈털터리였다. 여행을 할 때 갖고 나온 돈은 바닥이 났으며 더구나 그 돈에서 나머지 부분을 모두 중고차 한 대 사는 데 써버린 것이었다. 차가 없으면 로스앤젤레스에서는 꼼짝도 할 수 없다는 사실을 불과 2개월 동안 머물면서 뼈저리게 느낀 모양이었다. 그는 뉴욕과 시카고를 거쳐 로스앤젤레스로 숨어들어온 길이었다. 준호는 방 하나를 빌려주는

다운타운의 싸구려 하숙방에서 지내고 있었다. 한 달에 백 달러만 내면 방을 빌려주는 유령과 같은 집이었다. 빅토리아풍의 거대한 저택은 한때는 꽤 화려한 고급 저택이었겠지만 할렘 가에 위치하고 있었으므로 더럽고 퇴락한, 멋대가리 없이 크기만 한 집이었다.

준호는 그 방에서 아무런 대책 없이 지내고 있었다. 여행기간은 이미 만료되었으며 1차로 연장한 여권기간도 며칠 있으면 끝날 판이었다. 처음엔 그를 반겨주던 친구들도 하루이틀이 지나자 그를 경원하게 되었으며, 그가 돌아가지 않고 어떻게 해서든 이곳에서 뿌리를 내리고 살려고 한다는 계획을 안 순간부터 그를 만류하고 그를 비웃고 마침내는 상대할 수 없는 인물로 백안시하고 있었다. 준호는 자기가 여권기간을 더이상 연장할 수 없다는 사실을 잘 알고 있었다. 한국 영사관 측이 납득할 만한 다른 이유를 발견할 수 없었기 때문이었다.

그는 이미 한국을 떠난 지 반년이 넘어가고 있었으며 상대적으로 미국 생활에는 익숙해져가고 있었지만 어디까지나 여행자도 아니고 그렇다고 정식으로 이민해 온 사람도 아닌 어정쩡한 이방인이 되어가고 있었다. 그는 단돈 20달러면 놓을 수 있는 전화를 가설하고 밤이나 낮이나 받는 사람이 부담하는 국제전화만 걸어대었다. 며칠 동안 준호의 싸구려 하숙방 침대에서 함께 자본 일이 있는 그로서는 밤이건 낮이건 때도 없이 국제전화를 거는 준호의 고함 소리를 꿈결 속에서 듣곤 했다.

"나야 나, 뭘 하니. 여긴 미국이야. 여긴 로스앤젤레스야. 거긴 어떠냐. 눈이 오니, 눈이 많이 온다고. 거리가 막혔겠구나. 여기야 눈이 올 리가 없지. 여긴 언제나 여름이니까 말야. 뭐 재미있는 일 없니. 너 목소리가 왜 그래, 감기 걸렸구나. 여편네하고 잘 땐 이불 덮고 자라고 이 새끼

야. 하루에 몇 탕 뛰니. 몸조심해. 우라질 새끼야. 가끔 내 마누라 좀 만
나니? 가끔 불러내서 밥이라도 사줘라. 그렇다고 데리고 자란 소리는 아
냐."

준호의 수첩에는 그가 알고 있는 모든 친구, 모든 사람, 방송국, 회사,
한때 알고 지내던 여자친구들의 전화번호가 깨알같이 적혀 있었다. 그는
하룻밤에도 몇 차례씩 받는 사람 부담으로 국제전화를 걸곤 했다. 그는
그런 전화가 되풀이될수록 상대편이 싫어하리라는 것을 모르는 어리석
은 녀석이었다. 처음에 한두 번은 의례적으로 전화를 받아주지만 그 통
화료가 엄청나다는 것을 안 뒤부터는 그의 전화를 기피하게 될 것이라는
사실을 모르는 듯 무턱대고 전화를 걸곤 했다.

그는 잘 알고 있었다. 준호가 마침내는 아무에게도 전화를 걸 수 없게
될 것이며 그 누구와도 통화를 할 수 없게 될 것이라는 사실을. 준호는
나머지 돈 중에서 상당 부분을 마리화나를 사는 데 써버리고 있었다. 지
난 4년간 바로 그 마(麻)의 풀잎으로 쓰라린 경험을 맛보았는데도 불구
하고 준호는 피와 같은 돈을 아낌없이 마리화나를 사는 데 써버렸으며
밤이건 낮이건 그 독에 취해 있었다. 그는 한 개의 빵을 먹기보다도 마리
화나를 피웠으며 마리화나는 그의 모든 것이었다. 마리화나는 그의 빵이
었으며, 술이었으며, 물이었으며, 그의 피였다. 그는 아침에 눈을 뜨자마
자 그것을 피웠으며, 차를 타고 가면서도 그것을 피웠다.

그가 그것을 다시 피운다는 사실은 로스앤젤레스 한국 사람들에게 파
다하게 소문이 번져 있었다. 그래서 사람들은 그를 구제할 수 없는 녀석,
도덕심이라고는 찾아볼 수 없는 놈, 염치없는 새끼로 취급하고 있었다.
마리화나를 사기 위해서 친구들에게 돈을 구걸하는 놈이라고 준호를 인

간 쓰레기 취급을 하고 있었다. 그런 의미에서 로스앤젤레스에서 생활한 지 석 달 만에 그는 철저한 거렁뱅이가 되어가고 있었다. 아무도 그를 찾아오지 않았으며 그 역시 그 누구도 찾아가지 않았다.

그는 서서히 죽기를 작정하고 날마다 마시고 먹는 술과 밥 속에 일정한 미량의 독을 넣어두는 자살자와도 같았다.

그가 우연히 준호를 만났을 때 준호는 그에게 말했다.

"잘됐어, 형. 나하고 함께 이곳에서 눌러 삽시다."

그에게는 아무런 대책도 없었다. 뭘 어쩌자는 것인지, 그에게는 아무런 대책도 없었다. 뭘 어쩌자는 것인지, 이렇게 살다보면 남아 있는 그의 가족들은 어떻게 할 것인지, 구체적인 대안이나 계획도 없이 그는 마리화나에 젖어 풀린 눈으로 킬킬 웃으며 이렇게 말했다.

"씨팔, 아이들은 고아원 보내고 아내는 돈 많은 홀애비한테 시집이나 가라지 뭐. 언젠가는 만나게 되겠지요. 씨팔."

쥬호와 여행을 떠난 후부터 그는 될 수 있는 대로 신경을 가라앉히려고 마음 굳히고 있었다. 아무리 절친한 사이라도 여행을 하다보면 서로의 단점만 극명하게 드러나 보이게 마련이었다. 그래서 하찮은 일에도 언성을 높이고 으르렁거리고, 증오하고, 폭력을 휘두르게 되는 법이었다.

이미 요세미티의 공원 입구에서 그들은 대판 싸웠다. 요세미티가 고산지대이고 겨울철이기 때문에 눈이 덮여 있으리라는 것쯤은 상식적인 일이었다. 그런데도 두 사람은 자동차 체인을 준비하지 않았다. 진입로 입구에 선 교통안전 순시원이 체인을 감지 않은 그들을 통과시켜주지 않는 것은 당연한 일이었다. 별수 없이 체인을 사기 위해서 50달러라는 거액을 예기치 않게 쓸 수밖에 없었다. 준호도 그도 자동차의 바퀴에 체인을 달아본 적은 없었다.

체인을 파는 주유소의 늙은 주인이 수수료를 주면 체인을 달아준다고 했는데 그 값은 30달러였다. 30달러를 주고 체인을 다는 것은 미친 짓이었다. 그들은 눈이 쌓인 주유소 뒤뜰에서 체인을 감기 위해서 악전고투를 했다. 눈발이 시야를 가릴 정도로 몰아치고 있었다.

그는 차바퀴에 체인의 끝부분을 가지런히 얽어매어 들고 있었고 차는 한 바퀴 구를 정도만 전진시키도록 약속했다. 그러나 그것은 뜻대로 되지 않았다. 하마터면 거친 차의 반동으로 체인을 든 그의 손이 차바퀴 속으로 말려들어갈 뻔했다.

"주의해. 하마터면 손이 으스러질 뻔했어."

그는 구르는 차의 바퀴에서 손을 급히 빼려다가 차체의 날카로운 금속 부분에 긁혀서 피가 나오는 손을 들여다보며 으르렁거렸다. 손은 얼어붙은 눈에 얼음처럼 굳어 있었다.

"그걸 놓으면 어떻게 해."

운전대에 앉은 준호도 지지 않고 맞받아 소리질렀다.

"체인이 겨우 감아지는 판인데 그걸 놓치면 어떡하냐고, 씨팔."

"손이 부러질 뻔했어, 이 새끼야. 손이 바퀴에 들어가 으스러질 뻔했다고."

그는 피가 흐르는 손을 준호에게 내밀었다. 순간 준호는 그의 손을 뿌리치며 소리질렀다.

"겁 좀 내지 마라, 무서워 좀 하지 마. 손이 부러지진 않으니까."

그는 그때 아직 남아 있는 자동차의 체인을 보았다. 그는 거친 동작으로 자동차의 체인을 집어들었다. 그는 감당할 수 없는 살의를 느꼈다.

"차에서 내려 이 새끼야."

준호가 무어라고 중얼거리며 달래듯 웃었다.

"체인이 필요한 건 자동차 바퀴지 내 얼굴이 아니야."

그는 준호의 머리칼을 움켜쥐고 자동차의 시트에 함부로 쥐어박았다. 준호는 의외로 얌전하게 그의 폭력을 감수하고 있었다. 갑자기 준호의 양순한 비폭력이 그를 부끄럽게 만들었다. 필요 이상으로 신경질을 부린 자신에 대해서 그는 침이라도 뱉고 싶은 모멸감을 느꼈다. 그러나 새삼스레 준호에게 사과를 하고 싶은 마음은 들지 않았다. 어쨌든 두 사람은 하나의 공동 운명체라는 사실이 가라앉은 분노 뒤끝에 참담하게 스며들고 있었다.

준호의 골통을 자동차 체인으로 부숴버린다면 어떻게 할 것인가. 어떻게 해서 저 눈 덮인 산을 넘을 수 있을 것인가. 애초부터 끓어오르는 분노와 적의는 쥰호의 탓이 아니었다. 그것은 그의 마음에 가득히 있는 일관된 흐름이었다.

지난 가을 김포비행장을 떠날 때부터 그의 마음속에는 절박한 분노와 자포자기적 울분이 용암처럼 끓어오르고 있었다. 그는 그런 의미에서 여행을 떠난 것은 아니었다. 그는 도망쳐온 셈이었다. 그는 디즈니랜드에서도, 유니버설 스튜디오에서도, 할리우드에서도, 한국인 식당에서도, 할리우드의 싸구려 창녀 아파트에서도, 그녀의 금발 음모 위에 입을 맞추면서도 내내 가슴속에서 분노의 붉은 혀가 쉴새없이 낼름거리는 것을 느끼고 있었다.

자동차의 체인이 그를 화나게 한 것은 아니었다. 준호의 버릇없는 말대꾸가 그를 분노케 한 것은 아니었다. 그는 모든 것, 보고 듣고 말하고 느끼는 그 모든 것에 분노하고 있었다. 그는 김포공항을 떠나면서부터 줄곧 분노하고 있었다. 그를 전송하기 위해 따라 나온 아내의 눈과 두 아이의 고사리 같은 손에도 분노하고 있었으며 짐을 체크하는 세관원의 손끝에도 분노하고 있었다. 그즈음 결혼한 뒤 처음으로 부부싸움 끝에 아내를 때렸다. 아내는 그에게 울면서 말했다. 당신은 변했어요. 당신은 이상해졌어요. 한 회분씩 쓰는 신문 소설에도 분노하고 있었으며 그가 쓰는 모든 소설에도 분노하고 있었다. 활자화된 문장을 보면서도 분노하고 있었으며 그는 신문을 보면서 분노하고 있었다. 분노를 참을 만한 절제는 나사가 풀려 그의 용솟음치는 분노의 힘을 감당치 못하고 있었다. 그는 그의 작품이 영화화된 극장 앞에 쭈그리고 앉아서 늘 상한 짐승처럼 이를 악물고 있었다.

그는 자신의 분노에 겁을 집어먹기 시작했다. 그는 자신이 피로해진 탓이라고 생각했다. 신경쇠약이 재발된 모양이라고 그는 스스로 심리분석을 해보기도 했다. 지난 10여 년 동안 한시도 제대로 쉬지 못하고 혹사한 탓으로 신경이 팽팽한 바이올린의 현처럼 끊어져버린 모양이라고 자위해보기도 했다. 그러나 참을 수 없는 분노는 더이상 긴장과 자제로써도 눌러 진정시킬 수가 없었다. 분노는 그의 입을 뛰쳐나오고, 그의 손끝은 불수의(不隨意) 근육처럼 움직였다. 술좌석에서 그는 술만 마시면 마주 앉은 사람들과 싸웠고 어떤 때는 병을 깨고 술상을 뒤집어엎어버리기도 했다. 그가 여행을 떠나온 것은 그런 모든 분노의 일상생활에서 도망쳐온 것이었다.

밤늦게 로스앤젤레스의 공항에 내려서 긴 복도를 걸어가며 그는 자신이 도망쳐왔다기보다는 망명해온 것이 아닌가 하는 느낌을 받았다. 그렇다. 그건 여행도 아니었고 까닭 없이 치미는 분노의 일상에서부터 탈출해온 것도 아니었고, 망명의 길을 떠나온 것이었다. 그는 정치가가 아니었으므로 정치적인 망명을 해온 것은 아니었다. 그는 음악가가 아니었으므로 예술의 자유를 획득하기 위해서 망명해온 것은 아니었다. 그는 그렇게 비유하는 것이 감히 허용된다면 그저 하나의 평범한 지식인에 불과할 따름이었다. 그는 언젠가 소련에서부터 음악의 자유를 얻기 위해 서방으로 망명했던 유명한 피아니스트 아슈케나지와 인터뷰를 한 적이 있었다. 그에게 왜 조국 소련을 버렸느냐고 묻자 그는 이렇게 말했었다.

"난 피아노 앞에 내가 원할 때 언제라도 앉을 수 있는 자유를 얻기 위해서 망명을 했습니다. 마찬가지로 내가 원하지 않을 때 언제라도 휴식을 취할 수 있는 자유를 얻기 위해서도 망명을 했습니다."

그러면 나는 무엇인가, 무엇을 위해서 망명을 한 것일까. 보다 큰 자유를 위해서 망명을 떠나온 것일까. 분노로부터의 망명인가, 숨막히는 일상으로부터의 망명인가.

"어젯밤 일이 생각나우?"

여전히 귀를 찢을 듯한 요란한 음악의 홍수 속에 갇혀 반은 음악 감상에 반은 운전에 몰입한 꿈꾸는 듯한 미소를 띠며 준호가 그를 돌아보았다.

길은 8차선의 고속도로로부터 4차선의 간선도로로 한결 좁아져 있었다. 아직 본격적인 해안도로가 시작되지는 않고 있었다. 바다는 아직 어느 곳에서도 보이지 않았다. 차는 유명한 피서지인 몬테레이 해안을 향해 치닫고 있었다.

"형은 어젯밤 미친 사람 같았어."

"그 음악 좀 낮춰라."

그는 될 수 있는 대로 감정을 나타내지 않는 낮은 목소리로 말을 뱉었다. 준호는 볼륨을 죽였다.

"지금쯤 그 새끼들은 모두 잠에서 깨어났을 거야. 어쩌면 형을 찾아나섰을지도 몰라. 왜냐하면 형은 어젯밤 완전히 미쳤으니까."

"난 기억나지 않아. 아무것도 기억할 수 없어."

"형은 어젯밤 위스키를 반 병이나 나발 불었어. 첨엔 잘 나갔지. 인사도 하고 악수도 하고 춤을 추었어. 그때까진 좋았어. 그런데 갑자기 발광하기 시작했어. 그 쌔끼들이 형과 말다툼을 하기 시작했어. 그들이 형에게 말했어. 우리는 미국 시민이다. 한국은 더이상 우리들의 조국이 아니다. 그러자 형은 갑자기 날뛰기 시작했어. 어떻게 된 거야. 형은 애국잔가. 정말 웃겼어. 난 형이 그토록 애국자인지 몰랐어. 형은 소리를 버럭 질렀어. 함부로 말하지 마 이 쌔끼들아, 너희들은 그런 말을 할 자격이 없는 놈들이야, 하고 말이야. 정말이지 큰 실수였어. 형은 뭐야. 민족주의잔가. 형은 레코드판을 부수고 유리창을 깼어. 우리가 말리지 않았다면 모든 유리창을 다 깼을 거야. 생각나?"

"생각나지 않아."

그는 침통한 목소리로 대답했다. 그것은 거짓말이었다. 자욱한 아침 안개 속에 드문드문 드러난 나무의 등걸처럼 어렴풋이 간밤의 기억이 연결되지 않고 고립된 섬처럼 떠오르고 있었다.

"난 그렇게 화를 내는 모습은 본 적이 없었어. 형은 깡패 같았어. 미친 사람 같았어."

드디어 폭발했다.

그는 팔짱을 끼고 묵묵히 생각했다. 기어코 잠재되어 있던 분노가 방아쇠를 당긴 총알처럼 뛰쳐나갔다. 극심한 피로 끝에 마신 술기운이 그의 억눌린 분노의 용수철을 잡아당긴 모양이었다.

"그들은 형과 골치 아픈 정치 얘기를 하자는 것은 아니었어. 그들은 그저 즐기기 위해서 정치 얘기를 꺼낸 것뿐이었어. 그건 즐거운 일이니까 말야. 그들은 모이기만 하면 궁정동 파티 때 여배우 누구누구가 앉아 있었다는 화제를 꺼내고 그걸 즐기기 위해서 되풀이하는 것뿐이야. 고의적인 것은 아니었어. 그런데 형이 지나치게 오버액션한 거야. 그들은, 그들은 고마운 놈들이야. 그들은 우리를 재워줬어. 술도 주고 빵도 주었어. 그리고 우린 그 집에서 주스와 빵과 우유와 마리화나를 훔쳐 나왔어. 나도 그놈들이 뭘 하는 놈들인지 몰라. 엘에이 한국 음식점에서 만난 것뿐이야. 샌프란시스코에 오면 한번 들러달라고 주소를 적어주더군. 그뿐이야. 그런데 형이 그들의 파티를 망쳤어. 아, 바다야. 저것 봐, 바다야. 태평양이야."

준호는 갑자기 탄성을 올리며 클랙슨을 울렸다. 그는 차창 밖을 목을 빼어 바라보았다. 몬테레이 관광지대로 넘어가는 언덕 위로 바다가 보였다.

해안선을 따라 수많은 요트와 배들이 부두에 매여 있는 것이 보였다. 바람을 타고 바다 냄새가 비릿하게 풍겨왔다. 인근 도시에서 차를 타고 온 주민들이 바닷가 부두에 차를 세우고 해바라기를 하고 있는 것이 보였다. 아직 본격적인 바다는 시작되지 않고 있었다. 갈매기들이 종이연처럼 바람에 쓸려 날리며 부둣가에 세워진 요트의 돛과 보트의 마스트 위로 솟구치고 있었다. 제방에서 나이 든 할아버지 하나가 갈매기들에게 먹이를 주고 있었다. 수많은 갈매기들이 노인의 주위로 새카맣게 모여들고 있었다.

갈매기들은 인간에게 익숙해 있는 것처럼 보였다. 노인의 머리 위에도, 어깨 위에도, 손바닥 위에도 갈매기들은 서슴지 않고 앉아서 그가 나눠주는 먹이를 날카로운 부리로 쪼아대고 있었다. 도시로 흘러들어온 바닷물은 파도도 없이 잔잔해서 거대한 호수처럼 보였다. 정오의 햇살이 프라이팬 위에서 끓는 기름처럼 부서지고 있었다.

"몬테레이야. 세계에서 돈 많은 놈들이 모여 산다는 유명한 별장지대야."

길 양옆으로 울창한 수풀이 전개되었다. 숲속에는 고급 주택이 고성(古城)처럼 솟아 있었다. 바다에서 불어오는 바람을 막기 위한 방풍림이 병풍처럼 둘러서 있는 숲 사이로 파란 잔디가 보였다. 잔디밭에는 수많은 사람들이 떼지어 몰려 있었다. 그것은 골프장처럼 보였고 마침 대회라도 벌이고 있는 것일까, 많은 사람들이 한 사람의 뒤를 쫓아 느릿느릿 걷고 있었다.

"영화 속에 나오는 바닷가의 풍경은 모두 이곳에서 찍는다고. 저 집들 좀 봐. 도대체 저 집엔 어떤 놈들이 살고 있을까. 어떤 새끼들이 저런 엄청난 집에서 살고 있을까. 몬테레이 일대를 좀 보겠어, 여긴 유명한 관광지대라고."

준호는 흥분한 사람처럼 쉴새없이 떠들고 있었다. 그러나 그는 아무런 흥미도 느끼질 않고 있었다.

로스앤젤레스에서 단지 고급 주택이 밀집해 있다는 이유 하나 때문에 비벌리힐스를 샅샅이 누비며 소위 집 구경을 한 적도 있었다. 비벌리힐스는 소문대로 엄청나게 좋은 저택들이 열대지방의 울창한 숲속에 펼쳐져 있었다. 그것은 집이라기보다는 하나의 성들이었다.

"난 저런 집에서 살 거야, 형. 백인 관리인을 두고 영화 〈바람과 함께 사라지다〉에 나오는 뚱뚱한 흑인 같은 하인을 두고 저런 집에서 살 거야. 형, 놀라지 마. 저 집들 중에는 우리나라 사람도 살고 있어. 난 소문을 들었어. 우리나라에서 몇 백만 달러 재산 해외 도피시켜 가지고 나온 전직 고관들이 저 안에서 숨어살고 있다고 그러는 거야. 그 사람들은 개인 경호원까지 두고 있다는 거야. 웃기는 놈들이야. 우리들 세금으로 재산 만들어 해외로 도망쳐나온 놈들이야. 형, 내 재산을 팔아 모두 해외로 가져온다면 얼마나 될까. 아파트가 하나 있어. 그걸 팔면 10만 달러는 되겠지. 제주도에 있는 감귤 농장 팔면 글쎄 5만쯤 받을 수 있을까. 10만 달러는 받을까. 가지고 있는 가구, 텔레비전, 냉장고, 전축, 모든 것을 팔면 5만 달러는 챙길 수 있을까? 그럼 25만 달러가 되는 셈이로군. 이만하면 어때, 형, 나도 부자야. 미국에서 캐시로 25만 달러를 가진 놈이 누가 있으려고."

그는 준호가 허세를 부리고 있다는 것을 잘 알고 있었다. 그는 준호가 겨우 작은 아파트 한 채만을 갖고 있다는 사실을 알고 있었다. 제주도의 감귤 농장은 이미 경영 실패로 남에게 넘어간 지 오래라고 자기 입으로 이야기하지 않았던가. 준호는 모래성을 쌓는 어린 아이처럼 멋대로 상상하고 멋대로 꿈을 부풀리는 유치한 게임을 즐기고 있는 것뿐이었다.

그는 비벌리힐스의 엄청난 저택에서도 디즈니랜드의 정교한 인형에서도, 유령의 집에서도, 죽음의 계곡의 그 황량한 벌판 속에서도 라스베이

거스의 불야성 같은 밤의 야경 속에서도, 요세미티의 눈 덮인 설경 속에서도, 아무런 충격도 감동도 받지 않았었다.

그는 철저한 불감증 환자였다. 그것은 '크다'는 느낌 이외에 아무것도 아니었다. 그는 호기심 때문에 여행을 떠나온 것은 아니었다.

비벌리힐스를 보기 위해서, 할리우드에서 〈목구멍 깊숙이〉라는 섹스 영화를 보기 위해서, 디즈니랜드의 병정인형을 보기 위해서 여행을 떠나온 것은 아니었다. 그는 아무것도 보지 않기 위해서 여행을 떠나온 것뿐이었다. 그는 장님과 다름없었다.

미국으로의 여행은 그가 스스로 선택한 유배지로의 여행이었다. 미국의 풍요한 문명과 엄청난 자연 풍경은 그에게 아무런 무서움도 열등의식도 불러일으키지 못했다. 그는 아주 작은 하나의 섬에서부터 배를 타고 대륙의 뭍으로 귀양 온 죄인에 불과했다. 대륙에서 본다면 그가 태어나고 자라고, 사랑하고, 교미를 하고, 결혼을 하고, 아이를 낳고, 늙어 죽어갈 그의 섬은 조그만 촌락에 지나지 않았다.

나뭇가지 위에 열린 나무 열매 하나 때문에 이웃과 싸우고, 동네를 가로지르는 냇물 하나 때문에 전쟁을 일으킨 가엾고도 어리석은 원주민들의 섬이었다. 그가 자신은 지식인이라고 말할 수 있었던 것은 기껏해야 닭은 다리가 두 개이며, 개는 다리가 네 개라는 사실을 구별할 줄 안다는 이유 때문이었다. 그는 하나에서부터 열까지 셀 수 있는 사람이었으므로 지식인이었다. 그는 태양이 동쪽에서 떠서 서쪽으로 진다는 것쯤은 물론 알고 있었다. 그는 그가 아는 모든 것을 원주민들에게 가르쳐주는 것만이 지식인의 역할이라고 믿고 있었다.

그래서 그는 아직 다섯까지의 숫자밖에 모르는 원주민들에게 여섯과,

일곱과, 여덟을 알려주었으며 그가 알고 있는 모든 지식은 어느 날 명령에 의해서 불법으로 인정되었다.

미국의 풍요가 내게 무엇이란 말인가. 미국의 자유가 내게 무엇이란 말인가. 미국의 병정인형과 아름다운 정원이, 웅장한 저택과 핫도그와 아이스크림이, 사막과 설원이 내게 무엇이란 말인가. 그의 가슴속에는 터질 듯한 분노 이상의 아무런 감정도 존재하지 않고 있었다.

준호의 말대로 그 역시 가지고 있는 집과 그가 소유하고 있는 가구와 지금껏 고생해서 번 그 모든 것을 팔아버린다면 겨우 이 거대한 미국의 거리 한 모퉁이에 자그마한 빵가게 정도는 낼 수 있을 것이다.

"형."

갑자기 준호가 소리를 질렀다.

"바다야. 형, 바다야."

바다가 활짝 젖혀진 커튼 뒤에 나타나는 무대 위의 풍경처럼 돌연 그들의 앞을 가로막았다. 그것은 예기치 않았던 풍경의 전개였다.

바다는 푸르다 못해 검었으며 거친 파도가 벼랑을 할퀴고 있었다.

시야는 막힌 데 없이 투명했다. 이미 도로는 2차선으로 좁아졌으며 길 아래로 칼로 벤 것 같은 벼랑이 끊임없이 이어지고 있었다.

태양은 이글이글 불타고 있었으며 바다의 수평선은 좀더 하늘로 밀착되려는 욕망으로 팽팽히 긴장되고 있었다. 벼랑 아래는 분노에 뒤틀린 바윗덩어리들과 붉은 황토가 입을 벌리고 아우성치고 있었고 거센 파도가 산기슭을 질타하고 있었다.

우와와-우와와- 거센 바닷바람이 열린 차창 틈으로 쏟아져 들어오고 있었으며 하늘로는 바람에 쓸려가는 갈매기들이 목쉰 소리로 울며 날아가고 있었다. 그들이 가야 할 도로는 바다로 흘러내린 벼랑과 깎아지른 듯 붉은 단애(斷崖)의 산기슭 사이로 도망치고 있었다. 바닷가로 흘러내린 벼랑에는 쓸모없는 풀더미들이 웅크리고 웃자라고 있었다.

준호는 바다가 잘 보이는 지점에 차를 세웠다. 그는 차의 캐비닛을 열어 파이프와 마리화나를 꺼냈다. 그는 부스러기 하나도 흘리지 않으려고 주의하며 마리화나를 손끝으로 딱딱하게 짓이겨서 파이프 속에 집어넣었다. 파이프 속엔 얇은 섬유망이 그물처럼 떠받치고 있었다.

그는 준호의 버릇을 잘 알고 있었다. 무엇이건, 아름다운 풍경을 보면 준호는 버릇처럼 파이프를 꺼내들곤 했다.

그것을 피우면 아름다운 풍경이 더욱 광채를 띠고 강조되어 빛나오는 것일까. 아니면 대자연의 경관 속에서 느껴오는 밑도 끝도 없는 고독감과 절망감을 달래기 위해서 환각이 필요하게 되는 것일까. 잠을 자기 위해 침대 위에 누우면 으레 준호는 마리화나를 볼이 메도록 빨곤 했다.

그것을 피우면 모든 풍경이 그가 원하는 대로 변질되는 것일까. 무엇이 그를 쓰라린 지난 4년간의 고통 뒤끝에도 그것을 피우게 하는가. 그것은 아무도 간섭하지 않는 미국의 자유 때문인가. 그 자유를 만끽하고 싶다는 욕망 때문인가.

준호는 불을 붙이고 서둘러 연기를 들이마셨다. 목젖이 튀기도록 기침을 했다. 그러나 아까운 연기는 흘러나오지 않았다. 연기가 이미 그의 폐부 속에서 모조리 연소되었기 때문이었다.

쓴 풀잎 냄새가 차 안을 가득히 메웠다. 한꺼번에 많은 양을 들이마시는 심호흡으로 짓이겨진 풀잎은 벌겋게 달아오르고 그 연기를 들이마시는 바람 소리가 풀무 소리처럼 건조하게 들려왔다. 그는 한가득 연기를 들이마시고 될 수 있는 대로 오래 참기 위해서 숨을 끊었다.

그의 눈이 튀어나올 듯이 충혈되고 그의 목이 뱀의 그것처럼 부풀어올랐다. 더이상 견딜 수 없을 만큼 참았다가 그는 발작적으로 기침을 하기 시작했다.

"저것 봐."

그의 눈이 서서히 풀려가고 있었다. 그의 눈은 이 지상의 아무것도 보지 않고 있었다. 준호는 가까운 곳과 먼 곳을 동시에 응시하는 듯한 초점 없는 눈으로 그를 돌아보았다.

그의 눈은 꿈에 잠겨 있는 것 같았다. 황홀한 미소가 그의 얼굴에 번져나갔다.

"저것 봐, 형. 하늘 좀 봐. 얼마나 아름다워. 무지개 같아. 저 파도 좀 봐. 저 파도 좀 봐."

그는 넋 나간 목소리로 킬킬거리며 웃었다. 그가 이유 없이 웃는다는 것은 그가 서서히 황홀경에 빠져들어가고 있다는 사실을 말하는 신호였다.

"한 모금 빨아봐, 형."

준호는 그에게 파이프를 내밀었다. 그는 머리를 흔들었다.

"괜찮아. 무서워하지 마. 한번만 빨아봐. 형의 얼굴이 예뻐졌어."

킬킬 그는 계속 웃었다.

"아아, 저 갈매기 좀 봐. 저 갈매기 좀 봐. 종이학 같아."

남아 있는 풀잎의 연기를 그대로 낭비하는 것이 아까운 듯 그는 볼이 메도록 연기를 들이마셨다. 풀은 완전히 타버려 검은 재밖에 남지 않았다. 그는 파이프를 털어 재를 버렸다.

"형, 왜 우리가 이곳에 있을까. 우린 왜 이곳에 있지. 그건 참 이상한 일이야."

준호는 비닐봉지를 뒤져 식빵을 게걸스럽게 먹기 시작했다. 준호가 너무 행복하게 보였으므로 그는 말없이 준호의 옆얼굴을 들여다보고 있었다. 그는 꿈을 꾸고 있는 몽유병 환자처럼 보였다. 그래서 그의 꿈을 소리를 내거나 흔들어 깨우는 것으로 방해해서는 안 될 것 같은 느낌을 받았다.

내버려둬.

그는 자신에게 준엄하게 명령했다.

그의 꿈을 깨워서는 안 돼. 그를 방해하지 마.

준호는 식빵을 먹다 말고 기운이 빠진 듯 눈을 감았다. 입가에 씹다 흘린 빵 부스러기가 묻어 있었다. 목이 마른 듯 그는 벌컥벌컥 주스를 들이마셨다.

"여기가 어디지. 여기가 어디일까, 형. 우리는 지금 어디에 앉아 있지."

그는 꿈을 꾸듯 몽롱한 목소리로 중얼거렸다. 갈매기 서너 마리가 지친 날개를 쉬기 위해서 차창 밖 차체 위에 맥없이 주저앉았다. 준호의 얼굴은 창백하게 질려 있었다. 한꺼번에 너무 많은 연기를 들이마신 모양이었다. 얼굴은 밀랍처럼 희었지만 눈가만은 붉게 상기되어 있었다.

그는 준호가 어느 정도 정신을 차릴 때까지는 길을 떠날 수 없다는 느낌을 받았다. 그는 준호 이상으로 깊은 꿈속에 잠겨 있었다. 요세미티의 눈길을 달리면서 준호는 온통 흰 설경의 눈부신 아름다운 풍경을 보자 버릇처럼 파이프를 꺼내들었다. 그것은 남아 있는 단 한줌의 마리화나였

다. 그가 운전중에도 한 모금씩 마리화나를 빨고 있다는 것은 잘 알고 있
었지만 얼어붙은 눈길을 운전하면서 마리화나를 빤다는 것은 미친 짓이
었다.

"불안해하지 마, 형."

운전중에 그것을 피울 때면 그는 준호에게 노골적으로 못마땅한 표정
을 짓곤 했다. 그런 낌새를 눈치채고 그를 안심시키기 위해서 준호는 짐
짓 밝게 웃어 보이곤 했다.

"한 모금만 빨면 오히려 운전이 잘 돼. 걱정하지 않아도 돼."

그의 말대로 지난 일주일 동안 내내 준호는 조금씩 꿈에 젖어 있었다.
그러나 그의 운전 솜씨는 나무랄 데가 없었다. 그의 말대로 미량의 마리
화나는 오히려 긴장을 풀어주고 피로를 없애주는 윤활유 역할을 하는 모
양이었다. 그러나 얼어붙은 급커브의 요세미티 절벽길 위에서 그것을 피
운다는 것은 아무래도 무리였다. 그것은 자살행위였다. 그가 겨우 세 모
금 정도 남아 있는 파이프 속의 마리화나를 강제로 빼앗아 차창 밖으로
털어버렸을 때 준호는 그에게 핏대를 올리며 덤벼들었다.

"아끼던 마지막 한 모금의 마리화나였어. 왜 그걸 버린 거야. 멕시칸
놈들에게 60달러 주고 산 마지막 물건이야. 미친 것은 내가 아니야. 미친
것은 형이야."

"난 죽고 싶지 않아. 이 쌔끼야, 난 죽기 위해서 여행을 떠나온 게 아
니야."

그는 냉정하게 대답했었다.

"난 그걸 피우지 않으면 아무것도 보이지 않아. 씨팔. 더이상 아름다
운 경치는 눈에 들어오지 않을 거야."

144

"그렇다면 넌 이걸 네 마음대로 피우기 위해서 미국에 불법체류자로 남겠다는 것이냐?"

"이건 마약이 아니야. 이건 술보다도 해독이 적어."

할 수 없이 체념한 준호는 그러나 요세미티를 거쳐 샌프란시스코로 오는 동안 내내 우울하고 말이 없었다. 그는 지독한 우울증에 빠진 환자처럼 보였다. 그때 그는 준호에게 소리내어 말은 하지 않았지만 그에게 내내 미안한 마음을 느끼고 있었다. 준호의 말대로 그것은 술보다 더 해독이 적은 단순한 풀잎 같은 것인지도 모른다. 한번도 그것을 피워본 적이 없는 그로서는 그것은 단지 조그만 환상을 불러일으키는 풀잎 같은 것으로, 우울하거나 절실하게 고독할 때, 심리적인 위안을 만족시켜주는 약의 효능을 지닌 순한 약초와 같은 것일지도 모른다. 그것은 그의 공포를 달래주는 유일한 풀잎이었다. 왜 그것을 빼앗았을까. 무엇엔가 조금이라도 마취되어 있지 않으면 견뎌낼 수 없는 저 엄청난 고독 속에서 그가 가질 수 있는 심리적 위안을 내가 무슨 자격으로 빼앗을 수 있을 것인가.

눈을 감고 있던 준호가 비틀거리며 일어섰다. 그는 벼랑 끝에 서서 구역질을 하기 시작했다. 그리고 방금 전에 먹은 주스와 빵을 토해내기 시작했다.

"이런 일이 없었어. 너무 심하게 빨았나봐."

그는 창백하게 질린 얼굴을 들고 준호를 돌아보았다.

그의 눈가엔 눈물이 맺혀 있었다.

"갑시다. 형, 미안해."

3

그들은 카멜 해안과, 울창한 해안가의 산림지대인 빅서를 지나 루치아와 고르다를 지났다. 도로는 줄곧 바닷가의 해안을 끼고 뻗어나가 있었다. 2차선이었지만 오가는 차는 거의 없었으므로 일방통행이나 다름없었다. 가도 가도 끝없는 바다뿐이었다. 간혹 길 왼편으로 구릉지대가 지나고 목초지대가 펼쳐지기도 했다. 바닷가 벼랑 위에 아슬아슬하게 세워진 별장들이 새 둥우리처럼 숨어 있는 것을 볼 수 있었다.

차는 수천 마일을 쉴새없이 달려왔으므로 장거리 경주를 달려온 운동선수처럼 지치고 헐떡이고 있었지만 아직 원기는 왕성했다. 오랫동안 빠른 속도로 달려나가다보면 차체와 인간이 한 덩어리가 된 것 같은 느낌을 받을 때가 있었다. 비록 경사진 벼랑을 따라 구불구불 펼쳐진 1번 도로를 달려간다고는 해도 어느 순간부터 두 사람의 의식은 아무것도 생각나지 않는 가수(假睡) 상태로 들어가게 된다. 운전대를 잡은 손은 무의식적으로 커브를 따라 때로는 완만하게 때로는 급하게 회전을 하고 있었지만 눈은 차창 너머로의 먼 불확실한 길목에 머물러 있으며 머리는 백지처럼 단순해지게 마련이다. 그것은 일종의 무아지경 속의 반사동작일 뿐이었다.

자연 두 사람의 입에서는 말이 없어진다. 스위치를 눌러 음악을 듣는 일도 귀찮아진다.

납과 같은 무거운 침묵이 두 사람을 짓누르기 시작했다. 차츰 주위의 풍경도, 바다도, 기울어져가는 태양도, 핏빛 황혼도, 눈에 들어오지 않는다. 시간 개념과 공간 개념이 마비되기 시작한다.

146

차는 오직 한 곳의 목표만을 향해 달려가도록 양 눈 옆을 안대로 가린 경주용 말처럼 오직 끊임없이 펼쳐진 하나의 선, 도로망을 따라서 질주하고 있다.

캠브리아와 모로베이를 지나기 시작한다. 때로는 우연히 추월해서 달려가는 스포츠카 한 대를 따라 속도경쟁을 벌여보기도 한다. 그러나 중고차가 성능이 좋다고는 하지만 오직 속도를 내기 위해 만들어진 스포츠카를 따라잡을 수 없는 것이다. 어느 정도 따라붙던 차는 다시 적막한 도로 위에 홀로 달리는 장거리 주자처럼 낙오되게 마련이다. 마주 달려오는 차도 오후가 되자 거의 보이지 않는다. 뒤따라오는 차도 보이지 않는다. 이따금씩 벼랑 위에 서있는 별장들을 발견하기는 하지만 인기척이 느껴지지는 않는다.

바닷가도 쓰레기 하치장처럼 버려져 있을 뿐이다. 도시에 인접한 바닷가에서 만날 수 있는 파도를 타는 젊은이들도 보이지 않고 바다는 변방지대의 기슭을 핥고만 있을 뿐이다.

움직이는 것은 갈매기와 정직한 태양뿐이다. 태양빛은 시간에 따라 때로는 눈부시게 때로는 황홀하게 때로는 지치고 병든 얼굴로 시시각각 변하고 있다. 어떤 때는 긴 띠와 같은 구름이 태양을 가리기도 한다. 그럴 때면 태양은 어디론가 유괴당해 가는 사람처럼 보인다. 구름의 검은 띠가 태양을 납치해가며 어디로 끌려가는가 상상할 수 없게 태양의 눈을 가리고 입에 재갈을 물리고 있다. 바람은 불기도 하고, 거짓말처럼 잔잔하게 가라앉기도 한다.

삐죽삐죽 돋아난 곶〔岬〕들이 함부로 찢은 은박지처럼 구겨져서 바닷속에 침몰하고 있다. 원래는 바다와 육지가 한 덩어리였던 것을 분노한

신이 두 조각으로 찢어낸 것 같은 거친 경계선은 벼랑과 절벽으로 나뉘어 있었다.

어디에 있는가 구태여 지도를 볼 필요는 없다. 로스앤젤레스까지 아직 멀었다. 쉴새없이 달리고 있지만 워낙 경사가 심한 도로이므로 한껏 속력을 낼 수는 없다. 이 밤 안으로 로스앤젤레스에 도착할 수 있을 것 같지는 않다. 그러나 밤을 새워서라도 달려야 할 것이다. 도로변의 모텔에서 하룻밤을 자고 달릴 만큼 여유가 있지 않다. 오늘밤에 도착하지 못한다면 내일 아침에라도 도착할 수 있을 것이다.

가야 할 목적이 있다는 것은 어쨌든 고마운 일이다. 로스앤젤레스에 돌아간다 해도 그들을 반겨줄 사람은 없다. 그들이 떠날 때 아무도 전송해주지 않았듯 그들이 도착한다 해도 아무도 그들을 반겨주지 않을 것이다.

요세미티 절벽 위에서 굴러떨어져 죽는다 해도 그들의 시체는 봄이 되어서야 발견될 것이다. 아무도 그들의 신원을 확인하지 못할 것이다. 어쩌면 그들이 가졌던 여권 조각을 발견하게 될지도 모른다. 그들은 죽음의 계곡에서도 요세미티에서도 99번 도로 위에서도 죽을 수가 있었다. 그러나 그들은 죽지 않았다. 99번 도로 위에서 달려오는 차와 부딪쳐 산산조각으로 죽어간다 해도 아무도 그들이 누구인지, 어딜 가는 길이었는지, 왜 그 도로 위를 달려가고 있었는지 모를 것이다. 그것은 그들이 돌아가고 있는 로스앤젤레스에서도 마찬가지다. 그들이 침대 위에서 죽는다 해도 그들의 시체는 한 달 뒤에나 발견될 것이다. 더이상 견딜 수 없는 악취에 옆방에서 얼굴을 알 수 없는 멕시코인이 문을 부수고 들어오기 전에는. 그러나 죽음을 생각할 이유는 없다. 분노를 끓어오르는 용암처럼 가슴 깊이 간직하고 있다고 하지만 아직 죽음을 생각할 나이는 아니다. 그는 죽기 위해서 여행을 떠나온 것은 아니었다. 그는 다만 분노했으므로 여행을 떠나왔다. 무엇 때문일까. 그의 분노는 무엇 때문일까. 무엇이 그를 분노케 했는가. 무엇이 준호를 두렵게 하며 무엇이 준호에게 끊었던 마리화나를 피우게 했는가. 무엇이 그에게 가족을 버리고 불법체류자로 남게 한 것일까.

차는 점점 속력이 빨라진다. 모로베이에서 잠시 바다를 버리고 1번 도로는 101번 도로와 만난다. 101번 도로는 성난 짐승과 같은 차량들로 만원을 이루고 있다. 차들은 탈곡기에서 떨어져내리는 낟알처럼 구르고 있다. 휘이잉 소리가 난다. 차는 그 흐름에 섞여든다. 그들이 탄 차를 앞질러서 옆으로 따라붙으며 달려가는 각양각색의 차 속에 앉은 사람들은 묵묵히 입을 다물고 있다. 속력을 빨리할 때마다 고속도로의 표면과 바퀴 부분이 맞닿아 입을 맞추는 소리가 난다. 차체의 미세한 진동이 피부에 느껴진다. 아직 날이 저물지 않았지만 어떤 차들은 불을 밝히고 있다. 차들은 아프리카의 초원지대를 달리는 동물들처럼 아스팔트의 정글 속을 돌진하고 있다. 누군가가 추적해오는 것 같은 놀라움 속에 한 마리가 내닫기 시작하자 온 야생동물이 내처 뛰어 달리듯, 기린과 무소와 하마와 타조와 온갖 동물들이 도망치듯, 차들은 미친 듯이 달려나간다. 달려나가는 속도감 이외에는 아무것도 존재하지 않는다.

차가 101번 도로를 버리고 다시 1번 도로로 접어들자 이상한 고독감이 스며든다. 마침 해가 지기 시작한다. 한낮을 지배했던 태양의 제왕은 왕좌에서 물러나기 시작한다. 빛을 모반하는 저녁노을이 혁명을 일으켜 피와 같은 붉은 노을을 깃발처럼 드리운다. 파도가 한결 높아진다. 헤드라이트 불빛이 점점 뚜렷해진다. 태양은 마침내 임종을 맞았지만 그의 후광을 온 누리에 떨치고 있다. 하늘은 저문 태양의 마지막 각혈로 붉게 물들어 있다. 어둠이 새앙쥐처럼 빛의 문턱을 갉아내리고 있는 것이 보인다. 초조(初潮)와 같은 피의 여광을 갉아내리는 어둠의 구멍으로 수술대 위에 올라선 마취 환자의 잃어가는 의식처럼 점점 사라져간다. 그것은 처절한 아름다움으로 승화된다. 태양은 완전히 사라졌지만 황금의 빛과 노을은 한데 섞여서 거대한 불꽃놀이를 하고 있는 것처럼 보인다. 바다의 군대들이 몰락해가는 하늘의 왕국을 향해 집중적으로 포화를 쏘아올리고 있다. 터진 포탄의 불꽃이 하늘의 어둠 속에 점화되어 폭발하고 있다. 빛의 파편이 깨어져 흩어진다.

차는 필사적으로 달려나간다. 헤드라이트가 빛의 기둥이 되어 심해어(深海魚)의 눈처럼 밝아온다. 차선에 박힌 붉은 형광표시등이 반딧불처럼 떠오른다. 빛은 완전히 사라지고 사방은 칠흑 같은 어둠뿐이다. 달은 보이지 않는다. 그런데도 밤하늘엔 무수한 별들이 붙박여 있는 것이 보인다. 시야는 온통 차단되었다. 바다는 더이상 보이지 않는다. 바다는 보다 검은빛으로 음흉한 짐승처럼 웅크리고 있다. 벼랑도 보이지 않는다. 이따금씩 벼랑에 선 집들에서 내비친 불빛들만이 깜박일 뿐이다. 머리가 맑아진다. 의식이 물처럼 투명해진다. 차는 어둠의 두터운 벽을 뚫는 나사못처럼 달려나간다. 나가도 나가도 어둠의 벽은 끝을 보이지 않는다. 헤드라이트가 눈먼 곤충의 더듬이처럼 재빨리 달려나가는 차의 한치 앞을 더듬어 감지한다.

준호는 말없이 운전대를 잡고 있다. 그는 벌써 오후 내내 말 한마디를 않고 있다. 그 역시 한마디의 말도 하지 않았다. 그들은 함께 있을 뿐 절대의 고독 속에 앉아 있다. 차는 제 스스로 자전하는 지구처럼 굴러간다. 어둠 속에 헤드라이트 불빛을 받은 도로표지판이 이따금씩 척후병처럼 떠오른다. 그것은 무한대의 우주 속을 스쳐가다 마주치는 이름 모를 운석처럼 보인다.

도로표지판이 '글로버 시티'를 가리키고 재빨리 물러간다. 차의 계기가 70마일을 가리키고 있다. 바늘은 70마일을 오버하기도 하고 못 미치는 분기점에서 경련을 하기도 한다. 오일 게이지는 거의 바닥나 있다. 로스앤젤레스까지 가려면 한번쯤 기름을 풀로 채워야 할 것이다. 한밤중에 이 적막한 도로에서 기름이 떨어진다면 속수무책이 될 것이다. 그런데도 입을 열어 말하기조차 귀찮아진다. 기름이 떨어지기 전에 조그마한 동네가 나타나겠지, 저 정도의 기름이라면 앞으로 40마일은 더 달릴 수 있을 것이다. 기름이 떨어지면 탱크에 오줌을 쌀 것이다. 그러면 오줌에 떠오르는 기름으로 10마일은 더 달릴 수 있을 것이다.

차는 한 곳에 정지되어 있는 것처럼 보인다. 흘러가는 것은 도로다. 그들은 탄광의 마지막 막장에 들어선 탄부 같은 느낌을 받는다. 어쩌다 저면 도로 끝에서부터 떨리며 달려오는 차의 헤드라이트가 보인다. 이쪽을 향해 달려오는 불빛은 조금씩 더 분명해진다. 그러다가 어느 틈에 얼굴을 맞대고 스쳐 지나간다. 스쳐 사라지는 차는 그들이 달려온 길을 되돌아가고 있을 것이다. 건전지 불빛을 밝혀들고 들판을 헤매는 어린 아이처럼, 핸들을 잡은 손이 저리고 아픈지 이따금 준호는 운전대에서 손을 떼고 손을 흔든다. 바다는 보이지 않지만 바위에 부딪치고 으깨지는 파도의 포말은 환각 조명을 받은 무희의 스타킹처럼 번득인다. 파도는 입맛을 쩝쩝 다시고 있다. 길 가운데 그어진 도로의 경계선이 미친 듯이 차

앞으로 달라붙고 있다. 그것은 날이 선 작두의 칼날처럼 보인다. 차는 맨발로 서서 그 시퍼런 날 위를 춤추며 달려가고 있다. 맹렬한 속도감으로 차는 사정 직전의 동물처럼 몸을 떨고 있다. 이따금 급커브의 도로를 따라 차가 회전할 때마다 바퀴가 무디어진 칼날을 숫돌에 갈 때처럼 불꽃을 튀기며 비명을 지른다. 어둠은 달려가는 속도만큼 뒷걸음질치고 있다. 차의 속도 계기가 80마일을 가리키고 있다. 이건 위험한 속도다. 그는 그러나 입을 열어 주의하라고 말하고 싶지는 않다. 내버려두기로 한다.

벼랑길을 따라 커브를 도는 순간 차의 속력은 줄어든다. 격렬한 고통으로 차는 울부짖는다. 오후 내내 굶었지만 아무것도 먹고 싶지 않다. 배가 고픈 듯도 싶지만 참을 만하다. 말라빠진 식빵을 씹는 것은 모래를 씹는 느낌일 것이다. 지도를 펼쳐보아 지금 그들이 어디에 위치하고 있는가 알아보고 싶은 생각조차 일지 않는다. 지도를 보기 위해서는 실내등을 켜야 한다. 실내등을 켠다면 그들은 서로의 얼굴을 마주 보게 될 것이다. 흐린 불빛 아래에서 서로의 어두운 모습을 마주 본다는 것은 우울한 일이다. 내버려두기로 한다. 이대로 1번 도로를 따라가면 도착할 것이다. 그것뿐이다. 긴 여정의 반은 분명히 넘어왔을 것이다. 어쩌면 더 많이 왔을지도 모른다. 아주 짧은 시간 안에 로스앤젤레스에 도착할지도 모른다. 아니다. 그것은 어디까지나 그렇게 되기를 바라는 희망일 뿐이다. 그들은 영원히 그곳에 도착하지 못할지도 모른다. 그들은 이 세상에 존재하지 않는 어떤 환상의 도시를 찾아 맹목적으로 질주하고 있는지도 모른다. 로스앤젤레스는 이 세상에 존재하지도 않는 가공의 지명이다. 가공의 도시를 향해서 수천 마일을 달려오고 있는 것이다. 그러나 어쨌든 상관없는 일이다. 1번 도로 끝에 무엇이 있는가 미리 점쳐볼 필요는 없다. 달려가는 속도감만 느껴진다면 살아 있다는 느낌을 확인할 수 있으므로. 달려가는 차창 앞 불빛 속에 황급히 뛰어 어둠 속으로 숨는 동물의 모습이 흘낏 보인다. 집을 잃은 개일까 아니면 무리에서 떨어져나와 길을 잃어버린 늑대일까.

이따금 벼랑에서 굴러떨어진 흙더미들이 도로 가장자리에 산재되어 있는 것이 보인다. 그러나 사람의 모습은 어느 곳에서도 보이지 않는다. 울창한 숲에서 부러져내린 나뭇가지들이 도로 위에, 살은 뜯기고 남은 몇 점의 뼈처럼 떨어져 있는 것도 보인다. 이상하게도 하늘은 투명하게 맑았지만 달빛은 찾아볼 수 없다. 하늘엔 무수한 별들이 크리스마스 트리의 색전구처럼 일제히 빛나고 있다. 그중에는 이제야 막 수억 광년의 우주공간을 거쳐 갓 도착한 새로 형성된 별들도 있었으며 숨이 끊어져 막 죽어가는 별들도 있었다. 제 무게를 못 이겨 하늘에 굵은 획을 그리며 추락하는 별똥별도 보인다.

그때였다.

잠자코 침묵을 지키던 준호가 캐비닛을 열어 녹음 테이프를 꺼냈다. 그는 그것을 카트리지 속에 집어넣고 스위치를 눌렀다. 그는 그것이 무엇인지 잘 알고 있었다. 그것은 준호의 아내가 보내준 녹음 테이프였다. 여행중에 그들은 그 녹음 테이프를 수십 번도 넘게 들었다. 그래서 30분짜리 카세트의 녹음 내용을 처음부터 끝까지 외울 수 있을 정도였다.

테이프가 천천히 돌아가고 스피커에서 준호의 아내 목소리가 흘러나오기 시작했다.

—오랜만이야. 전번에 당신의 편지를 받았어요. 당신이 편지에 부탁했던 대로 아이들 목소리를 녹음해서 보내려고 준비하고 있어…… (잠시 침묵) 요즈음 어떻게 지내시는지요……. 나는 아이들 돌보는 것으로 하루해를 보내요. 편지에 씌어 있는 대로 몸은 건강하다니 안심은 되지만 어떻게 먹고, 어떻게 자고, 옷은 어떻게 갈아입는지 그게 제일 염려스러워……. 당신의 게으른 성격을 잘 알고 있는 나로서는 옷도 되는 대로 입고 다녀 냄새를 풀풀 풍기고 세수도 일주일 이상 하지 않고 이빨도 닦지 않고 다녀서 거지 꼬락서니가 될 것 같아서 늘 마음에 걸려. 발은 적어도 이틀에 한 번은 닦아요. 머리도 이틀에 한 번은 감고요. 그리고 제발 콧수염은 기르지 마……. (잠시 침묵) 무슨 말을 해야 할지 모르겠어. 평소에 우리가 얼굴을 맞대고는 정다운 이야기를 나눠본 적이 없는데 녹음기로 당신 본 듯하고 이야기를 하려니 쑥스럽고 어색하기만 해요……. (잠시 침묵) 당신에 관한 신문 기사가 주간지 같은 데 나오고 있어. 당신이 미국에서 주저앉았다고 그러는 거야. 좀 빈정대고 있는 투의 기사가 나오더니 지금은 오히려 잠잠해요……. (잠시 침묵) 준겸이가 요즈음 아빠를 찾고 있어요. 하루에도 수십 번씩 아빠가 어디 갔느냐고 찾고 있어……. (잠시 침묵) 그럴 때면 나는 아빠가 미국에 갔다고 이야기해줘. 준겸이는 로봇 타고 우주인 만나러 간 걸로 알고 있어. 그애는 미국이 만화영화에 나오는 안드로메다라는 별인 줄로만 알고 있어. 지구를 공격하는 외계인을 물리치기 위해서 마징가 제트라는 로봇을 타고 우주로 떠났다고 믿고 있어……. 은경이는 새학기에 2학년이 되니까 준겸이보다 아빠를 덜 찾고 있지. 하지만 철이 들어서 입 밖으로 말하지 않을 뿐이지. 며칠 전에 학교에 제출하는 일기장을 본 적이 있었어. 그 일기장엔 아빠 이야기뿐이었지……. (잠시 침묵) 아빠가 왜 돌아오

지 않는지 그게 이상하다고 썼어요. 하느님 아빠를 돌아오게 해주세요라고
썼었어요……. (전화벨 소리) 잠깐 기다려, 전화 왔나봐. 조금 있다 다시
녹음할게……. (잠시 침묵) 다시 이야기를 계속하겠어. 아까 내가 어디까
지 이야기했었지……. (잠시 침묵) 준겸아 준겸아 이리 와봐, 이리 와서 아
빠에게 말해봐……. (잠시 침묵) ……아빠가 어디 있는데, 아빠가 없잖아.
아빠는 녹음기 속에 들어 있어, 바보야. 거짓말 마, 누나. 아빠가 어떻게 저
렇게 조그마한 녹음기 속에 들어갈 수 있단 말야. 누나는 거짓말쟁이
야……. (먼 곳에서) ……아빠한테 이야기해봐라……. (가까운 곳에서)
……아빠야, 나 준겸이야. 아빠 어디 있어? 마징가 제트를 타고 나쁜 외계
인을 쳐부수고 있는 거야? 언제 올 거야? 나도 아빠하고 같이 로봇을 타고
싶어. 나도 이담에 크면 우주 비행사가 될 거야. 그래서 초록별 지구를 공
격하는 나쁜 우주인을 쳐부술 거야……. 아빠 심심해……. 엄마는 가끔 울
어……. (녹음 스위치 꺼지는 소리) …… (잠시 침묵) …… (먼 곳에서)
……준겸아 노래 한 곡 불러봐라. 싫어. 아이 착하지, 노래 한번 불러봐, 아
빠 앞에서. 아빠가 어디 있는데. 아빠가 있어야 노래를 부르지……. 우리
준겸이 착하지……. 자, 일어서서…… 노래를 불러봐요……. (잠시 침묵)
…… (느닷없이 힘차게) ……우우우 따다다 우우우 따다다 번개보다 날쌔
게 날아가는 우리의 용감한 정의의 용사 우리가 아니면 누가 지키랴 우우
우 따다다 우우우 따다다 올 테면 와라 겁내지 말고 쳐부숴야지 정의의 용
사 마징가 마징가 제트 우우우 따다다 우우우 따다다……. (박수 소리)
…… (먼 곳에서) ……잘 불렀어요. 그럼 은경이가 한 곡 불러야지. 은경
이는 요즘 앞니가 모두 빠졌대요. 앞니 빠진 새앙쥐 우물 곁에 가지 마
라……. (잠시 침묵) ……아빠……. (잠시 침묵) ……아빠……. (다시 침

묵) …… (노랫소리) ……아빠하고 나하고 만든 꽃밭에 채송화도 봉숭아
도 한창입니다. 아빠가 매어놓은 새끼줄 따라 나팔꽃도 어울리게 피었습니
다……. (박수 소리) 자, 이번에는 둘이서 합창을 해봐라. 똑바로 서야지.
아빠한테 인사를 하고……. (잠시 침묵) ……나의 살던 고향은 꽃피는 산
골 복숭아꽃 살구꽃 아기진달래 울긋불긋 꽃대궐 차리인 동네 그 속에서
놀던 때가 그립습니다……. (박수 소리) …… (잠시 침묵) ……따로 할 말
은 없는 것 같아요. 여긴 무지무지하게 추워요. 몇 십 년 만의 추위라고 야
단들이야. 아파트 내에서는 난방이 되어 있지만 따로 석유난로를 피워야만
견딜 만해요……. 어쩌자는 것인지……. (긴 침묵) 당신이 어쩌자는 것인
지 모르겠어……. 아무런 대책도 없이 무엇을 어떻게 하자는 깃인지 이해
가…….

　　순간 준호는 스위치를 눌러 카세트를 꺼버렸다. 차 안은 침묵으로 무
겁게 가라앉았다. 그는 그러나 그 녹음 테이프를 수십 번 들어왔으므로
더 이어지는 준호 아내의 녹음 내용을 거의 외우고 있었다.
　　생명력이 결여된 단조로운 목소리가 끊겨버린 후부터 어둠을 뚫고 달
려가는 차의 엔진 소리가 해소병에 걸린 환자의 헐떡이는 가래 소리처럼
상대적으로 크게 높아졌다. 단 한 번도 쉬지 않고 달려온 차는 이제 더이
상 버틸 힘도 없이 비명을 지르고 있었다. 차체는 관절이 부서지는 소리
를 내며 몹시 심하게 요동을 치고 있었다. 쇳덩어리들이 끊임없이 가열
되는 열로 불덩어리처럼 뜨거워지고 좀체로 불평하지 않던 과묵한 차는
부서질 듯 흔들리고 있었다.
　　과열된 온도를 알리는 계기에 붉은 불이 켜져 있었다. 위험을 알리는

비상신호였다. 더이상 견디어나갈 수 없는 극한점에 이른 차는 비등하는 물처럼 끓어오르고 있었다.

그런데도 준호는 차의 속력을 줄이지 않았다. 차의 엔진을 끄고 오랜 휴식시간을 줘서 과열된 열기를 식히지 않으면 안 될 만큼 절박한 상황에 맞닿고 있음에도 불구하고 준호는 속력을 줄이지 않았다. 오히려 차의 속력은 더 빨라지기 시작했다.

속력을 알리는 계기의 바늘이 75마일을 초과하고 있었다. 바늘은 80마일을 향해 육박해 들어가고 있었다.

차가 고통을 호소하며 몸을 떨었다. 바늘은 80마일에서 85마일로 치닫고 있었다. 차체는 수전증에 걸린 알코올 중독자의 손처럼 와들와들 떨고 있었고, 좁은 도로를 비상하기 시작했다. 도로경계선의 일정한 선을 따라 달려가는 차는 맹렬한 속도감으로 추락해버릴 것처럼 휘청거렸다. 차는 날기 위해서 활주로를 굴러가는 비행기처럼 달려나갔다.

위험하다는 본능적인 직감이 그의 머릿속을 파고들었다. 그러나 그는 입을 열지 않았다.

내버려둬. 내버려둬.

그는 자신에게 준엄하게 명령했다.

그가 하고 싶은 대로 내버려둬.

갑자기 차 안에서 뭔가 타고 있는 듯한 기분 나쁜 냄새가 난 듯싶더니 차창 앞 차체에서 연기가 뭉게뭉게 솟아오르기 시작했다. 연막탄을 뿌린 듯 시야가 흐려졌다.

차가 돌연 도로를 벗어나 경치를 구경하기 위해서 벼랑 위에 둔 공터의 난간을 향해 미끄러져 들어갔다. 견고한 쇠난간과 차의 앞부분이 날카로운 파열음을 내며 부딪쳤다. 차는 가까스로 멈춰 섰다. 조금만 더 가속도의 충격으로 전진했다면 차는 쇠난간을 부수고 벼랑 아래로 굴러떨어졌을 것이다. 헤드라이트 한쪽이 쇠난간과의 충돌로 산산조각으로 깨어지며 꺼졌다.

그들은 넋 나간 사람들처럼 좌석에 앉아 꼼짝도 하지 않았다. 굳게 닫힌 차체에서는 끊임없이 연기가 솟아오르고 있었다. 과열된 엔진이 타오르고 있는 모양이었다. 빨리 보닛을 열어 엔진을 식히고 순환 점프 속에 찬물을 부어주지 않으면 엔진은 완전히 연소되어 타버릴 것이다.

그런데도 준호는 운전대를 잡고 꼼짝도 하지 않았다. 그는 준호의 옆얼굴을 쳐다보았다. 그는 거짓말처럼 울고 있었다. 쇠난간과의 충돌로 한쪽 눈을 실명당한 헤드라이트의 흐린 불빛은 간신히 차의 내부를 밝히고 있었는데 그의 얼굴에서는 눈물이 굴러떨어지고 있었다.

"난 가겠어."

젖은 목소리로 준호는 중얼거렸다.

"난 돌아가겠어. 로스앤젤레스에 도착하는 즉시 비행기 좌석을 예약하겠어. 다행히 떠나올 때 왕복 티켓을 사두었기 때문에 문제는 없어. 형, 난 돌아가겠어. 난 결심했어."

준호는 볼을 타고 흘러내리는 눈물을 손등으로 연신 씻어내리고 있었다.

"우리가 왜 이곳에 앉아 있지. 이곳은 남의 땅이야. 왜 우리가 이곳에 있지. 왜 우리가 이곳에 있는지 난 그 이유를 모르겠어. 난 아무것도 얻을 수 없고 구할 수도 없어."

그는 묵묵히 흐느끼는 준호의 말을 듣고 있었다. 준호는 자기 얼굴에서 흘러내리는 눈물을 몹시 창피하게 여기는 사람처럼 난폭하게 눈물을 닦아내며 짐짓 볼멘소리로 물었다.

"로스앤젤레스는 아직도 멀었어? 씨팔. 도대체 얼마나 남은 거야."

"아직도 멀었어. 내일 새벽에야 도착할 수 있을 거야."

"우린 지금까지 4천 마일을 줄곧 달려왔어. 그런데도 아직 멀었다고. 어떻게 된 거야. 우린 달릴 만큼 달려왔어. 우린 1번 도로를 달렸어야 했어. 그런데 우린 엉뚱한 길을 달려온 것 같아. 형은 미쳤어. 형은 지도 하나 제대로 볼 줄 모르는 미친놈이야. 형은 정신이 나갔어. 저걸 봐."

준호는 헤드라이트를 껐다 다시 켰다. 난간 옆에는 도로표지판이 서있었다. 일단 껐다가 켜진 불빛 속에 그들이 지금껏 달려온 도로의 명칭을 가리키는 고유 번호가 씌어 있었다.

246 West.

"저걸 봐. 어떻게 된 거야. 우린 지금까지 246번 도로를 달려온 거야. 1번 도로는 어떻게 된 거야. 1번 도로는 어디로 사라진 거야. 우리는 1번 사우스 쪽으로 가야만 한다고. 그래야만 로스앤젤레스에 갈 수가 있는 거야. 제발 지도 좀 봐. 가만히 있지만 말고."

준호는 실내등을 켰다. 그는 미친 듯이 지도를 펼쳐 들었다.

"우리가 있는 곳이 어디쯤이야. 말해 봐. 1번 도로는 보이지도 않아. 어떻게 된 거야. 우린 알래스카 쪽으로 가고 있었을까. 아아 우라질."

준호는 난감한 듯 운전대를 후려쳤다. 짧은 클랙슨 소리가 났다.

지금껏 조용히 앉아 있던 그가 갑자기 킬킬거리며 웃기 시작했다. 그의 입에서 거품과 같은 웃음이 흘러나왔다.

"그 지도는 엉터리야. 우린 속았어. 우린 엉뚱한 길을 지금까지 달려온 거야."

"그럴 리가 없어. 지금 농담하는 거야? 우린 분명히 로스앤젤레스 쪽으로 달려가고 있었다고. 왔던 길을 되돌아나가면 1번 도로와 다시 만날 수 있을 거야. 우린 간선도로로 잘못 빠져들어온 것뿐이야."

"로스앤젤레스에는 영원히 도착할 수 없을걸."

그는 여전히 킬킬거리며 말을 이었다.

"난 알고 있어. 처음부터 1번 도로는 로스앤젤레스로 가는 도로는 아니었어. 로스앤젤레스는 2번 도로로 3번 도로로 달려간다 해도 영원히 도착할 수 없을 거야. 왜냐하면 로스앤젤레스란 도시는 이 세상에 존재하지도 않으니. 그건 지도 위에만 씌어 있는 가공의 도시 이름일 뿐이야. 되돌아가봐. 넌 1번 도로를 영원히 만날 수 없을 테니까."

"난 가겠어. 돌아가겠어."

준호는 시동을 걸기 시작했다. 그러나 차는 꼼짝도 하지 않았다. 차는 이미 싸늘하게 식어 있었지만 기능이 마비되어 있었다. 열심히 스위치를 내려도 차는 미세한 반응조차 않았다. 준호는 액셀러레이터를 밟고, 점화 스위치를 넣었다. 그는 이미 숨을 거둔 익사체의 입에 인공호흡을 계속하는 어리석은 인명구조원에 지나지 않았다.

"엔진이 타버렸어. 아니면 기름이 떨어졌든지. 우린 꼼짝도 할 수 없어. 차는 망가졌어. 날이 샐 때까지 기다리지 않으면 안 돼."

"마치 이렇게 되기를 바란 사람처럼 말을 하는군. 난 갈 수 있어. 이 차를 움직일 수 있어. 난 이 차를 누구보다 잘 알고 있어. 헤드라이트가 켜지는 것은 엔진이 완전히 타버리지 않았다는 증거야. 차는 멀쩡해. 차는 다만 지쳐버린 것뿐이야."

준호는 결사적으로 운전대를 부여잡았다. 그의 얼굴은 눈물과 땀으로 뒤범벅되어 있었다.

"이곳에서 꼼짝하지 못하면 우린 죽을 거야. 새벽이 오면 기온이 내려갈 거야. 시동이 걸리지 않으면 히터도 나오지 않아. 우린 얼어 죽을 거야. 여긴 벌판이야. 수십 킬로미터 이내에 인가가 없을지도 몰라. 온갖 야생동물들이 우릴 보고 덤벼들지도 몰라. 대답해봐. 내 말을 듣고 있는 거야? 뭐라고 말 좀 해봐."

그는 대답 대신 캐비닛을 열어 한줌의 마리화나와 파이프를 꺼내어 밀었다. 준호는 불가사의한 표정으로 그를 보았다.

"무서워하지 마. 이걸 피워. 그러면 행복해질 거야. 잠이 올 거야. 꿈도 꿀 수 있겠지. 우린 절대로 죽지 않아. 봐라, 저 꿈틀거리는 검은 것이 무엇인지 아니. 그건 바다야. 태평양이야. 저 바다는 네가 돌아가려는 나라의 기슭과 맞닿아 있지. 우린 틀림없이 돌아가게 돼. 길을 찾을 수 있을 거야. 날이 밝으면 우린 돌아갈 수 있게 돼. 로스앤젤레스는 멀지 않아. 그곳에서 비행기를 타고 당장에라도 저 바다를 건너갈 수 있을 거야."

"형."

준호는 긴장된 목소리로 그를 불렀다.

"도대체 뭘 하는 거야."

"네가 원치 않으면 내가 피우겠어."

그는 준호가 늘 하던 짓을 봐둔 대로 마리화나의 풀잎을 손끝으로 이겨서 조그만 덩어리를 만들어 파이프의 얇은 섬유망 위에 떠워올렸다.

"양이 너무 많아. 제발 유치한 짓 좀 하지 마. 이건 독한 거야. 형같이 처음 피우는 사람에겐 이건 너무 독해."

그는 성냥을 꺼내 풀잎에 불을 붙이고 깊게 빨아들였다. 마른 풀잎이 빨아들이는 호흡으로 한순간 빨갛게 달아올랐다. 그는 입 안에 가득한 연기를 가슴 깊이 들이마셨다. 가슴이 터질 것처럼 방망이질해댔다. 발작적인 기침이 나올 것 같았지만 그는 물속에서 코를 막고 숨을 오래 참기 내기하듯 숨을 끊고 가슴속에 들이마신 연기가 폐부 깊숙이 스며들기를 기다렸다. 눈알이 튀어나올 듯이 팽창되었다. 더이상 참는 것은 무리였다. 그는 밭은기침을 했다.

다시 연기를 빨아들이며 그는 머리를 부여잡았다. 머리 부분까지 연기가 스며든 것 같은 느낌이었다. 오래 저장하기 위해서 연기로 소독하는 훈제의 고깃덩어리처럼 그의 머리는 독한 풀잎의 연기로 그을리고 있었다.

순간 몸을 가눌 수 없을 만큼 극심한 현기증이 일었다. 그는 헐떡이며 차창에 머리를 대고 몸을 바로잡았다. 눈이 극도로 예민해져서 야생동물의 그것처럼 밝아졌다. 가슴이 쪼개질 것 같은 압박감이 다가왔다. 누군가 목을 조르고 있는 듯한 질식감이 그를 몸부림치게 했다. 숨을 들이마셨지만 호흡기도가 파열된 듯 들이마시는 공기의 저항이 느껴지질 않았다. 그의 몸속에서 뭔가 가볍게 빠져나와 떠오르는 것 같은 느낌이 들었다. 그의 온몸에서 완전히 힘이 빠져나갔다.

"형, 괜찮아? 정말 괜찮겠어?"

아득히 먼 곳에서 아련한 목소리가 들려왔다. 그는 그 목소리가 날아온 방향을 보았다. 그곳에는 어리둥절한 표정 하나가 돌연변이를 일으킨 채소처럼 기괴한 모습으로 뒤틀리고 있었다.

"괜찮아."

그는 자신있게 대답했다. 그는 자신이 말을 하지 않고 그의 입을 빌려 누군가 대신 말해주는 것 같은 착각을 느꼈다. 그는 천천히 일어섰다. 그리고 비틀거리며 차의 문을 열고 밖으로 나갔다.

"어딜 가는 거야, 형."

"바람 좀 쐬겠어."

"안 돼. 위험해. 나가지 마. 돌아와. 안 돼. 제발. 도대체 뭘 하는 거야."

그는 난간을 붙들고 벼랑 아래를 노려보았다. 그곳에는 미친 말갈기와 같은 바람이 몰아치고 있었다. 지축을 흔드는 파도 소리가 후퇴를 모르는 군대의 발걸음처럼 진군해 들어오고 있었다. 어디선가 큰북을 두드리는 듯한 타격음이 둥둥 울리고 있었다.

벼랑은 가파르지 않았다. 그것은 제법 급하게 바다 쪽으로 뿌리내린 작은 곶에 불과했다. 벼랑을 따라 샛길이 뻗어내리고 있었다. 그는 그 샛길로 굴러내렸다.

그는 헛발을 디뎌 넘어졌으나 곧 일어났다. 그는 구르고 뛰고 달리고 넘어지면서 샛길을 내려갔다. 균형을 잃은 그의 발길은 바닷가의 돌더미 위에 와서 멎었다. 무수한 돌들이 해변을 가득 메우고 있었다.

달빛은 없었지만 다행히도 하늘의 무성한 별들이 합심해서 걷어준 빛의 동냥으로 그의 눈은 밝았고 원하는 것은 무엇이든 볼 수 있었다.

성난 파도의 포말이 비가 되어 그의 몸을 적시고 있었다. 그는 무릎을 꿇고 돌 위에 주저앉았다. 그는 즐겁고 유쾌하고 그리고 슬펐다.

　그는 거센 파도에 의해서 바다를 건너 밀려온 죽은 시체처럼 바위 위에 쓰러져 누웠다. 그를 낯선 땅으로 유배시켜온 파도들은 서둘러 물러가고 갓 도착한 빈손의 파도들만 그를 사로잡기 위해서 그물을 던지고 있었다. 그제야 줄곧 그의 마음속에 끓어오르던 분노의 불길이 서서히 꺼져가는 것을 보았다. 파도에 의해서 밀려온 낯선 뭍으로의 망명이 그의 분노를 잠재운 것은 아니었다. 그는 그가 살아온 모든 인생, 그가 보고 듣고 느꼈던 모든 삶들, 그가 소유하고 잃어버리고 허비했던 명예와 허영, 그가 옳다고 믿었던 정의와 법(法), 때로는 성공하고 때로는 배반당했던 그의 욕망, 끊임없이 추구하던 쾌락과 성욕, 그가 한때 가졌고 버렸던 숱한 여인들, 그 모든 것들로부터 무참하게 얻어맞고 마침내 처절하게 패배당한 것 같은 느낌을 받았다. 처절하게 패배당했다는 사실을 깨달았을 때 그의 분노는 참따랗게 재를 보이며 소멸되었다.

　이제는 원한도, 증오도, 적의도, 미움도, 아무것도 가질 이유가 없었다. 그는 딱딱한 바위의 표면 위에 입을 맞추며 그를 굴복시킨 모든 승리자들에게 용서를 빌었다. 그리고 이젠 정말 돌아가야 한다고 다짐했다. 그는 너무 지쳐 있었으므로 그 누구에게든 위로받고 싶었다.

이
지
상
에
서
가
장
큰
집
❋

제1회 〈가톨릭문학상〉 수상작품집 《이 지상에서 가장 큰 집》 중

그는 이상한 사람이었다.

그는 더러운 개천물이 흐르는 다리 밑에서 태어났다. 그의 아버지는 거지였다. 그의 아버지는 자기의 이름조차 쓸 줄 몰랐다. 그는 자기의 이름을 '노마'라고 불렀다. 그의 아버지는 성도 없었다. 누가 이름을 물으면 그는 대답했다.

"노마."

누가 성을 물으면 그는 대답했다.

"노마."

어디서 누가 그에게 그런 이름을 지어주었을까. 어렸을 때 그는 아버지에게 이름을 지어달라고 떼를 썼었다. 그러자 아버지는 그에게 대답했었다.

"네 이름은 노마다."

166

"그건 아버지의 이름이 아닌가요."

"그럼 이제부터 너를 작은 노마라고 부르자."

이리하여 그는 마침내 이름을 얻었다. 그의 이름은 '작은 노마' 였다.

그를 낳은 어머니는 미친 여자였는데 그를 낳자마자 그의 온몸에 묻은 피를 고양이처럼 혀로 핥아주며 말했다.

"이 아이는 커서 자신의 아이를 마구간에서 낳게 될 거예요."

그해 여름 홍수가 졌다. 한밤중에 그들이 거적을 깔고 있던 다리 밑 숙소로 강이 흘러내렸다. 엉겁결에 다리 위로 올라온 아버지는 엄청나게 불은 개천물에 자신의 아내가 갓 낳은 아기를 가슴에 안고 떠내려가는 것을 보았다.

"살려주세요. 살려주세요."

아버지는 목청껏 소리를 질렀다.

사람들이 몰려나와 장대를 던졌다. 어머니는 간신히 장대 끝을 잡고 이렇게 말했다.

"이 아이부터 건져주세요."

사람들이 손을 뻗어 아이를 건네받자 기진해진 미친 어머니는 그만 붙들었던 장대를 놓고 거센 물결에 휩쓸려 사라졌다. 그리하여 '작은 노마' 는 어머니를 잃었다.

그때부터 '작은 노마' 는 자신의 집을 갖는 것이 소원이 되었다. 어떠한 홍수에도 떠내려가지 않을 집, 비와 바람을 가릴 수 있는 집, 그런 집을 갖는 것이 소망이 되었다.

'작은 노마' 는 '큰 노마' 와 둘이서 동냥질을 다녔는데 작은 아이를 데리고 다니는 아버지는 혼자서 비럭질을 할 때보다 많은 음식을 얻을 수 있었다.

아버지는 깡통에 담은 음식 중에서 덜 상한 것, 그것도 맛있어 보이는 것만 먹이고 자기는 몹시 상한 것, 생선의 뼈, 그런 것들만 먹어치웠다.

잠은 아무 데서나 잤다.

처마 밑이건, 들판이건, 숲 사이 나무 밑 둥치건, 그들이 눕는 곳이 그들의 집이었다. 가을이면 밤이슬이 내리고 머리맡에선 땅강아지가 기어다녔다. 밤에는 별이 무성하게 뜬 하늘이 그들의 이불이었으며, 찬 이슬이 내리는 흙이 그들의 요가 되었다. 베개는 마른 낙엽 가지들을 모아 만들고, 아침 햇살이 부챗살을 펴들면 그들은 다시 길을 떠났다.

집을 갖는 것이 소원이었던 '작은 노마'는 마침내 나무 위에 올라가서 잠이 들곤 했었다. 그곳은 습기가 밴 맨땅보다는 편안하고 아늑하였다.

"그곳은 네가 잘 곳이 못 돼."

아버지는 언제나 그렇게 말했다.

"그곳은 집이 아니다. 그곳은 사람이 자는 곳이 아니다. 그곳은 박쥐나 새, 개똥지빠귀 같은 벌레들이나 잠드는 곳이다."

그러나 그는 나무 위에서 잠자기를 포기하지 않았다. 그곳은 그가 꿈꿔오던 집의 다락방 같은 느낌을 불러일으키고 있었다.

"이곳은 2층이에요, 아버지."

그는 나뭇잎들 속에서 소리를 지르곤 했었다.

"아버지는 1층에서 주무시구요."

"잘 자거라."

아버지는 나무 밑에 누워서 2층에 웅크리고 누운 아들을 보며 다정하게 말했었다.

나무 위는 그가 어릴 때부터 꿈꿔온 지붕 밑의 다락방이었다. 밤하늘에 뜬 달은 그의 다락방을 비추는 형광램프였으며 별들은 그의 다락방 벽면을 바른 벽지에 새겨진 사방연속무늬의 문양(紋樣)이었다. 가지에 무성히 자란 나뭇잎들은 그의 다락방 창문에 펼쳐진 커튼이었으며 험하게 뻗어내린 나무줄기는 다락방으로 올라가는 계단이었다. 가끔씩 나뭇가지로 기어오르는 뱀과 물구나무 서서 잠든 박쥐와 새들은 그가 가지고 노는 장난감들이었다.

튼튼해 보이는 나뭇가지에 누워 잠을 청하려 하면 무르익은 달빛에 전구처럼 반짝이는 과일들이 보였는데 그럴 때면 그는 하나하나 과일들마다에 이름을 지어주곤 했었다.

"너는 벽시계. 너는 책상 위의 오뚝이. 너는 자명종. 어김없이 일곱 시면 따르릉거린다. 너는 저금통. 너는 자물쇠……."

그러다 보면 스르르 잠이 들곤 했었는데 다음날 일곱 시면 어김없이 자명종 역할을 맡은 과일이 제풀에 떨어져 그의 잠을 깨우곤 했었다.

겨울은 추웠다.

풍요했던 그의 다락방은 헐벗고, 썰렁해져버렸다. 그는 그래도 그 다락방을 떠나지 않았다. 무성했던 나뭇잎 커튼은 어디론가 사라졌으며 뱀 장난감도, 박쥐 장난감도 찾아오지 않았다. 그는 자명종도, 오뚝이도, 벽시계도, 자물쇠도 가지지 못한 다락방의 주인이었지만 딱딱한 나뭇가지의 침대가 있었으므로 언제나 그곳에서 자곤 했었다.

아버지는 그가 겨울이 되어도 나뭇가지에서 잠자는 것을 고집하자 생전 처음 자신의 뺨을 때리며 말했다.

"나는 널 때리지 못하겠다. 난 날 때리겠다."

아버지는 자신의 뺨을 때리며 자기가 아파서 자기가 울었다. 그래서 그는 다락방에서 내려왔다. 두 사람은 곧잘 굴뚝 밑을 찾아가서 자곤 했는데 그곳은 군불 지피는 온돌처럼 따뜻했다. 그러나 그는 마악 잠드는 아버지 곁을 떠나며 울면서 말했다.

"아버지, 난 내 집으로 가겠어요. 난 내 집이 좋아요."

겨울에는 때로 눈이 내렸는데 그것은 흰 솜으로 만든 이불처럼 보였으며, 그래서 그는 언제나 좋은 꿈을 꾸고 편안히 잠잘 수 있었다. 아버지는 그가 나무 위에서 잠드는 버릇이 자기 집을 가지고 싶은 소박한 꿈 때문이라고 생각하고 있었지만 실은 또 하나의 숨은 소망이 있었기 때문이었다. 나무 위는 하늘과 그만큼 더 가까웠으며, 하늘과 가까워진다는 것은 죽은 어머니와 더 가까워질 수 있다는 염원 때문이었다.

어느 해 겨울, 나무 위에서 잠들었던 그가 아침에 일어나 굴뚝 밑으로 돌아와 보니 아버지는 누운 자리에서 일어나지 못했다. 사람들은 그가 얼어 죽었다고 말했다. 생전 집이라고는 가져보지 못한 큰 노마는 그래도 운 좋게 죽어서 자기 키만 한 집을 소유할 수 있었다. 그것은 둥근 떼를 입힌 초가집 같은 지붕을 지닌 무덤이었다. 인정 많은 사람들이 그의 집 앞에 문패도 달아주었다.

아버지가 남겨놓고 간 물건은 찌그러진 깡통과 부러진 안경, 찢어진 담요와 남루한 옷, 그 옷 속에 들어 있는 동전 몇 닢, 그리고 어디선가 주운 찢어진 성경책 한 페이지였다.

그는 글자 하나도 읽을 줄 모르던 아버지가 왜 그 책 한 장을 가지고 있었는지 이해할 수 없었다. 그 역시 글을 읽을 줄 몰랐으므로 그는 떨어진 성경책 한 장을 들고 지나가는 사람에게 읽어달라고 부탁을 했다.

"공중에 나는 새들을 보아라. 그것들은 씨를 뿌리거나 거두거나, 곳간에 모아들이지 않아도 하늘에 계신 너희의 아버지께서 먹여주신다. 너희는 새보다 훨씬 귀하지 아니하냐. 너희 가운데 누가 걱정한다고 목숨을 한 시간인들 더 늘일 수가 있겠느냐? 또 너희는 어찌하여 옷 걱정을 하느냐. 들꽃이 어떻게 자라는가 살펴보아라. 그것들은 수고도 하지 않고 길쌈도 하지 않는다. 그러나 온갖 영화를 누린 솔로몬도 이 꽃 한 송이만큼 화려하게 차려입지 못하였다. 너희는 어찌하여 그렇게도 믿음이 약하느냐. 오늘 피었다가 내일 아궁이에 던져질 들꽃도 하나님께서 이렇게 입히시거늘 하물며 너희야 얼마나 더 잘 입히시겠느냐. 그러므로 무엇을 먹을까 무엇을 마실까 무엇을 입을까 걱정하지 말라……."

그는 그 말의 뜻을 알지 못했다. 다만 누군지도 모르는 하나님이라는 이상한 힘과 이상한 동정심을 가진 사람이 하나 있어, 그는 원하면 먹을 것과 마실 것과 입을 것을 주신다는 말의 구절만은 머리에 인상 깊게 남아 있었다.

그 이후부터 그는 다시는 나무 위에서 잠자지 아니하였으며 지상에서 자신의 집을 가지기 위해서 부단히 노력하였다.

도시로 흘러들어온 그는 산비탈 언덕 위에 밤새도록 집을 지었다. 다음날이면 투구를 쓴 사람들이 곡괭이와 망치를 가지고 들어와 그가 하룻밤 사이에 지은 집을 때려부쉈다. 그는 밤마다 숨바꼭질을 했다. 그는 저녁이면 다시 집을 지었다. 이번에는 오래전부터 그곳에 있었던 판잣집처럼 보이게 하기 위해서 판자 위에 콜타르칠을 해보았다. 다음날도 투구를 쓴 사람이 찾아와 그의 집을 때려부쉈다. 그는 울면서 매달렸다.

"이건 내 집입니다. 제발 내 집에 손을 대지 마세요."

그러나 집은 단숨에 부서졌다.

그는 투구를 쓴 사람들의 눈을 도저히 피할 수 없음을 깨달았다. 그는 자기가 돈을 벌어 집을 짓기로 마음먹었다. 그는 아무것도 할 줄 몰랐다. 아는 사람도 없었다. 읽을 줄도, 쓸 줄도 몰랐다. 자기 나이도 몰랐으며 그가 아는 것은 자신의 이름이 '작은 노마'라는 것뿐이었다. 그는 일해서 돈을 벌고 싶었다. 그러나 아무도 그에게 일자리를 주지 않았다.

그는 지하도 앞 계단에 앉아서 동냥질을 했다. 그는 자기가 남에게 동정을 받기 위해서는 불쌍하게 보여야 한다는 사실을 깨달았다. 그는 멀쩡한 자기보다 다리를 저는 불구자가 더 동정을 받는 것을 보았으며 그래서 그는 불구자가 되고 싶었다. 그러나 멀쩡한 다리를 자기 손으로 자를 만한 용기를 그는 가지고 있지 못하였다.

그래서 그는 조용히 앉아 있기만 했었다. 지나가는 사람들이 그에게 동전을 던졌다. 그는 대부분 눈을 감고 앉아 있었는데 그래서 사람들은 그가 앞을 못 보는 장님인 줄로 착각하였다. 남을 속인다는 것이 나쁜 일인 줄 알고 있었지만 그는 어쨌든 눈을 감고 하루 종일 앉아 있었다.

지하도를 올라가는 사람들의 발자국 소리, 내려가는 발자국 소리, 옷깃이 바지에 스치는 옷자락 소리, 구두가 계단의 금속 부분을 부딪쳤을 때 들리는 쇳소리, 여인들의 날카로운 구두굽 소리, 무어라고 떠드는 고함 소리, 술 취해 노래 부르는 목소리. 그는 자기 앞을 스쳐 지나가는 사람들이 만드는 소리들을 눈을 감은 상태에서 듣고 있었다. 그들은 가래침을 뱉듯 동전을 던졌다. 그는 동전 소리만 들어도 그 동전의 액수를 알 수 있을 만큼 익숙해졌다.

그는 하루에 한 끼만 먹었으며 그가 동냥질을 해서 모은 돈을 한 푼도 쓰지 않았다. 그는 꼬박 50년간 장님 행세를 했다.

그는 실제로 거의 장님이 되어버린 노인이었으며 완전히 허리가 굽어졌다. 그는 살아온 인생을 모두 집을 사기 위해서 돈을 모으느라고 온 정력을 바쳐왔으므로 그의 어머니가 원했듯이 자신의 아이를 가지지 못했으며, 그래서 '더 작은 노마'도 만들어내지 못했다. 그러나, 그는 그 희망을 완전히 버린 것은 아니었다.

자신의 집을 갖게 되면 그는 아내를 얻고 아이를 낳으리라고 갈망하고 있었다. 그는 아직 예순일곱 살이었으며 아이는 마땅히 안락한 집과 따스한 방에서 낳아야 한다고 굳게 믿고 있었다.

그러나 그는 너무 늙고 지쳐 있었다. 사람들은 그가 조금 돌아버린 미친 늙은이라고 말들을 했다.

그는 어쨌든 예순일곱 살에 아주 작은 집을 소유할 수 있었다. 나는 그의 집을 가보았다. 나는 그렇게 작은 집을 본 적이 없었다. 그것은 너무 작아서 집의 설계 모형 같아 보였다.

집은 방 하나와 부엌, 그리고 손수건만큼 작은 마당을 갖고 있었다. 방은 그가 누우면 발가락이 문지방 밖으로 나갈 만큼 작았는데 그래서 그의 집은 집이 아니라 누에고치 같아 보였다. 그래도 그것은 엄연한 집이었다.

그는 마당에 엉겅퀴도 심었고 나팔꽃도 심었다. 아침마다 나팔꽃이 피었으며 나팔꽃은 뚜뚜따따 주먹손으로 기상 나팔을 불곤 했었다. 그는 벽에 자신의 아버지가 남겨준 성경책 한 페이지를 액자에 담아 걸어놓았었다.

키가 아주 작은 노인이었고 눈조차 보이지 않았으므로 그 액자를 벽에 붙이기 위해서 못질을 하는 노인을 내가 도와주었는데 그때 그는 웃으며 말했다.

"내 방에 내 손으로 내가 못질을 한다. 아가야, 이 얼마나 즐거우냐."

그는 분명히 액자가 걸릴 만큼 튼튼하게 못을 박았음에도 서너 번 더 못질을 했었다.

그는 자기의 방에, 자기 손으로 못질을 하는 것이 즐거운 듯 보였다. 그래서 그는 방의 벽이란 벽엔 모두 빈틈없이 못질을 하고 돌아다녔다.

그는 거리에서 주운 은행잎도 벽에 걸었으며, 그의 아버지가 물려준 부러진 안경도 벽에 못질을 해서 걸었다.

그가 죽기 전에 할 일은 이제 그의 어머니가 그토록 간질히 원했던 아이를 갖는 일이었다. 달리 무슨 불행한 일만 벌어지지 않는다면 그는 자기가 꿈꾸었던 대로 그 집에서 행복한 여생을 보낼 수 있을 것이었다. 그러나 그가 꿈꾸어왔던 행복은 오래가지 않았다. 그는 그 집에서 불과 일주일밖에 살지 못했다.

어느 날 시청에서 투구를 쓴 사람이 몰려와서 노인에게 이렇게 말했다.

"이 집을 떠나주십시오. 우리는 이 집을 부숴야 합니다."

"어째서요?"

노인은 울부짖으며 물었다.

"이 집이 무허가 건물인가요?"

"아닙니다. 무허가 건물은 아닙니다만 이 동네가 도시 계획 구역에 들었습니다. 도시 미관상 우리는 이 집을 부숴야 합니다. 우리는 이곳에 공원을 지을 것입니다. 물론 그에 해당하는 대가는 지불하겠습니다. 동네

주민들이 모두 우리들의 의견에 찬동했습니다. 할아버지만 남았습니다. 여기에 사인을 해주십시오."

"못해요. 못합니다."

노인은 단호하게 머리를 흔들었다. 그는 소리 질렀다.

"이 땅은 내 땅이며, 이 집은 내 집입니다. 내가 이 집을 가지는 데 얼마나 오래 걸렸는지 아시오. 난 당신이 태어나기 전부터 동냥을 했소."

"할아버지."

그들은 웃으며 말했다.

"이것은 집이 아닙니다. 이건 새장입니다. 할아버지는 이제 좀더 큰 집으로 이사를 할 수 있습니다."

"안 돼."

그는 대답했다.

"아부도 이 집을 부수지 못한다."

그날 밤 그는 지붕 위에 올라갔다. 지붕 위에 달이 걸려 있었다. 그는 무서웠다. 그가 잠든 새 그들이 그의 집을 망치와 곡괭이로 때려부술까 봐 무서웠다. 그는 문지방을 갉는 쥐들에게도 애원했다.

"가거라. 원한다면 이 다음에 내가 죽은 뒤 내 뼈를 갉아 먹으렴."

쥐들도 그의 말을 알아들었다. 그래서 그의 집엔 얼씬도 하지 않았다.

동네 사람들은 하나씩 둘씩 마을을 떠났다. 투구를 쓴 시청 직원들이 빈집을 때려부쉈다. 그들은 빈터에 흙을 고르고 벤치와 관상수를 심었다. 동물원 우리도 놓았고 공작새를 가두었다. 회전목마도 놓았다. 마침내 모든 집들이 공원이 되었지만 그의 집만은 남아 있었다. 낮이나 밤이나 그는 지붕 위에 앉아서 목쉰 소리로 소리를 질렀다.

"내 집을 부수면 안 된다. 내 집을 부수면 안 돼."

조경(造景) 공사가 거의 끝날 무렵 시청의 높은 관리 하나가 공사가 제대로 진척되는가를 시찰하기 위해서 찾아왔다. 그는 만족스럽게 공원을 둘러보다가 미친 할아버지가 지붕 위에 앉아 소리를 지르는 것을 보았다.

"그는 누구인가. 짐승인가. 난 저렇게 인간과 흡사한 짐승을 본 적이 없는데."

"아닙니다."

현장감독이 난처한 얼굴로 대답했다.

"그는 자기 집을 지키고 있습니다. 자기 집에서 아이를 낳기 전에는 어떠한 조건도 받아들일 수가 없다고 고집을 부리고 있습니다."

"그는 미쳤다. 저 사람 하나 때문에 공원을 망칠 수 없다. 그를 체포해."

그날 밤 한 떼의 사람들이 그를 잡으러 왔다. 그는 죄수를 호송하는 차에 실려 어디론가 끌려갔다. 그의 집을 부수기까지 그를 가둬둘 필요가 있었지만 경찰관들은 그를 가둘 만한 죄상을 발견해내지 못했다. 그는 뚜렷한 이유도 없이 철창 속에서 일주일을 보냈다. 일주일 후 그를 풀어주며 관리들은 그에게 돈을 주었다.

"이곳에 사인을 하세요, 할아버지."

글을 쓸 줄 모르는 '작은 노마'는 내미는 볼펜을 받아들었다. 그는 자기의 이름을 쓰는 대신 그 언젠가 어렸을 때 그가 가장 사랑했던 아버지와 동냥을 하며 돌아다닐 무렵, 벽에 씌어 있던 낙서를 흉내내서 이런 모습을 그렸다.

"♡"

그는 경찰서를 나왔다. 그는 자기 집을 찾아 걸었다. 그는 자기 집을 찾아와서야 왜 그들이 그에게 돈을 주었는지 이해할 수 있었다. 그가 평생 그토록 가지고 싶었던 그의 작은 집은 부서져 흔적도 없이 사라져버리고 그곳은 공원의 풀밭이 되어 있었다.

그는 자신의 눈이 나빠져서 자기 집을 보지 못한 모양이라고 생각했다. 그는 풀밭을 헤쳤다. 그의 집이 서있던 곳은 잘 깎은 잔디밭이 되어 있었고 토끼풀이 무성히 자라고 있었다. 그는 좋은 의미로 그 토끼풀 사이에서 네 잎의 클로버를 찾고 있는 사람처럼 보였다.

그의 집은 아주 작아서 그 집을 비우고 난 뒤 받은 돈으로는 이 지상의 어떤 집도 살 수 없었다. 그가 한때 소유했던 집보다도 작은 집은 존재하지 않았다. 그것은 한 잔의 우유와 식빵 두 개, 말린 건어물, 그리고 우표 한 장 살 수 있는 돈에 불과했다.

노인은 생전 처음 그 돈으로 그토록 먹고 싶었던 우유와 식빵 두 개와 말린 건어 한 마리를 먹었다. 그는 그의 집을 먹어버린 셈이었다. 그는 나머지 돈으로 우표 한 장을 샀다.

그러고 나서 그는 결심했다. 그는 힘차게 걸어 공원으로 들어갔다. 그는 자신의 다리를 축(軸)으로 해서 자기 손이 닿을 수 있는 한도 내에서 그릴 수 있는 최대한의 원을 자기 집이 섰던 자리에 그렸다. 그는 그 원의 가장자리에 흰 횟가루를 뿌렸다. 그는 말했다.

"이곳은 내 집이다. 내 방이다. 아무도 들어오지 못한다."

그는 그곳에서 잤다. 그는 양심적인 사람이었으므로 자기 집 이외의 땅은 절대 침범하지 않았다. 아이들이 공놀이를 하다 공을 빠뜨려 그의 집 근처에 가면 그는 소리 질렀다.

"애들아, 멀리 가서 놀아라. 여긴 내 집이란다."

아이들은 할 수 없이 이렇게 애원할 수밖에 없었다.

"미안하지만 할아버지, 할아버지 집에 저희 공이 들어갔어요. 좀 주시겠어요?"

"멀리 가서 놀아라. 너희들 공이 우리 집 유리창을 깨뜨릴 것 같구나."

행복한 사람들은 주말이면 아이들을 데리고 공원으로 나와 산보를 했다. 그들은 무심코 그가 앉은 원의 내부로 침범하려 했다. 그럴 때면 그는 소리 질렀다.

"여긴 내 집이오. 썩 나가주시오."

내가 찾아갔을 때 할아버지는 나를 알아보았다.

"어서 와라."

그는 말했다. 그는 슬퍼 보였다.

"집이 너무 작아서 너를 문밖에 세워두는 것을 용서해주겠니?"

"괜찮아요, 할아버지. 여기가 할아버지의 새집인가요?"

"암, 그렇지. 여기가 내 집이야."

"할아버지네 집에 편지를 보내려면 어떻게 하지요?"

"전번 주소로 편지를 보내면 돼. 헌데 아가야, 이 집엔 못질을 할 벽이 없구나. 난 그것이 제일 슬퍼."

할아버지는 자신의 집 마당에 나팔꽃도 심고 엉겅퀴도 심었다. 그는 배추도 한 포기 심었으며, 아주 작은 채송화를 두 그루 심었다.

"내 꽃밭을 봐라. 얼마나 아름답니. 이다음에 씨가 여물면 네게 채송화 씨앗을 주겠다."

그는 누울 수가 없었다. 그의 집 마당은 너무 작았으므로 그는 선 채로
잠들었다.

"2층을 만들어야겠다."

언젠가 내가 또 찾아갔을 때 그는 결의에 찬 목소리로 말했었다. 그는
하루 낮, 밤을 걸려 사다리를 하나 만들었다.

"어떠냐, 내 2층 다락방 좀 보렴."

그는 계단을 올라 사다다리 위에 위태롭게 주저앉으며 말했다.

"아주 좋아요. 아주 근사해요, 할아버지."

그는 언제나 사다다리 위에 올라가서 잠이 들었다. 우리들은 그곳을
다락방이라고 불렀다. 그는 사다다리에 그가 산 우표 한 장을 붙였다. 그
것은 그의 집을 유일하게 치장시켜주는 단 하나의 그림 액자였다. 우표
에는 먼 나라의 여왕 초상화가 새겨져 있었다.

나는 지금도 안다. 할아버지는 마침내 자기 집을 가졌다. 그 집에서 지
냈던 일주일이 할아버지는 가장 행복했을 것이라고. 행복이란 것이 무엇
인가. 그것은 할아버지가 꽃밭을 지나 응접실 문을 열고 거실을 거쳐 2
층으로 올라가는 계단에서 잠시 발을 멈추고 먼 나라의 아름다운 여왕의
초상화를 들여다보는 일이 아닌가.

공원관리사무소에서 위촉한 한 떼의 투구 쓴 사람들이 노인을 데리러
왔다. 그들은 노인을 차에 실었다. 노인은 소리 질렀다.

"여긴 내 집이야. 신발을 벗고 들어오시오. 마루에 흙물이 묻어요."

그러나 그들은 신발을 벗지 않았다. 그들은 군화를 신은 발로 그가 애
써 가꾼 꽃밭을 짓밟았다. 두 그루의 채송화가 무참하게 죽었고, 나팔꽃
은 이미 시들어 있었다.

"내 꽃밭, 아, 아, 내 꽃밭을 밟지 말아요."

그들은 노인을 떠메고 어디론가 사라졌다. 마악 사라질 무렵 노인은 울면서 나를 보고 말했다.

"아가야, 저 2층의 다락방을 네게 주겠다. 네가 그것을 가지렴."

할아버지는 다시 돌아오지 않았다. 나는 할아버지의 사닥다리를 메고 집으로 돌아왔다.

지난 토요일 나는 두 아이를 데리고 오랜만에 그 공원에 가보았다. 공원엔 수많은 사람들이 나와 해바라기를 하고 있었다. 아이들은 경마장의 경주용 말처럼 뛰놀고 있었고 아버지들은 갓 태어난 아이들을 목마를 태우고 휘파람을 불었다. 여기저기서 깔깔대는 웃음소리가 쩡쩡 울려퍼지고 있었고 사진을 찍는 아버지들의 모습이 바삐 보였다. 카메라 렌즈 앞에서 억지 웃음을 지어 보이는 아이들은 입에 치약 거품을 물고 있는 것처럼 보였다.

나는 할아버지의 집을 가보았다. 그곳은 여전히 푸른 잔디밭이었다. 내 아이들이 잔디밭을 뛰놀며 나를 불렀다.

"아빠, 이리 와서 함께 놀아요."

나는 생전 처음 할아버지의 울타리 안으로 들어가보았다. 집도, 그 집의 주인도 사라져버린 빈 마당엔 토끼풀과 꽃들이 무성히 자라 있었다. 토끼풀 위에 자란 흰 꽃들은 밤에 그가 빨아 넌 빨래들처럼 보였다. 나는 그 꽃을 따서 아들 손목에 팔시계를 채워주었다.

딸아이에게는 꽃반지를 만들어주었다. 아이들은 너무나 행복해서 말했다.

"아빠는 못 만드는 게 없네. 토끼풀 꽃 가지고 시계도 만들고, 반지도 만들고."

우리들은 해 저물도록 네 잎을 가진 토끼풀을 찾았다. 나는 한 개도 찾지 못했는데 딸아이가 세 개를 찾았다.

"아빠, 이건 아빠에게 주는 행운의 선물이에요."

나는 무심코 황혼빛에 빛나는 그의 빈 집터를 내려다보았다.

아, 아, 할아버지는 아직도 풀밭에 너무나 많은 것을 가꾸고 계신다. 지금은 흔적도 없이 사라져버린 그의 꽃밭에 너무나 많은 것을 가꾸고 계신다. 지금은 흔적도 없이 사라져버린 그의 꽃밭에 바람으로 찾아와 물도 주고 손수 비를 뿌리면서. 저 바람에 여리게 흔들리는 토끼풀의 꽃을 보아라. 너는 그 꽃 한 송이에는 미치지 못한다. 가만히 들어보렴. 바람들이 풀의 현(絃)들을 뜯고 스쳐 지나간다. 그들은 하프 소리를 내고 있다. 그리하여 풀들이 엮은 초금(草琴)으로 아름다운 노래를 연주하고 있다.

'그러나 온갖 영화를 누린 솔로몬도 이 꽃 한 송이만큼 화려하게 차려 입지 못하였다.'

나는 아주 어렸을 때 할아버지의 집 벽에서 읽었던 성경 구절 하나를 떠올렸다.

그렇다. 이 모든 것이 그의 것이다. 우리의 것이 아니다. 우리들은 그의 집 한 칸을 빌려 쓰고 있을 뿐이다. 이 우주는 모두 그의 집이다.

그날 밤 산보를 마치고 돌아온 내게 아내가 말했다.

"여보, 저 그림 좀 벽에 붙여주세요."

아내는 상점에서 사온 명화의 복사화를 가리키며 말했다. 키가 닿지 않았으므로 창고에서 사닥다리를 가져왔다. 까마득히 오래전에 그 할아버지에게서 물려받은 사닥다리였다. 나는 사닥다리 위에 올라서서 못질을 했다. 나는 그날 밤에야 처음 그의 2층 다락방에 올라가본 셈이었다. 나는 그의 다락방에서 액자가 걸릴 만큼 충분히 튼튼한 못질을 했음에도 불구하고 서너 번 더 망치질을 했다.

그 옛날, 어렸을 때 그가 내 앞에서 그러했듯이.

몽유도원도 ※

제8회 〈현대불교문학상〉 수상작

서력(西曆) 469년 10월.

백제의 21대 왕이었던 개로왕 14년, 이때《삼국사기》에는 다음과 같은 기록이 나오고 있다.

"시월 초하루 계유(癸酉)에 일식(日蝕)이 있었다."

무릇 역사 속에서 일식이 있었다는 것은 상서롭지 못한 일이 있었음을 암시하는 기록으로 실제로 이 무렵 도대체 어떤 일이 있었음일까.

열일곱 살의 어린 나이로 왕위에 오른 개로왕의 원래 이름은 여경(餘慶)으로 그는 우리나라 역사상 가장 황음(荒淫)에 빠졌던 왕의 한 사람이었다.

대왕위에 오른 지 3년이 지났을 무렵 여경은 한낮에 잠을 자다가 짧은 꿈을 꾸었다.

잠깐 용상 위에서 짧은 낮잠에 빠졌던 그는 꿈속에서 절세의 미인을 만나게 되었다.

"저는 억겁을 통해서 당신을 사랑해온 여인입니다. 당신을 만나기 위해서 하늘의 허락을 얻어 잠시 지상에 내려왔습니다."

꿈속에서 이 여인과 평생을 통한 사랑을 나누었던 여경은 낮잠에서 깨어나서도 그 여인의 모습을 잊을 수가 없었다.

여경은 즉시 화공(畵工)을 불러 꿈속에서 보았던 그 여인의 모습을 똑같이 그리도록 한 후 이 그림을 전국에 보내어 그 여인의 모습과 닮은 사람이 있으면 왕궁으로 불러들이도록 했다.

그러나 수많은 여인들이 불려와 여경에게 보여졌으나 꿈속에서 보았던 그 전생(前生)의 여인이 아니었다. 여경은 불려온 여인들과 관계하곤 하였는데 남편이 있는 부인이라 하여도 개의치 아니하였다.

이러한 무도(無道)는 드디어 하늘을 움직여 하늘에 뜬 해마저 사라지게 하는 변고를 일으키게 하였는데, 개로왕이 얼마나 황음에 빠져 있었던가는 《삼국사기》의 인물열전에 그 내용이 상세히 기록되어 있을 정도였다.

《삼국사기》 48권에는 도미(都彌)라는 인물이 나오는데 그 인물에 대해서 《삼국사기》는 다음과 같이 간략하게 설명하고 있다.

"도미는 백제인이었다. 비록 벽촌에 사는 소민(小民)이었지만 자못 의리를 알며 그의 아내는 눈부시게 아름답고도 절행(節行)이 있어 당시 백제왕국의 사람들로부터 칭찬을 받고 있었다."

도미는 백제의 왕도인 한성 부근에 사는 평민이었다. 그는 농사를 짓는 한편 농사기간이 지나면 사냥을 하여서 생업을 삼고 있었던 상민이었다. 그러나 비록 한성 부근의 벽촌에 사는 소민이었지만 도미는 평범한 사람은 아니었다. 그는 마한 사람으로 이들의 선조는 원래부터 왕도 부근의 한강가에서 부락을 이루면서 살고 있던 토착세력이었던 것이다. 그러니까 마한 사람들은 한강변에 먼저 세력을 이루면서 살고 있었던 원주민들이었다. 이들은 비록 수백여 년 전 백제의 태왕인 온조에 의해 멸망해 복속되었지만, 왕궁에 귀속되어 살면서 벼슬에 오르는 사람들은 극소수였고 대부분 그대로 강변의 벽촌에서 부락을 이루면서 소민으로 살고 있었다. 이들은 농사를 짓는 한편 주로 사냥에 종사하고 있었다. 마한 사람들은 비록 멸망되었다고는 하지만 아직도 큰 부락을 이루면서 살고 있었는데 도미가 살고 있던 부락의 이름은 '백제(伯濟)'라 하였다. 도미는 그 부락의 우두머리인 '읍차(邑借)'였다. 규모가 큰 부족의 우두머리는 '신지(臣智)'라 하였고 규모가 작은 부족의 우두머리는 '읍차'라 하였다고 《삼국지》의 〈동이전〉은 기록하고 있는데 도미는 바로 작은 부족의 우두머리인 '읍차'였던 것이다.

그에게는 예쁜 아내가 있었다.

《삼국사기》에도 표현되어 있듯이 "눈부시게 아름답고 절행이 있어 당시 백제왕국 거의 모든 사람들로부터 칭찬을 받고 있었던" 경성지색(傾城之色)이었던 것이다. 그 여인의 이름은 '아랑(娥浪)'이라 하였다.

도미의 아내 아랑도 비록 농사를 짓는 소민이긴 하였지만 지금은 멸망해버린 마한의 부족국가 중에서도 가장 큰 세력집단이었던 월지국(月支國)의 지배자인 신지의 후예였던 것이다.

때로는 목지국(目支國)이라고도 불렸던 이 부족국가는 마한의 잔존세력 중 가장 끝까지 남아서 백제의 세력에 저항했던 최후의 마한국이었다.

전성기 때 마한은 55개 이상의 소국(小國)으로 이루어져 있었는데 그 마지막 주세력이었던 월지국이 멸망한 것은 비교적 근세인 근초고왕 때의 일이었던 것이다.

오늘날의 직산과 평택 근처, 혹은 공주, 전라북도 익산 등지에 있었다고 추정되는 월지국의 위치는 자세히 밝혀낼 수 없지만 도미의 부인이었던 아랑은 바로 그 월지국의 우두머리인 신지의 후예였던 것이다.

그러므로 《삼국사기》에서는 도미와 그의 아내인 아랑을 벽촌에 사는 소민으로 표현하고는 있지만 실은 나름대로 한 촌락의 우두머리급의 선민들이었던 것이다.

꿈속에서 보았던 왕비의 얼굴을 화공을 시켜 그려서 전 왕국으로 내려보내 널리 미인을 구하던 대왕 여경은 어느 날 채홍사(採紅使)로부터 귀가 번쩍 뜨이는 말을 듣게 된다.

원래 채홍사란 말은 조선시대 연산군 때 예쁜 미녀와 좋은 말을 구하기 위해서 만든 채홍준사(採紅駿使)란 말에서 유래되긴 하였지만 용모가 아름다운 여인들을 징발해오는 일은 원래 중국에서부터 있었던 일로 이를 채홍순찰사(採紅巡察使)로 부르고 있었던 것이다.

왕도 한성에서 가까운 벽촌으로 체찰사(體察使)로 나갔던 관리가 돌아와서 대왕 여경에게 다음과 같이 말했다.

"대왕마마, 신이 마침내 화상과 똑같은 미인을 발견해내었나이다."

그렇지 않아도 대왕 여경은 심신이 불편하던 참이었다. 그는 왕국 내에서 뽑혀 올라온 여인들을 직접 친견하곤 하였지만 단 한 사람의 여인도 닮은 여인을 발견해내지 못했던 것이다. 여경의 마음속에는 오직 한 사람 꿈속에서 만났던 왕비에 대한 연정뿐이었다. 그러므로 천하의 미인이라 할지라도 여경의 마음을 사로잡을 리가 없을 것임을 신하들은 잘 알고 있었다. 그 어떤 미인도, 그 어떤 경국지색도 여경의 눈에는 다만 하나의 인물에 불과할 따름이었다.

뽑혀온 여인을 여경은 침전으로 끌고 들어가 하룻밤의 정분을 나누곤 하였다. 그 여인들은 오직 여경에게 하룻밤의 대상일 뿐 그 이상은 못 되었다.

바닷물을 마시면 마실수록 갈증이 날 뿐, 여경의 마음은 그 대용물을 탐하면 탐할수록 더욱더 목말라 하였다.

도미의 부인 아랑이야말로 이러한 여경의 마음을 사로잡은 단 하나의 여인이었다고 《삼국사기》는 기록하고 있다.

모든 문무백관도 대왕 여경이 빨리 계실(繼室)을 맞아들일 것을 원하고 있었다. 그래야만 나라가 안정되고 온 조정이 편안해질 것이기 때문이었다.

이러한 때 체찰사로 나갔던 관리가 마침내 화상과 똑같은 얼굴을 발견했다는 보고를 하는 것은 낭보가 아닐 수 없었다.

"그대가 과연 왕비의 화상과 똑같은 여인을 보았더란 말이냐."

여경은 다짐하듯 물어 말했다.

"그렇사옵니다, 마마."

체찰사가 자신 있게 말했다.

체찰사의 이름은 '향실(向實)'이라 하였다. 그는 원래 비천한 자였는데 그가 뽑아 올리는 여인이 비교적 여경의 마음에 들었기 때문에 체찰사의 일을 계속 맡겨두고 있었다.

"그 여인이 사는 곳이 어디라 하더냐."

대왕이 묻자 향실이 대답했다.

"한성에서 가까운 강변에 있는 백제(伯濟)라는 곳이나이다."

"백제라 하면 토인(土人)들이 사는 곳이 아니냐."

당시 기마민족으로서 정복 왕조를 이룬 백제의 귀족들은 먼저 살고 있던 원주민인 토착민들을 토인이라 부르며 은근히 멸시하고 있었다.

"그렇사옵니다, 마마."

"그러하면 마족(馬族)이 아니더냐."

백제인들은 마한인들을 마족이라고 부르면서 이를 경원시하였는데 마한인들은 성내에도 출입하지 못하는 천민들이었던 것이다.

"그, 그렇사옵나이다, 마마."

그러자 여경은 소리쳐 말했다.

"네 이놈, 마족 중에서 어떻게 미색이 나올 수 있단 말이냐. 마족놈들이야 그야말로 소나 돼지와 같은 축생들이 아니겠느냐. 네놈이 공연히 입을 열어 나를 놀리려 함이냐."

대왕이 노하자 향실은 황급히 몸을 굽혀 떨며 말했다.

"그, 그럴 리가 있겠습니까, 마마. 그 여인에 관한 소문은 널리 왕국에 두루 번져 있고 미려한 그 여인의 자태는 성안에 회자되고 있나이다. 그리하여 성안의 간부들은 술을 마시면 '강가에 가인이 있어, 절세(絶世)로 오직 한 사람뿐이네' 이러한 노래마저 부르고 있다고 하나이다."

향실은 여경 앞에서 노래를 부르고 있었다. 물론 여경도 그 노래의 의미를 알고 있었다. 그 노래는 《한서(漢書)》 〈이부인전(李夫人傳)〉에 나오는 노래로, 어느 날 한무제는 가수 중 이연년이란 자에게 노래를 부르도록 하였다. 이연년은 음악적 재능이 풍부하고 노래도 잘 부르며 춤도 잘 춰서 무제의 총애를 한몸에 받고 있었다. 그는 황제 앞에서 춤을 추면서 노래를 하였는데 그 노래는 다음과 같다.

북방에 한 가인(佳人)이 있어
절세로 오직 한 사람뿐
한 번 생각(一顧)에 성을 기울게 하고(傾城)
두 번 생각(再顧)에 나라를 기울게 했다(傾國)
어찌 경성, 경국을 모르리오마는
절세의 가인은 두 번 다시 얻기 어려우리.

이 노래를 들은 한무제는 한숨을 쉬면서 이렇게 말했다 한다.
"아아, 세상에 그런 여인이 정말 있을까."
이때 무제의 누이인 평양공주(平陽公主)가 귀띔을 해주었다고 한다.
"연년에게 바로 그런 동생이 있습니다."
무제는 즉시 연년의 누이동생을 불러들였는데 과연 절세의 가인이었다. 무제는 곧 그녀에게 사로잡혀 온 나라가 기울어질 만큼 사랑에 빠지게 되었는데, 경국지색(傾國之色)이란 성어는 바로 그로부터 유래된 말. 향실도 노래를 잘 부르고 춤도 잘 추는 재인(才人)이었으므로 멋들어지게 노래를 한 곡조 불러내리고 나서 간사하게 웃으면서 말을 이었다.
"마마, 한 번 생각에 온 성이 기울어지고, 두 번 생각에 온 나라가 기울어지나이다. 온 성이 기울어지고 온 나라가 기울어진다 하여도 어찌 절세의 가인이야 두 번 얻을 수 있겠나이까."
뻔뻔하고 은밀한 향실의 농제였다. 그럼에도 불구하고 대왕 여경은 화를 내지 않고 웃으면서 말했다.

"그 노래야 네놈이 일부러 지어 부른 노래가 아니냐. 네놈이 일부러 나를 놀리려 함이냐."

"아, 아닙니다, 마마."

향실은 웃음을 거두고 진지한 얼굴이 되어 정색을 하고 말했다

"북리란 강변에 사는 아랑이 절세가인이라는 사실은 온 성안이 다 알고 온 나라가 다 알고 있는 분명한 사실이나이다. 그 사실을 모르고 있는 사람은 오직 대왕마마뿐이나이다."

아랑.

도미의 부인 아랑.

재인 향실이 무심코 부른 노래의 가사처럼 결국에는 왕성인 한성을 기울어 망하게 하고 나라인 백제를 흔들어 망하게 한 여인 아랑. 그리하여 마침내 개로왕 자신도 죽음에 이르게 한 절세가인 아랑.

향실의 입에서 아랑의 이름이 나오자 대왕 여경은 귀가 번쩍 트인 듯 물어 말했다.

"그녀의 이름이 아랑이더냐."

"그러하옵니다, 마마. 그 여인의 이름이 아랑이라 하더이다."

"그런데, 무슨 일로 왕궁까지 데려오지 못하였더란 말이냐."

여경은 궁금해하던 질문을 마침내 토해내었다.

그러자 향실이 머리를 조아리면서 답했다.

"그러하온데 마마, 약간의 문제가 있사옵나이다."

"문제라니. 성밖에 살고 있는 마족 중의 여인 하나를 뽑아 궁 안으로 데려오는 데 무슨 문제가 있더란 말이냐."

여경의 말은 사실이었다. 마한인들은 천민 중의 천민으로서 성안으로도 출입하지 못하였으며 심지어는 노역에도 종사하지 못하고 있었다. 필요에 의해 노예로 불러다가 공물로 바치기도 하였으며 심지어는 사고 파는 매매를 하기도 하였던 것이다. 개나 돼지와 같은 짐승들로 취급하고 있는 마족 중에서 여인 하나를 왕명에 의해서 차출해오는 것에 무슨 문제가 있는 것인지 여경은 도저히 이해할 수 없었던 것이다.

"문제가 있는 것이, 아랑이란 여인은 이미 정혼을 한 부인이라는 사실이나이다, 마마."

이미 황음에 빠져 무도한 경지에 이른 여경에게는 향실의 말이 달리 문제가 될 것이 없음이었다.

"개나 돼지들이 서로 짝을 지어 흘레를 붙어 새끼를 낳는다 해서 암놈을 부인으로 부르고 수놈을 서방이라고 부른단 말이냐."

"무, 물론입니다, 마마. 그럴 리는 없습니다."

"마족놈들은 사람이 아니다. 그놈들은 말이나 개와 같은 짐승들이다."

"하오나, 마마."

향실이 간사한 목소리로 짐짓 꾸며서 덧붙여 말했다.

"아랑에게는 비록 소민이지만 의리를 알며 그들 토족들의 우두머리인 읍차로 존경을 받고 있는 도미란 남편이 있사옵니다, 마마."

아무리 일국의 대왕이라고는 하지만 엄연히 지아비가 있는 남의 부인을 함부로 넘볼 수는 없는 일이었으므로 여경은 이를 포기하려 하였다. 그러나 향실은 대왕의 마음을 사로잡을 절호의 기회를 놓쳐서는 안 된다고 생각하고 있었다.

"하오나 다른 방법이 없는 것은 아닙니다, 대왕마마."

이때 향실이 여경의 마음을 다음과 같은 감언으로 사로잡았다고 《삼국사기》는 기록하고 있다.

"무릇 모든 부인의 덕은 정결(貞潔)이 제일이지만 만일 어둡고, 사람이 없는 곳에서 좋은 말로 유혹하면 마음을 움직이지 않을 사람은 드물 것이다."

그러고 나서 향실은 솔깃해진 대왕 여경의 마음을 한 가지 계교를 내어 유혹하였다. 일단 그 소문난 아랑이라는 여인을 한번 직접 보고 나서 마음에 들지 아니하면 그 여인을 버리고 마음에 들면 그런 연후에 다음 방법을 도모해도 늦지 않으리라고 유혹한 후, 우선 그 도미라는 읍차가 살고 있는 부락으로 사냥 나가서 그 여인을 한번 만나보라는 것이 향실의 권유였다. 여경은 향실의 말을 그대로 받아들였다.

다음날 향실은 먼저 도미를 찾아가 다음과 같이 말했다.

"내일 대왕마마께서 직접 사냥을 나오십니다."

주로 농사를 짓지만 농한기에는 사냥을 생업으로 삼고 있던 도미로서는 대왕이 어째서 자신이 살고 있는 마을로 사냥을 나오게 되는지 이를 이해할 수 없었다. 더욱이 여경은 다른 왕족들과는 달리 사냥을 즐기지 아니하였다. 선왕이었던 비유는 사냥을 좋아해서 주로 왕도인 한산 근처에서 사냥을 즐겼다고 《삼국사기》는 기록하고 있는데 여경은 사냥보다는 바둑이나 여흥을 더 좋아하고 있었던 것이다. 그러나 어쩔 수 없는 일이었다. 대왕이 사냥을 나오면 마을 사람들은 잔솔밭에 숨어 있는 꿩이나 새를 날리는 털이꾼 노릇을 할 수밖에 없었다.

이튿날 과연 체찰사가 먼저 들러 말하였던 대로 대왕 여경은 사람들을 이끌고 사냥을 나왔다. 사냥이라고는 하지만 창으로 짐승을 찔러 죽이는 창사냥이나 덫을 놓아 맹수를 잡는 덫사냥이 아니고 말을 타고 달리다가 털이꾼들이 작대기를 두들겨 새를 날리면 날아오르는 새를 화살을 쏘아 맞히는 활사냥이 고작이었다.

여경의 활 솜씨는 형편이 없었다. 여경의 궁술은 초보 수준에 불과하였으며 말을 타고 달리는 솜씨도 부족하였다.

도미는 털이꾼들이 나무를 두들겨 새나 꿩을 날리면 여경의 바로 옆을 지키고 있다가 새가 날아가는 방향을 손가락으로 가리켜주는 매꾼 노릇을 하고 있었다.

그런데 이러한 사냥중에 뜻밖의 사건이 벌어지게 되었다.

사냥중에 대왕 여경이 말에서 떨어진 것이다. 여경은 그 즉시 정신을 잃고 혼절하였으며 따라서 여경의 몸은 부족 중에서도 가장 우두머리인 도미의 집으로 옮겨질 수밖에 없었다.

그러나 이 모든 것은 이미 대왕 여경과 향실과 그리고 시의(侍醫) 세 사람이 미리 짜고 꾸민 연극이었다. 대왕 여경이 자연스럽게 도미의 집에 들어서 그의 아내인 아랑의 모습을 볼 수 있는 길은 이러한 방법밖에 없었기 때문이었다.

대왕 여경이 도미의 집으로 옮겨지자 향실은 일부러 혼비백산한 몸짓을 꾸몄으며 시의를 보며 당황하고 다급한 목소리로 물어 말했다.

"대왕마마의 정신을 일깨울 방법이 없단 말이냐."

그러자 시의가 몸을 떨면서 말했다.

"마마께서는 살(煞)을 맞으셨습니다."

시의의 말을 듣는 순간, 향실은 소스라쳐 놀라는 척하였다. 시의의 말이 사실이라면 이는 보통 일이 아니었던 것이다. 살신(煞神)으로부터 살을 맞았다면 우선 액을 물리쳐야 하는 것인데, 오직 맹인 무당을 불러서 《옥추경(玉樞經)》을 읽어야만 그 살을 물리칠 수 있기 때문이었다. 《옥추경》이라 하면, 소경이 읽는 도가(道家)의 경문 중의 하나인데, 경각을 다투는 위급한 상황에서 어디서 맹인 무당을 불러오고, 어디서 경문을 구해올 수 있단 말인가.

"하오나, 나으리."

시의가 향실을 쳐다보면서 말했다.

"구급처방이 없는 것은 아닙니다."

"그게 무엇이냐."

"마마께서는 살을 맞으셨으니 다른 사람의 기를 받아들이면 일단 횡액을 면할 수 있나이다."

"다른 사람의 기라니, 그게 도대체 무슨 소리냐."

그러자 시의가 대답했다.

"대왕마마께서 몸이 식어가시는 것은 급살을 맞으셨기 때문이온데 일단 몸을 데워서 체온을 보온하여야만 그 액을 물리칠 수 있나이다. 그래야만 대왕마마께오서 생기를 찾고 정신을 차릴 수 있을 것이나이다."

"대왕마마의 몸을 데울 수 있는 방법이라면 무엇이냐."

향실은 짐짓 떨리는 목소리를 가장하여 물어 말했다.

"내 묻지 않느냐. 대왕마마의 몸을 데울 수 있는 방법이 무엇이냐고 묻지 않았더냐."

재차 향실이 꾸짖어 묻자 시의가 허리 굽혀 대답하여 말했다.

"사람의 피뿐이나이다."

사람의 피.

대왕 여경의 급살을 풀고 식어가는 여경의 몸을 데울 수 있는 단 하나의 구급 처방법. 사람의 피.

"사람의 피라니."

향실이 받아 말했다.

"사람의 피라면 무엇을 말함이냐."

"예로부터,"

시의가 대답했다.

"사람의 목숨이 경각에 달려 있게 되면 단지(斷指)라 하여 손가락을 잘라서 그 피를 먹이곤 하였나이다. 그러하면 죽어가던 노인도 일단 한 숨을 돌려서 살아나곤 하였나이다. 남편이 죽어갈 때 아내는 그 손가락을 잘라서 피를 먹여 살리고, 아버지가 죽어가면 딸이 손가락을 베어 그 피를 먹여 살려서 이를 효부 효녀라 하였나이다. 물론 나으리, 피를 먹이는 이 방법은 마마의 몸을 완전히 회복시키지는 못하오나 일단 정신을 들게 하여 무사히 환궁하실 수는 있을 것이나이다."

임시 처방으로 대왕 여경을 환궁시킬 수 있다는 시의의 말에 향실은 정신이 번쩍 든 체했다. 향실은 허리에 차고 있던 단도를 빼어들고 말했다.

"내 손가락을 자를 것이다."

그러자 시의가 황급히 손을 들어 말리면서 말했다.

"나으리, 손가락을 자르지 마십시오."

"무슨 소리냐. 조금 전에 네가 대왕마마를 깨울 수 있는 단 하나의 방법으로 손가락을 잘라 그 피를 마시게 하는 수밖에 없다고 분명히 이르지 않았느냐.”

“그렇사옵니다, 나으리, 하오나.”

시의가 머리를 흔들며 말했다.

“나으리의 피는 아무런 소용이 없나이다.”

“아무런 소용이 없다니.”

향실이 물어 말하자 시의가 대답하였다.

“무릇 모든 자연에도 음양의 조화가 있나이다. 온갖 천지만물이 음과 양의 두 기운으로 서로 나누어지면서 조화를 이루고 있거늘 하물며 사람은 일러 무엇하겠나이까. 나으리, 대왕마마께오서는 양이시니 반드시 음의 피를 받아 마셔야만 회생하실 수 있으시겠나이다.”

“대왕마마께오서 양이라면 음은 무엇이냐.”

향실의 질문에 시의는 대답하였다.

“여인이나이다, 나으리. 대왕마마께오서는 젊은 여인의 더운 피가 필요하나이다.”

젊은 여인의 더운 피. 시의의 입으로부터 흘러나온 단 하나의 구급 처방.

그러나 어디에서 대왕 여경의 급살을 풀어줄 수 있는 젊은 여인을 구할 수 있단 말인가. 도대체 어디에서 대왕마마를 위해 손가락을 자를 수 있는 여인을 구할 수 있단 말인가.

그 즉시 향실은 도미를 불러들였다고 전하여진다.

이 모든 일은 일사천리로 진행되었다. 미리 사냥을 떠나오기 전에 대왕 여경과 향실, 그리고 시의 세 사람이 미리 짜두었던 비밀의 약속이었으므로 추호의 망설임도 없이 곧바로 진행되었던 것이다. 향실은 도미를 불러들여서 대왕마마를 구해내는 단 하나의 방법은 여인의 더운 피를 마시게 하는 것뿐이라고 설명한 후 도미의 아내인 아랑의 손가락 하나를 잘라서 그 피를 종지에 담아달라고 말했다. 비록 부드러운 권유의 말이었으나 실은 추상과 같은 어명이었다. 거역할 시에는 그 즉시 참형에 처해질 왕명이었으므로 도미는 그대로 물러나와 아내인 아랑을 만나서 자초지종을 말했다. 이에 아랑은 다음과 같이 대답했다고 전하여진다.

"서방님께오서는 너무 심려치 마시옵소서. 예로부터 군신지의(君臣之義)라 하여 신하된 사람은 군주된 임금을 하늘처럼 섬기는 일이 의로운 일이라 말하였나이다."

"하지만,"

도미는 차마 말을 잇지 못했다. 하지만 그들에게 대왕 여경은 원수의 무리들이 아닌가. 그들을 짓밟고, 그들의 영토를 빼앗고, 그들을 개나 돼지처럼 노예화한 철천지원수가 아닐 것인가. 아랑은 도미가 일단 말을 꺼내었으나 차마 잇지 못하는 말의 내용을 모두 짐작할 수 있었다.

"하오나,"

아랑도 차마 더이상 말을 잇지 못했다. 하지만 손가락을 자르라는 왕명을 거역할 시에는 그 즉시 처형되고 말 것임을 나타내 보이는 무언의 표현이었던 것이다. 어쨌든 아랑은 날카로운 단도로 새끼손가락을 잘라내었다. 매듭을 끊어내자 붉은 선혈이 솟구쳐 흘러내렸다. 종지에 그 피를 받으면서 아랑은 불길한 예감에 몸을 떨었다.

어쩌면…… 대왕의 다음번 요구는 새끼손가락에서 흘러나오는 한 종지의 생혈이 아닐지 모른다. 내 몸의 모든 피를 요구하게 될지도 모른다.

그날 대왕 여경은 새끼손가락을 단지한 아랑의 생혈을 마신 후 피살

(避煞)하여 정신을 차리는 것으로 연극을 끝냈다.

정신이 돌아온 후 왕궁으로 돌아올 때까지 여경은 도미의 집에서 장시간 머무르며 안정을 취하고 있었는데 그동안 여경은 아랑의 간호를 받았다.

여경은 비로소 아랑의 모습을 볼 수 있었는데 아랑의 모습을 본 순간 여경은 아랑의 뛰어난 미모에 현혹당했으며 바로 꿈속에서 보았던 그 여인에 틀림없다고 생각하였다. 온 성내의 뭇사내들이 노래를 지어서 부를 만큼의 뛰어난 미모라는 향실의 표현이 결코 과찬이 아님을 여경은 직접 자신의 두 눈으로 확인한 것이었다.

환궁하여 돌아온 여경은 좀처럼 그 아랑의 자태를 잊지 못했다. 그러나 하늘을 나는 새도 떨어뜨릴 수 있는 대왕이라 할지라도 지아비가 있는 남의 부인을 함부로 빼앗을 수는 없음이었다. 아무리 도미와 아랑이 개나 돼지와 같은 짐승으로 멸시하는 마족의 무리라 하여도 정절을 생명으로 여기는 남의 부인을 함부로 빼앗아올 수는 없음이었다.

이러한 여경의 마음을 날카롭게 꿰뚫어본 사람이 바로 향실이었다. 그는 여경에게 다음과 같은 감언이설로 유혹하였다고 《삼국사기》는 기록하고 있다.

"무릇 모든 부인의 덕은 정절이 제일이지만 만일 어둡고 사람이 없는 곳에서 좋은 말로 유혹하면 마음을 움직이지 않을 사람은 없는 법입니다."

이에 여경은 다음과 같이 물어 말했다.

"네가 말하는 좋은 말[巧言]이란 무슨 말을 이름이냐."

그러자 향실이 간사하게 웃으면서 답하였다.

"무릇 여인으로 패물과 장신구를 좋아하지 않는 사람은 드물 것입니다. 아름다운 의복과 보석으로 된 노리개를 싫어하는 여인은 없을 것이나이다."

"하지만,"

여경은 꾸짖어 말하였다.

"방금 네 입으로 말하지 않았느냐. 그 부인을 어둡고 남편이 없는 곳에서 좋은 말로 유혹하여야 한다고 말하였는데 두 눈 뜨고 살아 있는 남편을 어떻게 없이할 수 있단 말이냐."

이에 향실이 미리 계교를 준비하여두었던 듯 소리를 낮춰 귓속말로 간하였다. 향실의 말을 들은 여경의 입가에 회심의 미소가 떠오르기 시작하였다.

다음날 도미는 사냥을 하다가 어명으로 왕궁으로 불려갔다. 도미는 자신이 어째서 왕궁으로 불려 들어가는가 그 이유를 알지 못했다. 그러나 곧 연유를 알게 되었는데 이는 사냥을 하다가 멧돼지를 만난 위급한 상황에서 말에서 떨어진 대왕의 목숨을 구한 공신으로 상급을 주기 위함이었다. 도미는 마족의 천민이었으므로 벼슬을 내리기보다는 녹봉(祿俸)을 내리기 위함이었다. 사철의 첫 달인 음력 정월, 4월, 7월, 10월 등 사맹삭(四孟朔)에 곡식과 옷감을 내리는 녹을 내리기 위함이었다.

도미로서는 어쨌든 영광이었다.

봉록을 내리고 나서 여경은 도미에게 물어 말했다.

"그대가 바둑을 둘 줄 안다고 하던데 그게 사실이냐."

마한인들은 한결같이 바둑을 잘 두었다. 일찍이 여경의 기대조(棋待詔)였던 흘우(屹于)도 마한인으로 지방의 말단 관리였지만 워낙 바둑을 잘 둔다는 이유 하나만으로 대왕 여경 곁에서 가까이 있는 근신이 될 수 있었던 것이다. 이에 도미는 말했다.

"잘은 못 두지만 행마법 정도는 알고 있나이다."

《삼국사기》에서는 '바둑'을 '장기[博]'라고 기록하고 있지만 이는 오기일 것이다. 왜냐하면 개로왕은 장기의 고수가 아니라 바둑의 명수로 이미 《삼국사기》에 여러 번 기록되어 있었으므로 바둑이라 함이 옳기 때문이다. 그러나 그 말은 어디까지나 겸손의 말일 뿐 도미의 바둑 솜씨는 이미 널리 소문이 나 있을 정도였던 것이다. 사전에 이 모든 정보를 향실로부터 전해 듣고 있었던 여경으로서는 듣던 중 반가운 소리였을 것이다.

"그러하면 바둑이나 한번 두어보세나."

여경의 바둑 솜씨가 왕국 제일이라 함은 이미 앞에서도 소개한 바 있다. 도미의 바둑 역시 상당한 고수였지만 대왕 여경의 솜씨에 비하면 상대가 되지 않을 정도였다.

그럼에도 불구하고 첫판을 도미가 이기고 여경이 졌다고 전해지고 있다. 첫판을 진 대왕 여경은 다음과 같이 말했다.

"나는 지금까지 바둑을 두어서 남에게 한번도 져본 적이 없는 사람이다. 그대가 바둑으로 나를 이긴 첫번째 사람이다. 그러므로 다시 한 판 더 둘 것이다. 그러나 이번에는 그냥 두는 것은 아니다. 그야말로 목숨을 걸고 한 판을 더 둘 것이다."

이에 도미가 몸을 떨며 말했다.

"대왕마마, 소인은 바둑을 둘 수 없나이다."

그러자 여경은 다음과 같이 말했다.

"이 바둑판 앞에서는 대왕도 없고 마족인도 없다. 있는 것이란 그대와 나뿐이다."

생명을 걸고 둔 바둑이었다고 《삼국사기》는 기록하고 있으니 아마도 바둑판 옆에는 날카로운 도자(刀子) 하나가 놓였을 것이다. 말하자면 이기는 자는 진 자의 생명을 빼앗아도 좋다는 맹약이었는데 진 자는 무엇이든 이긴 자의 요구를 들어주어야 한다는 조건이었을 것이다.

도미는 덫에 걸린 셈이었다.

바둑에 져도 죽고 이겨도 죽고 바둑을 두지 않아도 죽을 판이었다. 이렇게 된 이상 어쩔 수 없음이었다.

여경과 도미는 목숨이 걸린 운명의 바둑 대국을 한판 벌였는데 마침내 도미는 참패하고 말았다. 바둑을 이기자 여경이 단도를 집어들고 말했다.

"그대는 내기에서 졌고 나는 이겼다. 그러므로 그대의 목숨을 이 단도로 찔러 빼앗는다 하여도 나는 무도한 일을 하는 것은 아니다. 하지만 그대가 나를 위경(危境)에서 구해내었으니 그대의 목숨을 빼앗을 생각은 없다. 그 대신 한 가지 조건이 있다. 그대를 죽이지 않고 살려주는 대신 한 가지 조건이 있다."

"……."

도미는 묵묵히 침묵하며 말을 하지 않았다.

"진 자는 이긴 자가 무엇이든 요구하여도 이를 들어준다고 이미 약속하였으므로 너를 죽여 생명을 빼앗는 대신 다른 요구를 하겠다."

"그게 무엇이나이까, 대왕마마."

도미가 눈을 들어 여경을 쳐다보며 묻자 여경은 다음과 같이 대답했다. 이 기록이 《삼국사기》에 나와 있다.

"내가 오래전부터 그대 부인의 아름다움에 대한 소문을 들어왔었다."

그러고 나서 여경은 다시 말했다.

"사냥을 나가서 그대의 부인을 보았는데 소문대로 아름다웠다. 네 목숨을 빼앗는 대신 네 부인을 나에게 다오. 나는 네 부인을 왕궁에 데려다가 궁인(宮人)으로 삼을 생각이다."

순간 도미는 모든 계략을 알게 되었다. 어째서 대왕이 자신의 부락으로 사냥을 나왔는가 알게 되었으며, 또한 어째서 자신을 왕궁으로 불러들여 녹봉을 내리고 바둑을 두게 하였는지 알게 되었으며, 또한 어째서 첫판을 일부러 져주었다가 목숨이 걸린 바둑을 두도록 유도한 후 이를 이겼는가 그 이유를 단숨에 깨닫게 되었다.

바둑에서 진 도미에게 목숨 대신 아내인 아랑을 달라는 대왕 여경의 요구에 대해서 도미는 다음과 같이 대답하였다고 《삼국사기》는 기록하고 있다.

"사람의 정은 헤아릴 수 없습니다, 마마. 그러나 신의 아내 같은 사람이라면 죽더라도 마음을 고쳐먹지는 않을 것입니다."

참으로 자신 있는 대답이 아닐 수 없었다. 하늘을 나는 새도 떨어뜨릴 수 있는 대왕의 권세도 아내의 정절을 꺾을 수 없으며, 설혹 죽음의 위협이 있다 해도 아내의 정절을 꺾고 아내의 마음을 바꿀 수 없다는 도미의 확신에 찬 대답에 대왕 여경은 비웃음을 띤 얼굴로 다음과 같이 말했다.

"네가 그토록 자신이 있단 말이냐."

여경은 불과 같은 질투의 감정을 느꼈다. 왕국 제일의 미인인 아랑을 빼앗아 궁인으로 만들려는 소유욕보다도 단순하게 확신을 갖고 있는 도미에 대해서 여경은 반감을 느꼈음이었다.

"예로부터 천하의 열녀라 하더라도 지아비가 죽으면 상복을 벗기도 전에 외간 남자를 맞아들이고 죽은 남편의 무덤에서 떼가 마르기도 전에 새 남자를 맞아들이는 것이 상정(常情)이라 하였다. 그대가 아내의 정절을 굳게 믿고 있다고는 하지만 만약 그대가 없는 그 어두운 곳에서 좋은 말로 꾀면 마음이 흔들리지 않는 여인은 없을 것이다. 그대의 부인도 마찬가지일 것이다."

여경의 조롱에 도미가 똑바로 얼굴을 들고 정색하여 말했다.

"하늘과 땅이 서로 바뀌고 욱리하의 강물이 말라서 강바닥의 돌들이 하늘로 올라가 하늘의 별들이 되는 개벽(開闢)이 일어난다 하여도 신의 아내는 조금도 마음이 변치 않을 것입니다."

"좋다. 만약 그대의 아내가 마음이 변하여 내게 몸을 허락한다면 그대의 두 눈을 빼어 장님을 만들 것이요, 그대의 말처럼 굳게 아내로서의 정절을 지킨다면 그때에는 크게 상을 내리고 너를 살려줄 것이다."

다음날, 대왕 여경은 근신인 향실을 먼저 도미의 집으로 보내어 아내인 아랑을 만나도록 했다. 물론 도미는 궁 안에 가둬 인질로 삼은 채.

여경의 근신 향실은 종자를 데리고 말 위에 가득 의복과 보물을 싣고 먼저 도미의 아내인 아랑을 만나러 떠났다. 그는 아랑을 만나서 다음과 같이 말하였다고 《삼국사기》는 기록하고 있다.

"그대의 남편 도미와 대왕께서는 내기 바둑을 두어서 그대의 남편이 졌다. 그러므로 대왕께서는 그대를 들여와 궁인으로 삼으려 하신다. 오늘밤부터 그대는 도미의 소유가 아니라 대왕의 소유이다."

향실은 아름다운 의복과 온갖 찬란한 금은보화를 말에서 내려 아랑의 집에 부려놓았다. 향실은 그처럼 호화로운 물건을 본 순간 아랑의 얼굴에 떠오르는 미묘한 마음의 기미를 날카롭게 감지해내었다. 그러고 나서 향실은 다음과 같이 말했다.

"오늘밤에 대왕마마께오서는 친히 그대를 만나러 오신다. 대왕마마께오서는 오래전부터 그대의 아름다움에 대해 소문을 듣고 계셨다."

이에 아랑은 다음과 같이 대답했다.

"국왕에게는 망령된 말이 없습니다. 그러니 제가 감히 순종치 않겠습니까."

국왕의 말에 순종하겠다는 아랑의 말을 들은 순간 향실은 일찍이 자신이 예언하였던 대로 아랑이 마음을 고쳐먹었음을 확신했다. 아름다운 의복과 값진 보화를 본 순간 아랑의 얼굴에 떠오르는 마음의 설렘을 이미 감지하고 있던 터였으므로 향실은 두말하지 않고 다만 이렇게 말하였을 뿐이었다.

"오늘밤 그대가 몸과 마음을 허락하여 대왕마마의 마음을 사로잡을 수만 있다면 그대는 당장 궁 안으로 불려 들어가 궁인이 될 것이다. 궁인이 될 뿐만 아니라 왕비의 위치에 올라 왕국의 국모가 될 수 있을 것이다."

오늘밤 안으로 대왕 여경이 말을 타고 오도록 되어 있으니 미리 몸단장하고 준비하고 있으라고 당부한 다음 향실이 떠나버리자 그 즉시 아랑은 강가로 나아가 머리를 풀고 울었다.

기가 막히고 원통한 일이었다.

혼절한 대왕을 살리기 위해서 새끼손가락을 끊어 생혈을 종지에 담을 때부터 느꼈던 불길한 예감이 그대로 적중되어 현실로 나타난 것이었다.

대왕의 청을 거절한다면 대왕은 남편 도미를 죽일 것이다. 그렇다고 대왕의 청을 받아들여 그의 몸을 받아들인다면 정절을 더럽혀 살아도 이미 죽은 육신이 되어버릴 것이다.

어이 할거나.

이 일을 어찌 할거나.

아랑은 맑은 강물에 비친 자신의 얼굴을 바라보면서 울었다. 물이 맑아 투명한 거울과 같은 강물 위에 아랑의 얼굴이 그대로 떠서 비쳐 보이고 있었다. 그 얼굴을 들여다보면서 아랑은 한숨을 쉬면서 울었다.

이리하여도 남편은 죽고 저리하여도 남편은 죽는다. 남편을 살리기 위해서 내가 몸을 더럽혀도 결국에는 마음을 더럽혀 두 사람은 함께 죽는 셈인 것이다.

어이 할거나.

이 일을 어찌 할거나.

강변에는 갈대들이 웃자라 있었다. 사람의 키를 넘길 만큼 무성히 자란 갈대들은 숲을 이루고 있었는데 그 갈대의 숲을 스치는 바람소리가 마치 피리 소리처럼 들려오고 있었다. 피리는 원래 '필률(篳篥)'이라고 불리는 악기였는데 대나무를 깎아 만든 세(細)피리를 도미는 직접 만들어 불곤 하였다. 대나무에 구멍을 일곱 개 뚫어 세로로 하여서 피리를 불 때면 남편 도미는 이 세상 사람처럼 보이지 않았다. 해질 무렵 남편은 피리를 불고 자신은 피리 소리를 들으면서 함께 다정한 시간을 보내었던 강가에 나와서 아랑은 피를 토하면서 통곡하고 있었다.

어이 할거나.

이 일을 어찌 할거나.

우리나라 역사상 가장 아름다운 여인으로 손꼽히고 있는 도미의 부인 아랑은 물위에 비친 자신의 모습이 이 순간 소름이 끼칠 정도로 저주스러웠을 것이다.

강변에 앉아서 통곡을 하던 아랑은 한 가지 계략을 생각해내었다. 아랑에게는 시중을 드는 비자(婢子)가 하나 있었는데 그 여인은 아랑이 도미에게 시집올 때부터 딸려온 시녀였다. 나이는 어렸지만 이미 숙성한 여인으로서의 자태를 고루 갖추고 있었다. 몸매도 어여쁘고 용모 또한 뛰어난 가인이었다.

아랑은 남의 눈을 피해 그 비자를 데려다가 다음과 같이 말했다.

"오늘 하룻밤만 네가 내 대신 대왕마마를 모셔다오."

만약 하룻밤만 비자로 하여금 대신 아랑 노릇을 하도록 하여 수청들어 모실 수만 있다면 아랑은 몸을 더럽히지 않고서도 남편 도미의 생명을 구할 수 있음이 아닐 것인가.

아랑은 시녀인 비자를 설득하여 허락을 받은 다음 그녀를 몸단장시키기 시작했다. 날이 어두워 밤이 되면 대왕이 직접 남의 눈을 피해 집으로 행차한다 하였으므로 아랑은 서둘렀다.

비록 지아비가 있는 부인이긴 하였지만 외간 남자와 초야(初夜)였으므로 혼례를 치르듯 첫날밤에 어울리는 성장을 해야 했던 것이다.

특히 첫날밤의 성장은 고계운환(高髻雲環)이라 하여 머리를 쌍고리로 틀어올리고 많은 비녀와 머리꽂이를 꽂는 머리장식으로 되어 있었다. 비록 마한인으로 천민이긴 하였지만 아랑은 부족장의 딸이었으므로 계급적인 권세와 위풍을 돋우기 위해서 금, 은, 옥으로 만든 귀고리에 대왕이 선물로 보내온 팔찌, 반지까지 끼었다.

그리고 마지막으로는 향낭(香囊)을 속치마에 매달아놓았다. 향낭이라 하면 말총으로 짠 주머니 속에 궁노루의 향을 말려서 만든 향료인 사향(麝香)을 넣은 향주머로 보통 가장 은밀한 속치마의 깃 사이에 매달아놓곤 하였다.

사향 냄새를 맡으면 합환(合歡)하는 사람을 흥분시킨다 하여서 일종의 최음제(催淫劑) 역할까지 하고 있었던 것이다.

그날 밤 대왕 여경은 근신인 향실과 종자 두 사람만 데리고 은밀히 아랑의 집으로 행차했다. 비자에게 자신의 역할을 대신하게 하고 아랑은 시종 노릇을 하면서 여경을 맞아들였는데 집안은 미리 내등 몇 개만 켜두었을 뿐 일부러 바깥의 불들을 꺼두어 어둡게 하였다.

대왕 여경은 등롱(燈籠)이 켜진 사랑채로 들어가서 미리 기다렸는데 이윽고 밤이 깊어 자시가 되자 여인이 문을 열고 들어오고 있었다.

아랑의 계교를 상상조차 못했던 여경은 등롱마저 끈 어둠 속에서 여인의 옷을 벗기기 시작했다. 비록 불은 꺼버렸지만 창문을 통해 스며들어오는 달빛이 투명하였으므로 여인의 벗은 몸이 선명하게 떠오르고 있었다.

합환은 쌍고리로 틀어올린 머리에서 비녀와 머리꽂이를 뽑아내어 머리를 풀어내리는 것으로부터 시작되는데 말린 창포잎을 우려낸 물에 머리를 감았으므로 창포의 향기가 풀어내린 삼단 같은 머리에서 은은히 풍겨나오고 있었다.

그 냄새를 맡자, 여경은 승리감에 도취된 기분이었다. 승리감은 곧 정복욕으로 이어져서 여경은 타오르는 정욕으로 터질 것만 같았다.

머리칼을 풀어내리고 옷을 벗기자 곧 알몸이 드러났는데, 향낭에서 풍겨나오는 궁노루의 방향으로 여경은 정신이 혼미할 지경이었다.

도미는 자신의 아내가 죽더라도 마음을 고쳐먹지 않을 것이라고 굳게 아내의 정절을 믿고 있었다. 그러나 보다시피 그의 아내는 이처럼 어둠 속에서 옷을 벗고 알몸으로 누워 있지 않은가. 자신이 보내온 온갖 금은으로 된 노리개를 몸에 달고, 자신이 보내온 아름다운 의복들을 갖추어 입고서 이렇듯 내 몸을 받아들이고 있지 않은가.

여경은 덫에 걸린 사슴처럼 파들파들 떨고 있는 여인을 잡아채듯 가슴에 품어 안으면서 잔인하게 소리내어 말했다.

"네 남편 도미는 네가 죽더라도 마음을 바꿔먹지는 않을 것이라고 자신 있게 내게 말했다."

여경은 할딱거리는 여인의 젖가슴을 손으로 움켜쥐면서 끈질기게 물어 말했다. 여인의 벌거벗은 몸은 마치 비늘이 돋친 물고기처럼 매끈거리고 있었다. 그리하여 잡으려고 손에 힘을 주면 줄수록 요동을 치면서 손가락 사이를 빠져나가고 있었다. 여경으로서는 처음 느끼는 육체의 감촉이었다.

"하지만 너는 보다시피 내 앞에서 마음을 고쳐먹고 있음이 아닐 것이냐."

승리감에 도취된 여경은 음란하게 웃으면서 말했다.

"네가 남편을 버린 것이 참으로 옳은 일이라는 것을 내가 알도록 하여 주마."

여경이 삼단같이 풀어내려진 여인의 머리카락을 두 손으로 움켜쥐면서 말했다. 여인은 가늘게 신음 소리만 내었을 뿐, 대왕의 그 어떤 말에도, 그 어떤 질문에도 말소리를 내어 대답하지 않았다. 여인은 미리 방에 들기 전에 마님인 아랑으로부터 신신당부를 받았던 것이다. 대왕이 무어라고 물어도, 어떤 질문을 하더라도 절대로 말소리를 입 밖으로 내어 대답해서는 안 된다. 그저 시키면 시키는 대로 하고, 물으면 고개를 끄덕이거나 몸짓을 하는 것으로써 대답을 대신해야만 한다. 만약 소리를 내어 대답한다면 그때는 모든 일이 발각나서 너와 나는 다 함께 참형되어 죽게 될 것이다.

대왕 여경도 여인의 침묵을 별스럽게 생각지는 않고 있었다. 다만 수치심과 부끄러움 때문에 입을 다물고 침묵을 지키고 있을 것이라고 좋게 생각하고 있었던 것이다.

그 어떤 애무에도 여인은 말소리 하나 내지 않았다. 그 어떤 자세에도 여인은 숨소리 하나 흐트러뜨리지 않았다. 그저 파들파들 몸을 떨고만 있을 뿐이었다. 요동치는 여인의 몸은 불덩이처럼 뜨거웠다.

초야의 첫날밤은 꿈처럼 흘러가 먼 곳에서 새벽닭이 울기 시작하자 문밖을 지키고 있던 향실이 다가와 문안인사 하면서 기척을 했다.

"안녕히 주무셨습니까, 마마."

향실의 문안인사는 새벽닭이 울었으니 곧 먼동이 트고 날이 밝아올 것이므로 그 전에 일어나서 집을 빠져나가야 한다는 암시와 같은 것이었다. 일국의 대왕이긴 하였지만 이러한 잠행(潛行)은 떳떳치 못한 일이었으므로 남의 눈을 피해야 할 이유가 있었기 때문이었다.

"알겠다."

못내 아쉬운 듯 여경은 대답하고 나서 하룻밤을 함께 보낸 여인을 돌아보면서 말했다.

"네 남편은 곧 살려 보낼 것이다. 그 대신 너로부터 내가 물건 하나를 가져갈 것이다."

대왕 여경은 벗은 몸을 가리고 있는 여인의 몸에서 속치마를 벗겨내었다. 그 속치마의 깃에는 궁노루의 향료를 담은 향주머니가 매달려 있었다. 여경은 손으로 그 향낭을 잡아채어 뜯어내었다.

"이 향낭은 내가 가져갈 것이다."

먼 곳에서 여전히 닭이 홰를 치면서 울고 있었다. 어쩔 수 없이 일어나며 대왕 여경은 작별인사를 했다.

"잘 있거라. 다시는 만나지 못할 것이다."

대왕 일행은 말을 타고 야음을 틈타서 왕궁으로 돌아가버리고 그들을 무사히 떠나보낸 아랑은 방으로 뛰어들어가보았다. 시종은 흐트러진 몸매로 벌거벗고 앉아서 울고 있었다. 모르는 남자에게 생명과 같은 처녀를 바쳤다는 허망함으로 슬픔이 북받쳐올랐을 것이었다.

"수고했다."

아랑은 비자를 끌어안고 말했다.

"울지 마라. 네가 나를 구해주었다. 네가 아니었더라면 나는 죽을 뻔했다. 고맙다. 그래 뭐라 하더냐."

"마님."

비자는 울면서 말했다.

"서방님은 곧 살아서 돌아올 것이라고 말하였나이다."

"잘했다. 그리고 또?"

"그 대신 물건 하나를 뜯어서 가져가셨나이다."

"물건이라니?"

아랑은 불길한 예감으로 곧 낯빛을 흐리면서 물어 말했다.

"무슨 물건을 가져갔단 말이냐."

아랑의 질문에 시녀는 대답했다.

"향주머니를 뜯어서 그것을 가져가셨나이다."

향주머니는 여인들이 가장 깊은 속곳에 매어달고 있는 일종의 미약(媚藥)이었다. 왕족들이나 귀족들은 딸을 시집보낼 때는 으레 주머니 속에 넣어주곤 했다. 사향의 냄새는 오랫동안 지속되어서 평생 동안 그 여인의 냄새처럼 인식되게 마련인데 진할 때는 오히려 고약한 인분 냄새처럼 풍기지만 주머니의 끝을 꼭 여며 매어두면 은은하게 풍길 듯 말 듯하여서 가장 향기로운 방향이 되어버리는 것이었다.

뿐 아니라 사향은 갑자기 빈사 상태에 빠진 사람에게 사용되는 비상약이기도 하였으므로 위급할 시에는 남편을 회생시키는 회소약(回蘇藥)으로까지 쓰이던 귀중한 물건이었던 것이다.

그러므로 향낭은 여인의 정조와 같은 것이었다. 어떤 사내가 여인의 향낭을 가지고 있다면 이미 사내는 그 여인의 정절을 가진 것과 같았다.

"대왕마마께서 향낭을 가져가셨단 말이냐."

"그렇습니다, 마님."

무슨 일일까. 어째서 대왕마마는 향낭을 뜯어가지고 간 것일까.

아랑은 못내 불길한 예감을 떨쳐버릴 수 없었다. 아니나 다를까, 아랑의 불길한 예감은 그대로 적중하여 향낭 하나가 곧 엄청난 비극을 초래하게 되는 것이었다.

아랑의 집에서 하룻밤을 머물고 돌아온 여경은 그 즉시 도미를 불러들일 것을 명했다. 죽음조차도 아내의 마음을 바꾸지 못할 것이라고 굳게 믿고 있는 도미의 자존심을 무참히 꺾고 말았다는 승리감으로 대왕 여경

은 근신들이 도미를 끌고 오자 묶인 포승을 풀어주라고 한 다음 의기양
양한 목소리로 말했다.

"그대는 바둑을 두어서 내게 졌다. 다음으로 그대와 나는 그대 처의
정절을 두고 다시 내기를 하였다. 그대는 죽음이라 할지라도 아내의 마
음은 변치 않을 것이라고 확언하였으며 나는 그대의 아내가 아무리 정절
이 있다고는 하지만 부귀와 영화를 마다하지 않을 것이며 값진 의복과
금은보화를 보면 마음을 움직일 것이라고 말했다. 그리하여 만약 그대의
아내가 마음을 변치 않으면 그대에게 큰 상을 내리되 만약에 그대의 아
내가 마음을 바꾸어 내게 몸을 허락할 시에는 그대의 두 눈을 뽑아버릴
것이라고 맹약하였다."

여경은 모깃소리만 한 목소리로 말을 이었다.

"지난밤 나는 그대의 집에서 하룻밤 운우(雲雨)를 즐기고 왔다. 나는
구름이 되었고 그대의 아내는 밤새도록 비가 되었다. 그러므로 또 한 번
의 내기에서 그대가 내게 지고 말았음이다. 이제는 약속대로 그대의 두
눈을 빼어 장님으로 만들어버릴 것이다."

《삼국사기》에는 눈동자, 즉 모자(眸子)를 빼어버렸다고 기록하고 있
다. 대왕의 말을 들은 도미는 고개를 꼿꼿이 쳐들고 대왕을 노려보았다.
그는 이미 생사에 초연해 있었다. 굳이 비겁하게 굴신(屈身)하여 목숨을
부지하기보다는 차라리 명예롭게 죽을 것을 이미 마음속으로 각오하고
있었던 것이다. 살아도 죽은 목숨이었으므로 도미로서는 두 번 죽음이
두렵지가 않음이었다.

"대왕마마께오서 신의 아내와 하룻밤 운우지정을 나누었다고는 하지
만 내 눈으로 직접 보지 않은 이상 어떻게 그것을 믿을 수 있단 말입니

까. 신의 아내는 그러할 리가 없습니다."

그러자 여경은 껄껄 웃으면서 말했다.

"네놈이 미쳐도 단단히 미쳤구나. 내 말하지 않았더냐. 남편이 죽자마자 아직 무덤의 떼가 마르기도 전에 상중의 소복으로 외간 남자를 맞아들이는 것이 계집이라고 하지 않았더냐."

여경은 손에 들고 있던 향주머니를 도미 앞으로 내던지면서 말했다.

"봐라. 이래도 믿지 못한단 말이냐. 이 향낭이야말로 그대도 모른다고 하지는 않을 것이다."

도미는 묵묵히 여경이 내던진 향낭을 내려다보았다. 갑자기 그의 얼굴이 창백하게 질리기 시작했다. 창백하게 질리는 도미의 낯빛을 보고 여경은 호탕하게 웃으면서 말했다.

"그 향낭이야말로 가장 깊은 속곳에 달려 있던 아내의 향주머니가 아닐 것이냐. 또한 그 향냄새야말로 그대가 지금까지 맡아왔던 아내의 몸냄새가 아닐 것이냐. 내가 그 향주머니를 갖고 있음은 그대의 아내가 내 앞에서 실오라기 하나 걸치지 않은 알몸이 되었음을 뜻함이 아닐 것이냐."

그때였다.

창백하게 질린 얼굴로 묵묵히 향주머니를 내려다보고 있던 도미가 이번에는 고개를 쳐들고 갑자기 껄껄 소리내어 웃기 시작했다.

느닷없는 도미의 웃음소리에 여경은 혹시 실성이라도 하였는가, 도미를 노려보았다. 한바탕 웃고 나서 도미가 여경에게 소리쳐 말했다.

"이제 보니 미친 것은 신이 아니라 대왕마마 그대요."

한바탕 웃음 끝에 터져나온 도미의 말 한마디는 이미 죽음을 각오한 대갈일성이었다. 이를 지켜보던 향실이 나서서 황망히 꾸짖어 말했다.

"네 이놈, 어느 안전이라고 감히 불경스런 말을 하고 있단 말이냐."

그러자 도미는 다시 향실을 노려보면서 말했다.

"정신이 나간 미친 사람에게 미쳤다 하는 것이 어찌하여 불경스런 말이라고 나를 꾸짖고 있단 말인가. 대왕마마 그대는 속으셨소. 헛허허 헛허허."

이미 죽음을 각오한 도미는 허공을 쳐다보면서 크게 웃기 시작했다.

"대왕마마께오서 지난밤 가슴에 품으셨던 여인은 신의 아내가 아닌 다른 여인이오. 다른 여인을 대왕마마께서는 신의 아내로 잘못 알고 합환하였소."

"네놈이."

여경이 깔깔 웃으면서 말을 받았다.

"그런 말을 할 만하다. 기가 막히고 원통하여서 그런 말도 할 만하다."

"천만에요, 대왕마마."

도미는 향주머니를 가리키면서 말했다.

"이 향주머니는 분명히 신의 아내의 것이오만, 안에 들어 있는 향료는 분명히 사향이 아닌 다른 향료임에 분명하오. 신의 아내가 자신의 향주머니 속에 다른 향료를 집어넣고 대신 다른 여인으로 하여금 이를 몸에 차게 한 후 대왕의 방으로 스며들게 한 것임에 틀림이 없소. 만약 이 향주머니에 아내의 몸에서 맡을 수 있던 사향 냄새가 그대로 풍기고 있었다면 나는 대왕마마께오서 신의 아내의 정절을 빼앗았음을 인정하였을 것이오. 하오나 대왕마마, 이 향주머니는 아내의 향주머니이긴 하지만 속의 내용물은 전혀 다른 향료인 것이오. 그러므로 이것은 신의 아내가 차고 있던 향주머니라고 할 수 없소이다."

이미 죽음을 각오한 도미는 거칠 것이 없었다. 그는 껄껄껄 소리를 내어 세 번을 크게 웃었다.

"대왕마마는 속으셨소. 천지신명이라도 아내의 정절을 유린할 수는 없으며 음부(陰府)에서 온 저승사자라 할지라도 신의 아내의 마음을 바꿀 수는 없을 것이오. 헛허 헛허허."

자신 있는 도미의 장담이었다.

즉시 여경은 어의를 불러들이도록 하였다. 어의가 들어오자 여경은 향주머니를 주어 그 안에 들어 있는 내용물이 과연 무엇인가를 물어보았다. 어의는 주머니를 여민 끈을 풀고 그 안에 들어 있는 향료를 자세히 검사하기 시작했다. 사향은 원래 피낭(皮囊)으로 이루어져 있는데 잘라서 건조시키면 자갈색의 분말로 굳게 되어 있었다. 때로는 당문자(當門子)라 하여 분말이 아닌 알갱이들도 섞여 있게 마련이었다.

어의가 그 안의 내용물을 검사하는 동안 여경은 마음이 조마조마했다. 도미의 말이 사실이라면 여경은 도미의 아내인 아랑을 품고 하룻밤을 보낸 것이 아니라 속아서 다른 여인과 하룻밤을 보낸 것이었다. 그제야 여경은 도미의 집으로 들어설 때부터 모든 외등은 꺼져 있었고, 방안에 있는 등불도 희미하여 사람의 얼굴을 알아볼 수 없을 만큼 어둡고 캄캄하였음을 기억해내었다. 뿐 아니라 그 어떤 질문에도 그 어떤 애무나 그 어떤 자세에도 말소리 하나 내지 않던 여인의 침묵도 이유를 미뤄 짐작할 수 있음이었다.

여경은 분기(憤氣)가 탱천(撑天)하였다.

"어찌 되었느냐."

여경은 어의를 재촉하며 말했다. 그러자 어의는 황공한 모습으로 몸을 떨면서 말했다.

"아뢰옵기 항공하오나, 대왕마마, 이 향주머니 속에 들어 있는 향료는 궁노루의 향낭에서 나온 사향이 아닌 것이 분명하나이다."

"그러면 무엇이란 말이냐."

여경은 물어 말하였다.

"이 향료는 수놈 사향노루의 배꼽에서 나온 사향이 아니라 고양이의 몸에서 나온 향료이나이다. 모양과 냄새가 마치 사향노루에서 나온 분비물과 같게 보이지만 실은 다른 물건이나이다. 이는 쥐나 도마뱀 등을 먹고 사는 고양이의 회음부에 취액(臭液)을 분비하는 샘이 있는데 그 취선(臭腺)에서 나오는 분비물을 모아 건조시켜 만든 분말가루이나이다. 다만 냄새만 있을 뿐 그 향료에는 약효가 전혀 없는, 고양이의 몸에서 나오는 분비물에 불과할 따름이나이다, 대왕마마."

전후 사정을 알 수 없는 어의는 두려움에 몸을 떨면서 조목조목 설명하며 말했다.

자세한 어의의 설명을 듣고 나자 여경은 모든 사실을 확연히 깨닫게 되었다.

속았다.

여경은 이를 갈면서 생각했다.

그 하찮은 마족 계집년에게 멋지게 속아 당하고 말았다.

순간 무릎 꿇고 앉아 있던 도미가 다시 허공을 쳐다보면서 소리내어 웃으며 말했다.

"대왕마마께서는 내기에서 지고 마셨소. 대왕마마는 신에게 분명히 약속하시었소. 신의 아내가 마음을 바꿔서 몸을 허락한다면 내 눈을 뽑아 소경을 만들 것이며 만약에 신의 아내가 마음을 바꾸지 않을 시에는 후한 상을 내려서 나를 살려 돌려보내시리라 말씀하시었소. 헛허허, 헛허허."

크게 웃으면서 도미가 말했다.

"보다시피 신의 아내는 마음을 바꾸지 않았으며 대왕은 내기에서 지셨소. 그러하니 약속대로 나를 풀어주시오."

당당하게 요구하는 도미의 말에 여경은 소리쳐 대답했다.

"이놈아, 아직 내기가 끝난 것은 아니다."

여경의 얼굴은 분노로 뒤틀리고 있었다. 수염이 눈에 띌 정도로 떨리고 있었으며 얼굴은 대춧빛으로 붉게 상기되어 있었다.

"이놈아, 향주머니 속에 들어 있는 향료가 사향이면 어떻고, 고양이의 분비물이면 어떠하단 말이냐. 그것이 네 아내의 정조와 도대체 어떤 연관이 있더란 말이냐. 향주머니가 네 계집의 음부라도 된단 말이냐."

여경의 말은 비록 억지이긴 하였지만 나름대로 의미 있는 말이기도 했다.

"좋다."

여경이 이를 악물고 말했다.

"향주머니가 아닌 무엇을 가져오면 네가 믿을 것이냐. 네 계집의 젖가슴을 칼로 도려 오면 이를 믿을 것이냐. 아니면 네 계집의 음부를 베어내어 그것을 가져오면 네가 믿을 것이냐."

"대왕마마."

도미의 입에서 피와 같은 목소리가 터져 흘렀다.

"대왕마마께오서 신의 아내의 목을 베어온다고 하더라도 그것은 아내의 마음을 가져온 것은 아니오니 신은 그를 믿지 못하겠나이다. 신은 알고 있나이다, 대왕마마. 일월성신이 하늘에서 떨어져 아리수 강바닥의 돌이 되고 강바닥의 돌이 하늘로 올라가 별들이 된다 할지라도 그 무엇도 아내의 마음을 바꾸지 못할 것이나이다."

이미 죽음을 각오한 도미의 대답은 참으로 무서운 믿음이 아닐 수 없었다.

믿음이 굳지 않으면 큰 사랑이 없으며 죽음을 뛰어넘는 정절이 없이는 사랑은 이루어지지 못하는 법이다. 세월이 흘러가서 말대(末代)의 세월이 온다고 하여도 이 진리는 결코 변하지 않을 것이다.

실제로 도미와 그의 아내 아랑이 죽은 지 천년의 세월이 흘러가버린 1797년 조선조의 정조 21년, 정조대왕은 왕명으로 이병모(李秉模) 등에게 《오륜행실도》를 편찬토록 한다.

이 책은 〈삼강행실도〉와 〈오륜행실도〉로 나뉘어 있는데 제3권인 열녀 (烈女)편에는 도미와 아랑 부부의 무서운 사랑 이야기가 '미처해도(彌妻偕逃)'라는 제목으로 실려 있다. 이 책에는 우리나라 사람으로는 효자가 네 명, 충신이 여섯 명, 열녀 다섯 명만이 실려 있는데 그중의 으뜸으로 이들 부부의 사랑 이야기가 실려 있음인 것이다.

도미의 대답에 여경은 크게 노하였다고 《삼국사기》는 기록하고 있다.

"좋다. 아직 내기가 끝난 것은 아니다."

여경은 이를 악물고 다짐했다.

"만약 그대의 아내가 마음을 변치 않는다면 그대를 살려 보내겠지만 만약 그대의 아내가 마음을 바꾸어 나와 상관한다면 그때는 그대를 목매어 죽일 것이다."

그 다음날.

대왕의 근신인 향실은 종자를 데리고 아름다운 의복과 값진 보화를 가득 말 위에 싣고 나서 다시 도미의 집으로 찾아갔다. 이들을 아랑이 맞아들였는데 향실은 아랑에게 다음과 같이 말했다.

"대왕마마께오서 그대를 한번 만난 뒤부터 그대를 잊지 못하신다. 한번만 더 대왕마마께오서 그대의 침소에 들기를 원하신다."

이에 아랑은 얼굴의 표정을 바꾸지 않고서 침착하게 다음과 같이 대답하였다고 《삼국사기》는 기록하고 있다.

"국왕에게는 망령된 말이 있을 수 없습니다. 그러하니 제가 어찌 순종하지 않을 수 있겠습니까."

밤이 깊어 어둠이 내리면 대왕이 또다시 집으로 행차할 것이니 이를 맞을 준비를 하고 있으라는 말을 남기고서 향실이 떠나버리자 그 길로 아랑은 석양빛이 물드는 강변에 나아가 머리를 풀어헤치고서 목놓아 울기 시작하였다.

어이할까.

아아, 이를 어찌할 것인가.

그날 밤, 어둠이 내리고 밤이 깊자, 먼젓번처럼 여경은 근신 향실과 위군병 서너 명을 데리고 도미의 집으로 행차하였다. 대왕께서 온다는 전갈을 미리 받아두고 있었으므로 바깥의 불은 꺼져 있었고 방안의 불도 등롱 하나만 켜두었을 뿐이었다.

여경은 침전에 들어가 아랑을 기다리기로 하였는데 그는 옷소매 속에 미리 날카로운 단도를 한 쌍 준비해두고 있었다.

만약에 여인이 들어와 합환할 무렵 장등을 켜서 불을 밝힌 후 도미가 말하였던 대로 벌거벗고 있는 여인이 도미의 아내인 아랑이 아님이 밝혀졌을 때는 그 즉시 여인의 가슴을 찔러 참형에 처해 죽여버릴 것을 결심하고 있었기 때문이었다.

여경의 마음은 긴장감에 휩싸이고 있었다. 여경이 침전에 든 지 반각(半刻)이 지났을 무렵 방문이 열리고 성장을 한 여인이 들어왔다. 미리 합환주라 하여 따로 봐둔 술상에서 연거푸 술을 마신 탓으로 여경은 취기가 돌아 있었다. 여경은 들어온 여인에게 술잔을 건네어 마시도록 하였는데 여인은 술잔을 받으면서도 결코 얼굴을 들지 아니하였다. 여경은 날카롭게 술잔을 받는 여인의 손가락을 살펴보았다. 일전에 여경은 사냥을 나왔다가 말에서 떨어져 기함하였는데 도미의 아내인 아랑이 단지하여 흘린 생혈을 마시고 소생하였으므로 마땅히 술을 마시는 여인이 아랑임에 틀림이 없다면 새끼손가락의 매듭이 잘려져 있을 것이 분명하기 때문이었다.

그러나 있었다.

떨리는 손으로 잔을 받아들어 술을 마시는 여인의 새끼손가락은 그대로 온전하였다.

순간 여경은 그대로 옷소매 속에 감춰두었던 비수를 꺼내들어 여인을 그자리에서 찔러 죽이고 싶었지만 끓어오르는 분노를 억지로 자제하면서 여경은 부드럽게 입을 열어 말했다.

"그대와 헤어지고 나서 한시도 그대를 잊어본 적이 없었다."

여경은 짐짓 욕정에 불타는 목소리로 여인을 끌어당겨 품안에 안으면서 등롱의 불을 꺼버렸다. 여전히 여인은 벙어리처럼 대왕 여경의 그 어떤 질문에도, 그 어떤 말에도 일체의 반응을 보이지 않으면서 묵묵하게 있을 뿐이었다.

'두고보자, 네 이년.'

여경은 이를 갈면서 쌍고리로 틀어올린 여인의 머리에서 비녀를 뽑아내렸다.

머리꽂이를 벗기고 비녀를 뽑아내리자 틀어올린 머리카락이 삼단처럼 풀어내려졌다. 여인은 겉옷으로 맞섶으로 된 두루마기를 입고 있었다. 화려한 빛깔의 무늬로 수놓아진 허리띠의 끈을 끌러 겉옷을 벗겨내린 후, 여경은 익숙하게 여인의 저고리 고름을 풀어내리기 시작했다. 여전히 두려움과 부끄러움으로 여인의 몸이 딱딱하게 굳어 있었지만 일단 한 번이라도 몸을 섞은 사람에 대한 설렘으로 여인의 몸에서는 단감이 익어가는 듯한 육향(肉香)이 피어오르고 있었다. 여인의 몸에서 흐르는 미묘한 육체의 감각을 감지해낸 여경은 더욱 더 잔인한 방법으로 여인의 치마를 벗겨내리고 여인의 몸을 알몸으로 만들어버렸다. 비록 하늘과 같은 대왕이며 자신은 비천하고도 천박한 비녀인 계집종이었지만 성은(聖恩)을 입어 하룻밤을 함께 보내어 자신의 처녀를 바친 첫 남자이기도 하였으므로 여인의 몸은 애끓는 감정으로 불타오르고 있었다. 이러한 여인의 감정을 낱낱이 헤아리고 있던 여경은 비늘 돋친 물고기처럼 파닥이는 여인을 가슴으로 품으면서 다음과 같이 말했다.

"처음에는 네 남편을 살려주고 다시는 너를 찾지 않으려고 하였다. 그러나 도저히 그럴 수는 없다. 너를 궁 안으로 데려다가 궁인으로 만들 것이다. 그러기 위해서는 네 남편을 죽일 수밖에 없다."

순간 여인의 몸이 충격으로 움찔거리는 것을 여경은 느꼈다. 애써 그 충격을 무시하듯 여경은 말을 이어내려갔다.

"너도 이렇게 된 이상 네 남편보다는 나와 함께 궁 안에서 호의호식하면서 호화롭게 사는 것이 훨씬 좋을 것이 아니겠느냐."

여경은 여인의 젖가슴을 어루만지면서 물어 말했다.

"어찌하면 좋겠느냐. 나와 함께 살기 위해 네 남편을 죽일 것이냐. 아니면 이미 더럽혀진 몸으로 네 남편과 다시 아무런 일도 없었던 것처럼 살 것이냐."

여인은 아무런 대답 없이 할딱거리면서 가쁜 숨만 몰아쉬고 있을 뿐이었다.

"어찌하여 대답이 없단 말이냐."

갑자기 여경이 몸을 일으키며 큰소리로 말했다.

"네가 내 말을 무시함이냐, 아니면 그대가 말 못하는 아자(啞者)라도 되었다는 말이냐."

아자라면 벙어리를 가리키는 옛말. 추상과 같은 대왕의 고함 소리에도 여인은 몸을 떨고 있을 뿐 아무런 대답 소리도 내지 못하였다.

그러자 여경은 다시 큰소리로 말했다.

"방안의 불을 밝히도록 하여라."

여인이 등롱의 불을 밝히자 여경은 호통을 치면서 말했다.

"네가 누구냐."

여인은 밝힌 불빛으로부터 몸을 돌려 얼굴을 가릴 뿐 아무런 대답도 하지 않고 있었다.

"네가 누구냐고 묻지 않았느냐."

여경은 당장에 이부자리를 걷어차면서 일어나 삼단과 같은 여인의 머리카락을 한 손으로 움켜쥐었다. 당연히 비명이라도 질렀을 여인은 그러나 아무런 신음 소리도 내지 않았다. 여경은 머리칼을 움켜쥐고 여인의 얼굴을 등롱 가까이 끌어 가져갔다. 등불에 델 만큼 가까이 얼굴을 가져가 긴 머리카락을 헤치자 여인의 얼굴이 적나라하게 드러나 보였다.

과연 아니었다.

여인의 얼굴은 생각했던 대로 도미의 아내인 아랑의 얼굴이 아니었다.

"네가 누구냐."

여경이 씹어뱉듯이 말했다. 여인의 얼굴에서는 눈물이 굴러 떨어지고 있었다. 그러나 흐느낌 소리는 입 밖으로 새어나오지 않고 있었다.

"내 묻는 말을 듣지 못하였느냐. 네가 도대체 누구냐고 내 묻고 있지 않느냐."

여경은 옷소매 속에서 감춰두었던 단도를 꺼내어 그것을 여인의 얼굴에 가까이 들이대고 말했다.

"대답하지 않으면 단숨에 너를 죽일 것이다."

여인은 공포에 질려 있었지만 여전히 입을 굳게 다물고 있었다. 순간 간신히 자제하고 있던 여경은 한꺼번에 분노가 폭발하면서 고함쳐 말했다.

"일어나라. 일어서서 네 몸을 불빛에 비춰보아라."

그러자 여인은 몸을 떨면서 일어서서 불 가까이 섰다. 실오라기 하나 걸치지 않은 여인의 알몸이 그대로 드러나 보였다. 아름다운 몸매였지만 그 타오르는 듯한 젖가슴과 그 가슴 위에 내리꽂힌 꽃열매와 같은 처녀의 유두는 여경의 가슴속에 속았다는 분노를 더욱 강렬하게 자극했다.

224

순간 여경은 살의를 느꼈다.

그는 비명을 지르면서 단도를 들어 여인의 가슴을 내리찍었다. 여인은 나무토막처럼 무너졌으며 금침 위로 붉은 피가 솟구쳐 튀었다.

단칼에 비자를 찔러 죽인 여경은 그대로 문을 박차고 뛰어나와 소리쳐 말했다.

"여봐라, 게 누구 없느냐."

무장을 한 위병들과 근신인 향실이 황급히 달려왔는데 그들은 방안에서 일어난 살벌한 풍경을 보고 혼비백산했다. 여경은 즉시 아랑을 끌고 오라고 하였는데 아랑은 미리 이러한 결과가 일어날 것을 예견하고 있었던 듯 선선히 끌려왔다.

아랑이 끌려오자 여경은 분노와 비웃음이 뒤범벅된 얼굴로 꾸짖어 말했다.

"네가 감히 대왕인 나를 속일 수 있단 말이냐. 네가 감히 대왕인 나를 한 번도 아니고 두 번씩이나 속일 수 있다고 믿었단 말이냐."

"대왕마마."

아랑이 당황한 기색 없이 침착한 목소리로 입을 열어 말했다.

"일찍이 후한(後漢)의 광무제(光武帝)께서는 누님인 호양 공주(湖陽公主)가 과부가 되었을 때 누님에게 마땅한 사람이 있으면 혼인시킬 생각으로 누님의 의향을 물어보았습니다. 이에 호양 공주는 다음과 같이 대답하였습니다. '송홍(宋弘) 같은 사람이라면 남편으로 우러러보고 살아갈 수 있겠습니다. 하지만 그가 아니라면 시집갈 생각이 없습니다.' 공주는 송홍이 아니면 시집을 가지 않겠다는 뜻을 밝힌 것입니다. 송홍은 중후하고 정직하기로 널리 알려진 사람으로 광무제가 즉위한 이듬해에 대사공(大司空)이란 대신의 지위에 오른 사람이었습니다. 공주의 마음속을 알게 된 광무제는 다음과 같이 약속했습니다. '누님의 마음을 잘 알았습니다. 그럼 제가 한번 힘을 써보겠습니다.' 마침 송홍이 공무로 편전에 들어오자 공주를 병풍 뒤에 숨겨두고 송홍과 자신의 대화를 엿듣게 하였습니다. 이런저런 얘기를 하다가 광무제는 송홍에게 '속담에 이르기를 지위가 높아지면 친구를 바꾸고 집이 부유해지면 아내를 바꾼다고 하는데, 그럴 수 있는 것인지요' 라고 넌지시 말을 건네었습니다."

비록 대왕의 앞이었으나 아랑은 조목조목 사리가 분명하게 말하고 있었다.

"광무제의 말을 들은 송홍은 '신은 가난하고 천했을 때의 친구는 잊어서는 안 되고, 지게미와 쌀겨를 함께 먹으며 고생을 함께한 아내는 집에서 내보내지 않는다고 들었습니다' 라고 대답했습니다."

아랑은 말을 이어내려갔다.

"이 말을 들은 광무제는 송홍이 물러가자 병풍 뒤에 숨어서 이 모든 얘기를 엿듣고 있던 누님에게 '저 사람을 마음에 두지 마십시오. 일이 틀린 것 같습니다' 라고 말했습니다."

말을 끝마친 아랑은 얼굴을 들어 여경을 우러르면서 말을 이어갔다.

"대왕마마, 도미는 제 남편이며 저 또한 도미의 아내이나이다. 저희들은 지게미와 쌀겨를 먹으면서 고생을 함께 나눈 하늘이 맺어준 부부입니다. 그러므로 대왕마마께서 제게 남편을 버리고 마음을 바꾸어 두 사람의 지아비를 섬기라 이르시니 어찌 제가 이를 받아들일 수 있겠나이까."

아랑의 말은 당당하고 거침이 없었다. 대왕 여경도 아랑이 말하고자하는 요지가 무엇인가를 잘 알고 있었다. 아랑의 말은《후한서(後漢書)》

의 〈송홍전〉에 나오는 고사였던 것이다. 그러나 쉽게 물러설 여경이 아니었다. 여경은 껄껄 소리내어 웃으면서 다시 말했다.

"그대가 아무리 교묘한 말로 변설을 한다고는 하지만 군주를 속인 대죄는 벗어날 수 없을 것이다. 일찍이 한비자(韓非子)는 〈세난편(說難篇)〉에서 용을 들어 군주의 노여움을 설파하고 있다. 용은 순한 짐승이다. 길들이면 타고 다닐 수도 있을 정도이다. 그러나 그 턱 밑에는 지름이 한 자쯤 되는 거꾸로 붙은 비늘이 하나 있다. 만약 이것에 손을 대는 자가 있으면 용은 반드시 그 사람을 찔러 죽이고 만다. 임금인 군주에게도 바로 그 거꾸로 붙은 비늘이 있는 것이다."

여경이 말하는 거꾸로 붙은 비늘, 이를 한비자는 역린(逆鱗)이라고 부르고 있었던 것이다.

"그대는 용의 턱 밑에 거꾸로 붙은 비늘 즉 역린에 손을 대어 군주의 비위를 거슬렸다. 이는 그 어떤 말로도 용서받을 수 없는 대죄를 저지른 것이다."

용은 불가사의한 힘을 지니고 있는 상상의 동물로 알려져 있다. 봉황, 기린, 거북과 함께 네 가지의 신령한 동물로 일컬어지고 있는데 그중 용은 비늘이 있는 동물의 수장으로 알려져 있으며 능히 구름을 일으키며 비를 부를 수 있는 힘을 지니고 있는데 흔히 군주로 비유되고 있는 동물이었던 것이다. 그 용의 턱에 있는 거꾸로 붙은 비늘을 건드렸으니 반드시 그 사람을 찔러 죽여야만 용, 즉 군주의 노여움이 풀릴 수 있음을 여경은 비유하고 있었던 것이다.

아랑의 말을 되받아치고 나서 여경은 다음과 같이 말했다.

"그대가 나를 한 번만 속였다면 나는 그대의 남편인 도미의 눈동자를 빼어 소경을 만들었을 것이다. 그러나 그대가 나를 한 번이 아니라 두 번이나 속였으니 그대의 남편인 도미의 눈동자를 빼어 소경을 만드는 한편, 그를 참형시켜 죽여버릴 것이다."

"어찌하여 대왕마마."

피를 토하는 목소리로 아랑이 말했다.

"제 목을 베지 아니하고 남편의 목을 베려 하십니까. 제 눈을 뽑아 소경을 만들고 제 목을 베어 참하지 않으시나이까. 대왕마마를 속인 것은 남편이 아니라 소저가 아니나이까."

"물론."

껄껄 웃으면서 여경이 말했다.

"속인 것은 그대의 남편인 도미가 아니다. 그대였음이 분명하다. 그러나 처음부터 그대의 정절을 두고 내기를 건 사람은 그대가 아닌 남편 도미가 아니겠느냐. 그러므로 그대의 몸에는 손 하나 까딱하지 않을 것이다. 대신 그대가 나를 두 번이나 속였으니 도미의 두 눈을 빼어 소경으로 만들고 그 길로 참수하여 죽일 것이다."

의기양양한 목소리로 대왕 여경이 말했다. 그의 얼굴은 잔인한 복수심으로 불타고 있었다. 그는 아랑의 정절을 탐하는 욕심보다는 두 사람의 금슬에 대한 질투심으로 고통에 신음하고 괴로워하는 두 사람의 모습을 보면서 즐기는 것 같은 잔혹한 가학 취미에 빠져들어 있음이었다. 이미 자신의 죽음을 각오하고 있었으나, 그것이 자신에 대한 형벌이 아니라 남편 도미에 대한 형벌이 되었으므로 애써 평정을 유지하던 아랑의 얼굴에는 형언할 수 없는 슬픔이 깃들이고 있었다.

아랑은 몸부림치면서 입을 열어 말했다.

"대왕마마, 만약에 소저가 마음을 바꾸어 대왕마마께 몸을 허락한다 하여도 남편의 목을 베시겠습니까."

그러자 여경은 냉정하게 대답했다.

"만약 그대가 마음을 바꾸어 내게 몸을 허락하여 서로 상관하게 된다면 그때는 도미의 목은 베지 아니하고 목숨은 살려줄 수 있을 것이다. 그러나 이미 서로 내기를 하여 약속을 하였으니 목숨은 살려주는 대신 눈동자를 빼어 소경을 만들어버림은 면치 못할 것이다."

실로 무서운 군주의 노여움이 아닐 수 없었다. 자신이 죽고 사는 문제가 아니라 남편의 생사가 자신의 선택에 걸린 셈이었으므로 아랑은 몸부림치면서 괴로워했다. 비록 군주의 말대로 두 눈동자를 빼어 소경이 되는 것은 이미 면치 못하게 되었다 하더라도 자신이 마음을 바꿈으로써 남편의 생명만은 살릴 수 있게 된다는 막다른 벼랑 끝이었으므로 아랑은 고민 끝에 마침내 대답했다. 이 대답이 《삼국사기》에 다음과 같이 기록되어 있다.

"결국 지금 제가 남편을 잃어버리게 되었으니 단독일신(單獨一身)으로 혼자서 살아갈 수는 없게 되었습니다. 더구나 미천한 몸으로 대왕을 모시게 되었으니 감히 어찌 어김이 있겠습니까. 그러나 지금은 월경으로 온몸이 더러우니 다른 날 깨끗이 목욕하고 대왕을 모시겠나이다."

이 말을 들은 대왕 여경은 이미 두 번이나 속았지만 이번에도 아랑을 믿고 허락하였다고 《삼국사기》는 전하고 있다. 그도 그럴 것이 여인들의 생리현상인 월경, 즉 달거리는 부정한 것으로 이 기간중에 교접을 하면 재앙을 얻어 화를 입게 된다는 속설이 전해내려오고 있었기 때문이었다. 일단 대왕의 마음을 사로잡고 나서 아랑은 다음과 같이 말했다.

"이미 마음을 바꾸어 대왕께 마음을 바치게 되었으니 어찌 이부종사 (二夫從事)하리오까마는 아직까지는 소저의 남편이니 묻겠습니다, 대왕마마. 남편 도미의 두 눈동자를 빼어 소경을 만드신 후에는 그를 어찌하시렵니까."

"내가 알 바가 아니다."

여경은 차갑게 대답했다.

"그대가 내게 마음을 허락하였으므로 약속한 대로 목숨은 살려주겠거니와 그다음은 내가 알 바가 아니다. 지팡이를 하나 쥐어주어 궁 밖으로 쫓아내버릴 것이다. 운이 좋으면 좋은 사람 만나서 밥술을 얻어먹으면서 연명해나갈지도 모르지만 그대로 승냥이나 늑대에게 살점을 뜯겨 잡혀 먹히게 될지도 모르는 일이지. 저자를 돌아다니면서 동냥질을 하며 먹고 살지도 모르는 일이고, 잘하면 앞 못 보는 복자(卜者)로서 점쟁이가 될지도 모르는 일이 아닌가."

기가 막힌 대왕의 말을 들은 아랑은 다음과 같이 말했다.

"대왕마마, 우리 마족인들은 사람이 죽으면 작은 배에 실어서 물위에 띄워보내는 풍습이 있습니다. 남편 도미가 비록 목숨을 잃어 죽은 시체는 아니라 할지라도 앞 못 보는 소경이 되어 이미 죽어 있는 목숨과 다름없으니 그를 배에 실어 띄워보내는 것이 어떨까 하고 생각하나이다."

마한인들은 백제인들과는 달리 사람이 죽으면 시체를 지상에 노출시켜 자연히 소멸시키는 풍장(風葬)을 장례 방법으로 널리 사용하고 있었다. 물론 부족장들이나 토장들은 백제인들처럼 죽으면 땅속에 파묻혀 매장되었지만 일반 토인들은 죽으면 시체를 나무 위나 바위 위에 늘어놓아 새들이 살점을 뜯어먹고 비와 바람에 부패되어 흙으로 돌아가게 하는 토속적인 풍장을 사용하거나 아니면 시체를 작은 배 위에 실어서 강물에 띄워보내면 물속에 가라앉거나 물 흘러가는 대로 따라가다가 어느 깊은 계곡의 기슭에 닿아서 그곳에서 풍화작용으로 자연 소멸되어버리는 수장(水葬) 방법을 사용하고 있었던 것이다.

아랑의 말을 들은 여경은 그것이야말로 가장 좋은 방법이라고 생각했다. 비록 비천한 마족인이라 하더라도 엄연히 살아 있는 남의 부인을 가로채서 자신의 여인으로 삼으려는 마당에 그의 남편을 앞 못 보는 소경으로 만들어 저잣거리를 함부로 헤매고 다니게 하기보다는 배에 실어 강물에 띄워서 먼 곳으로 떠나보내면 그것이야말로 약속대로 도미를 자신의 손으로 직접 죽이지 않으면서도 죽음과 다름없는 망각의 세계 저편으로 떠나보내는 일석이조의 방법이 아닐 것인가.

대왕이 쾌히 이를 승낙하자 아랑은 마지막으로 다음과 같이 말했다고 전해지고 있다.

"그러하시오면 대왕마마, 배에 실려 떠나는 남편 도미를 제 눈으로 한번만이라도 볼 수 있도록 이를 허락하여주십시오, 마마. 가까이 다가가 말을 하거나 작별의 인사는 나누지 아니하더라도 먼발치에서 다만 배에 실려 떠나는 남편의 모습을 바라만 보도록 이를 허락하여주십시오. 이로써 남편 도미를 제 마음에서 완전히 떠나보내겠나이다. 남편을 배에 실어 죽은 사람으로 떠나보내버리면 제 마음에는 그 어디에도 남편의 그림자는 남아 있지 않고 깨끗이 사라져버리지 않겠나이까."

아랑의 마지막 호소는 여경의 마음을 움직였다. 남편 도미의 모습을 한번 더 아랑으로 하여금 비록 먼발치에서나마 바라보도록 허락하는 것이 마음에 찔리긴 하였지만 그러한 모습을 보게 함으로써 마음속에 앙금처럼 남아 있는 사내의 그림자를 완전히 지우고 새사람으로서 자신을 맞아들이겠다는 아랑의 제안을 마다할 이유가 없음이었다. 그보다도 울며 호소하는 아랑의 모습이야말로 아름다웠다. 아랑이 《삼국사기》에서 전하는 최고의 아름다운 여인으로 기록에도 남아 있을 정도이니 그 아름다움이야 일러 무엇하겠는가. 《삼국사기》에는 도미의 부인 아랑이, 《삼국유사》에는 수로 부인이 대표적인 미인으로 기록되어 있다. 재미있는 것은 두 사람 다 이미 결혼한 남의 부인이라는 점으로 수로 부인의 아름다움은 바다 속의 용들도 욕심을 낼 만하여 그녀를 바다 속으로 끌고 들어갈 정도라고 《삼국유사》는 다음과 같이 수로 부인을 표현하고 있다.

"수로 부인의 용모는 너무나 아름다워 세상에서 뛰어난 깊은 산이나 큰 물을 지날 때마다 여러 차례 신물(神物)들에게 붙들리곤 하였다."

이 지상에 감히 볼 수 없는 아름다움은 그대로 하나의 재앙이 되어버린다. 왜냐하면 그 아름다움은 인간의 몫이 아니라 신들의 몫이 되어 그들이 서로 질투하므로.

일찍이 중국 송나라의 대시인이었던 소동파(蘇東坡)는 어느 날 항주와 양주의 지방장관으로 나갔다가 우연히 절간에서 기막힌 미인을 발견한다. 이미 나이가 서른 살이 넘어 있었지만 몸에서 비늘이 떨어질 만큼 아름다운 그 여인은 삭발을 한 여승. 소동파는 그 여승의 아리따웠을 소녀 시절을 상상하면서 〈가인박명(佳人薄命)〉이란 칠언율시를 짓는다.

두 뺨엔 굳은 젖, 머리털엔 옻을 발랐는데 눈빛은 발로 들어와 구슬처럼 또렷하구나.

원래 흰 깁으로 선녀의 옷을 만들고 붉은 연지로 타고난 바탕을 더럽히지 못한다.

오나라 말소리는 귀엽고 부드러워 아직 어린데 한없는 인간사의 근심은 전혀 알지 못한다.

예로부터 미인은 대부분 박명이라지만 문을 닫고 봄이 다하면 버들꽃도 지고 말겠다.

雙頰凝酥髮抹淺　　眼光入廉珠的白樂
故將白練作仙衣　　不許紅膏汗天質
吳音嬌軟帶兒癡　　無限間愁總未知
自古佳人多命薄　　閉門春盡楊花落

《삼국사기》에 기록될 만큼 아름다운 천년 전의 여인 아랑. 이 절세의 미인의 눈에서 흘러내리는 눈물이야말로 아름다움을 더한 향기가 아닐 것인가. 잔인무도한 여경이라 할지라도 아랑의 눈물에는 속수무책이었을 것이다.

대왕 여경은 아랑과의 약속을 굳게 지켜서 이를 실행에 옮겼다고 전해지고 있다.

《삼국사기》에는 다만 다음과 같이 간략하게 기록하고 있을 뿐이다.

"후에 대왕이 속은 것을 알고 크게 노하여 도미를 죄로 얽어 두 눈동자를 빼고 사람을 시켜 끌어내어 작은 배에 싣고 물위에 띄워보내었다."

눈동자를 빼어 소경을 만들었다 함은 끝이 날카로운 바늘과 같은 물건으로 눈동자인 모자만을 찔러 홍채를 쏟아지게 함으로써 눈이 멀게 하는 것인데, 예로부터 죄인들에게 벌을 줄 때에 항용 사용되는 방법 중의 하나였던 것이다.

눈동자를 뽑힌 도미는 그대로 사람들에게 끌려서 아리수의 강변으로 나아갔다. 이미 도미의 부인 아랑은 갈대숲에 숨어서 이제나 저제나 군사들에게 이끌려 남편이 오기만을 기다리고 있었다. 아랑은 흰 상복을 입고 있었으며, 머리카락을 풀어내리고 있었다.

해질 무렵의 석양이었다.

마침내 약속대로 도미는 군사들에게 이끌려 강변에 나타났는데, 이를 갈대숲에 숨어서 지켜보고 있는 아랑은 너무나 기막히고 슬퍼서 그대로 까무러칠 것만 같았다. 남편 도미는 살아 있는 사람이 아니라 이미 죽어 있는 사람의 형상이었다. 머리카락과 수염이 자라서 온 얼굴을 덮고 있었고, 눈동자가 뽑히어 앞이 보이지 않았으므로 양옆에서 사람들이 부축하고 있었지만 두 손을 허우적거리고 있었다.

"서방님."

입 밖으로 터져나오려는 통곡을 자제하느라 아랑은 입술을 굳게 깨물고 있었다.

도미를 실을 배는 미리 준비되어 있었다. 문자 그대로 일엽편주(一葉片舟)였다. 사람을 태우는 배가 아니라, 오직 죽은 사람만을 실어서 강물에 띄워 떠나보내는 수장용(水葬用) 배였으므로 사람의 크기만 한 목관(木棺)에 불과했던 것이다. 온몸을 결박하여 꽁꽁 묶은 다음, 그들은 도미를 배 위에 앉혔다.

그리고 나서 군사들은 도미를 실은 배를 강 속 깊숙이 끌고 들어가 그대로 강물에 실려서 떠내려가도록 하였다. 해질 무렵의 강물은 마음이 급해서 뜀박질하여 달려가듯 빠르게 흘러가고 있었다.

당장이라도 물속에 뛰어들고 싶었지만, 병사들이 지키고 있었으므로 아랑은 갈대숲에 숨어서 터져나오려는 흐느낌을 손을 물어뜯으면서 간신히 참아내리고 있을 뿐이었다.

이윽고 도미를 실은 배가 빠른 물살에 실려서 흘러가기 시작하자 군사들은 떼지어 사라지기 시작했다. 그들이 사라져버리자 아랑은 남편 도미의 모습을 좀더 잘 보기 위해서 갈대숲을 나와서 강변을 따라 달려갔다.

해질 무렵의 석양이었으므로 하늘도, 땅도, 강물도 모두 핏빛으로 타오르고 있었다.

"서방님."

아랑은 강물을 따라 흘러가는 배를 쫓아 미친 듯이 강변을 달려 내려가면서 소리를 질렀다. 그러나 강바람은 세어서 아랑의 목소리를 싹둑싹둑 잘라내었다. 강물 한복판을 따라 흘러내려가는 조각배 위에서 도미는 온몸이 꽁꽁 묶인 채로 아내 아랑이 외쳐 부르는 고함 소리를 듣는지 못 듣는지, 아는지 모르는지, 이미 두 눈이 뽑혀서 앞을 못 보는 소경이 된 채 아무것도 알지도 보지도 못하고 죽은 사람처럼 물 흘러가는 대로 따라가고 있을 뿐이었다.

"서방님."

갈대숲이 아랑의 맨발을 찌르고, 베어 피가 흘러내려도 아랑은 그대로 배를 쫓아 달려나갔다. 흰 상복이 갈가리 찢겨나가도 아랑은 피를 토하듯 고함을 지르면서 배를 쫓아 달려나갔다. 아랑의 외마디 소리에 숲속에 잠들어 있던 물새떼들이 놀라서 일제히 자리를 박차고 일어나 핏빛으로 물든 하늘 위로 솟구쳐올랐다.

강물은 좁은 계곡으로 빠져들고 있었다. 계곡에서는 강이 좁아져 천탄을 이루어 자연 물살이 더욱 빨라지기 시작했다. 배가 여울목으로 접어들게 되자 아랑은 더이상 배를 쫓아 강변을 달려나갈 수 없었다. 험준한 바위와 절벽이 강변을 가로막고 있었기 때문이었다.

아랑은 그대로 물속으로 뛰어들었다. 가슴이 잠기도록 물속에 뛰어들면서 아랑은 목이 터져라고 떠나 사라지는 남편 도미를 향해 외쳐 불렀다.

"서방님. 서방니임."

와랑와랑 흘러내리는 물결 소리가 아랑의 절규를 지워버리고 남편 도미를 실은 배는 협곡의 여울물을 따라 쏜살같이 흘러내리고 있을 뿐이었다.

이제는 어쩔 수 없음이었다.

불러도 외쳐도 소리가 닿을 수 없는 먼 곳, 살아서는 서로 만날 수 없는 머나먼 곳. 죽어야만 만날 수 있는 사바(娑婆)를 뛰어넘은 정토(淨土)의 세계. 이승을 뛰어넘어 저승으로 가는 그 생사의 경계선을 향해서 조각배는 아득하게 멀어져가고 있을 뿐이었다.

절벽으로 뛰어올라가 아랑은 가물가물 멀어져가는 조각배가 안 보일 때까지 이를 지켜보았다고 전해지고 있다.

마침내 도미를 실은 배가 시야에서 멀어져 보이지 않게 되자 아랑은 그 자리에서 한바탕 곡을 하여 울고 마음을 정리했다.

"이제는 어쩌는 수가 없다."

아랑은 무서운 결심을 했다.

'남편 도미를 마음속에서 떠나보낸 이상 이제는 어쩔 수가 없다. 어쩔 수 없이 대왕을 받아들여 그의 부인이 되는 수밖에 없을 것이다.'

그로부터 며칠 후.

대왕 여경의 근신인 향실이 한낮에 아랑을 찾아와 다음과 같이 말했다.

"대왕마마께서는 모든 약속을 지키셨다. 그대의 남편 도미의 눈동자를 빼어 소경을 만드는 대신 그대의 청원을 받아들여 목숨만은 살려주셨다. 살려주셨을 뿐 아니라 그대가 원했던 대로 작은 배에 실어서 강을 따라 흘러가도록 이를 허락하셨다. 이제는 그대가 대왕마마와의 약속을 지킬 차례가 되었다."

"여부가 있겠습니까."

아랑은 선선히 대답했다.

"그동안 월경은 끝나서 온몸은 깨끗하여졌는가?"

"그렇습니다."

아랑의 대답에 향설은 흡족한 미소를 띠면서 다시 말했다.

"오늘밤 대왕마마께서 그대의 집에 머무르신 다음 함께 입궁하여 그대를 궁인으로 삼으려 하신다."

《삼국사기》에는 향실이 다음과 같이 말하였다고 기록되어 있다.

"지금부터 그대의 몸은 대왕마마의 소유이다."

이에 아랑은 다음과 같이 대답했다.

"여부가 있겠습니까. 오늘부터 소저의 몸은 대왕마마의 소유입니다."

그날 저녁.

땅거미가 내리기를 기다려 아랑은 강가로 나아갔다. 대왕마마가 오기 전에 강물 속으로 들어가 머리를 풀어 감고 온몸을 깨끗이 씻어 목욕을 해둘 필요가 있었기 때문이었다. 아랑이 강가로 나아가 옷을 벗고 물속에 뛰어들어 몸을 씻을 무렵에 갑자기 보름달이 수면 위로 떠올라 강물이 월광으로 찬란하게 부서지고 있었으며 온 누리는 월색(月色)으로 충만하였다고 한다.

강물 속으로 뛰어들어 온몸을 씻던 아랑은 기가 막혀 수면 위로 떠오른 보름달을 보면서 통곡하여 울기 시작했다. 아무런 죄도 없는 사랑하는 남편을 생이별하여 멀쩡하게 소경을 만들어 떠나보내고 자신은 이제 새로운 사람을 맞이하여 개가를 하려 한다.

그리하여 오늘이 바로 그 첫날밤.

정절을 지키기 위해서 갖은 수를 쓰고 온갖 수단을 동원했지만 마침내 역부족하여 오늘밤 대왕마마를 맞아들이기 위해서 이처럼 목욕을 하고 있다. 기구한 자신의 팔자가 가엾고 불쌍해서 아랑은 보름달을 보면서 울고 달빛이 부서지고 있는 강물을 두 손으로 떠올려 온몸에 부어 씻어 내리면서도 울곤 하였다.

그러나 이제는 어쩔 수 없음이었다.

이제는 대왕마마를 받아들여 그의 아내가 되어 궁인이 될 수밖에 없음이었다.

그때였다.

가슴이 잠기도록 강물 속에 깊이 들어가 몸을 씻고 있던 아랑은 달빛이 찬란한 강물 위로 무엇인가 알 수 없는 물건 하나가 떠올라 다가오고 있음을 발견하였다. 처음에 아랑은 그 그림자가 사람의 인기척처럼 느껴져서 본능적으로 벗은 몸을 가리면서 소스라쳐 놀랐었다.

"누구냐."

아랑은 날카로운 목소리로 소리를 질렀다. 그러나 아랑의 비명 소리에도 그 그림자로부터는 아무런 대답이 없었다. 갈대숲 사이로 그 검은 그림자는 마치 먹구름을 벗어난 달처럼 조용히 스며들고 있을 뿐이었다. 아랑은 순간 정신을 가다듬고 홀연히 나타나 다가오고 있는 그림자를 물끄러미 바라보았다.

다행히도 검은 그림자는 사람의 모습은 아니었고 또한 물위를 떠다니는 짐승의 모습도 아니었다. 그러나 그 검은 그림자는 강물 위에 떠서 물결을 따라 흘러가며 조용히 아랑의 몸을 향해 밀고 들어오고 있었다. 마치 아랑을 찾아서, 아랑을 향해 손을 흔들어 무언의 표시를 하듯이.

갈대숲에 몸을 숨기고 조심스럽게 그 검은 그림자를 살펴보던 아랑은 용기를 내어 그 그림자를 향해 앞으로 나아가보았다.

그러자 그 그림자는 기다렸다는 듯 아랑을 향해 다가오고 있었다. 푸른 달빛 아래 물결을 타고 흘러들어오는 그 그림자의 모습이 아주 가까이 다가왔을 때 아랑은 비로소 그 검은 그림자가 무엇인가를 알아볼 수 있었다.

그것은 배였다.

한 척의 배가 다가오고 있었던 것이다.

자신을 향해 다가오고 있는 배를 발견한 순간 아랑은 소스라쳐 놀랐다. 며칠 전 비록 먼발치에서 숨어 지켜보았지만 이 작은 배는 분명히 남편 도미를 태우고 강물을 따라 흘러내려간 바로 그 배임에 틀림이 없어 보였다.

그렇다면.

아랑은 그럴 리가 없다고 생각하면서도 성급히 배의 그림자를 향해 달려나갔다.

남편 도미가 배 위에 그대로 밧줄에 꽁꽁 묶인 채 앉아 있는 것은 아닐까.

"서방님."

행여나 하여 아랑은 소리를 지르면서 배의 곁으로 다가가보았다. 그러나 배 위는 텅 비어 있었다. 그 대신 도미가 끌려갈 때 온몸을 결박했던 노끈들이 배 위에 풀린 채 널려 있을 뿐이었다. 그 노끈들을 보자 아랑은 이 배가 남편 도미를 싣고 강물을 따라 머나먼 곳으로 흘러내려갔던 바로 그 배임에 틀림없다고 확신할 수 있었다. 바로 그 배라면 틀림없이 남편 도미는 강물을 타고 흘러내려가다 여울을 만나서 강물 속에 빠져 목숨이 붙어 있는 채로 수장되었을 것이다. 아니다. 아랑은 머리를 흔들면서 소리를 내어 부정하였다.

그이는 아직 죽었을 리가 없다.

온몸을 묶었던 포승들이 이렇게 풀어져서 배 위에 흩어져 있는 것은 남편 도미가 배 위에서 포승을 풀었음을 암시하고 있는 것이 아닐까. 그렇다면 그이는 아직 죽지 아니하고 살아 있다.

하지만.

아랑은 한숨을 쉬며 생각했다.

설혹 그이가 노끈을 풀고 배에서 벗어나 뭍에 올라 살아 있다 하여도 하루아침에 두 눈이 뽑힌 소경이 되어서 어떻게 목숨을 부지할 수 있단 말인가.

그보다도 일단 강물을 따라 하구로, 바다로 흘러내려갔던 그 배가 어떻게 강물을 거슬러 올라와서 자신의 곁으로 다가올 수 있단 말인가.

생각이 거기에까지 미치자 아랑은 그 배가 자신을 찾아온 것이라는 사실을 깨달을 수 있었다.

이 배는 나를 찾아 강물을 거슬러 올라왔다. 보이지 않는 곳에서 자신을 부르고 있는 강한 힘에 이끌려서 이 배는 나를 태우기 위해서 이곳까지 흘러온 것이다.

이때의 모습을《삼국사기》는 다음과 같이 묘사하고 있다.

"부인은 그만 도망하여 강어귀에 이르렀지만 건너갈 수 없어 하늘을 부르면서 통곡하고 있던 중 홀연히 한 척의 배가 물결을 따라 흘러오는 것을 보았다."

그 배가 남편 도미가 타고 있던 배로 밝혀지자 아랑은 자신도 그 배 위에 올라타기로 결심했다.

더이상 망설일 필요가 없었다.

도미는 단 한 사람의 남편이었다. 살아도 남편을 따라 살고 죽어도 남편을 따라 죽어야 하는 지어미로서 무엇을 더이상 망설일 필요가 있을 것인가.

아랑이 황급히 옷을 입고 배 위에 오르자 그 배는 마치 기다렸다는 듯 갈대숲을 벗어나 강물을 따라 흘러내려가기 시작했다고《삼국사기》는 기록하고 있다.

보름달이 휘영청 떠올라 사위는 대낮처럼 밝았으며 강물 위도 달빛의 은린(銀鱗)으로 찬란하게 부서지고 있었다.

죽는다. 아랑은 배를 타고 흘러가면서 소리를 내어 결심했다.

나도 남편을 따라 죽을 것이다. 남편이 타고 흘러가다가 수장되어 죽은 바로 그 배를 타고 나도 강물에 빠져 죽어 물고기의 밥이 될 것이다. 어차피 생에 대한 애착도 없고, 삶에 대한 미련도 더이상 있지 않다.

배는 강물을 타고 하구로 하구로 흘러가고 있었다. 좁은 계곡을 만나자 강물은 더욱 빨라져서 미친 여울이 되었다. 물결은 이제라도 당장 작은 배를 뒤엎어버릴 듯 거칠게 흘러가고 있었지만 아랑은 배 위에 올라앉아 흐르는 물에 몸을 맡기고서 천천히 생과 사, 나고 죽고 또다시 나고 죽는 윤회의 세계를 떠나 피안의 세계 저편으로 떠내려가고 있었다.

천탄과 여울, 폭포와 격랑을 따라 흘러내려오는 동안 아랑은 그대로 정신을 잃었다. 잠시 죽은 듯한 혼절 속에서 깨어나 아랑이 다시 정신이 들었을 때는 달마저 기울어가는 새벽녘이었다. 급경사를 이루면서 쏟아져내리는 폭포 위에서 이제는 죽었다고 생각하며 까마득 정신을 잃어버린 후에 되살아난 아랑은 여기가 어디인가 잠시 주위를 살펴보았다.

자신은 아직도 배 위에 타고 있었다. 그 무시무시하던 격랑의 강물은 어느새 가라앉고 호수의 물결처럼 잔잔하였다.

강물을 따라 흘러가던 배는 더이상 움직이지 않고 강물 위에 떠 있는 모래톱 위에 닿아 있었다. 배는 사주(砂洲)에 얹힌 채 움직이질 않았다. 마치 도착해야 할 목적지에 다다른 것처럼.

아랑은 배를 내려 그 모래톱 위로 올라섰다. 《삼국사기》에서는 이 섬을 천성도(泉城島)라 부르고 있다.

《삼국사기》에서 기록한 천성도의 위치가 오늘날의 어디인가는 알려진 바가 없다. 아랑이 그 섬에 다다랐을 때는 한밤중이었는데, 아랑은 섬에 오른 순간 무슨 소리가 들려오는 것을 느꼈다.

아랑은 숨을 죽이고 귀를 기울였는데, 정적을 뚫고 어디선가 피리 소리가 들려오고 있었다. 그 피리 소리를 듣는 순간, 아랑은 심장이 멎는 것 같은 충격을 느꼈다.

그 피리 소리는 분명 남편이 부는 피리 소리였던 것이다. 피리는 원래 필률이라고 불렸는데, 서역(西域)에서부터 전래된 악기였다. 남편 도미는 피리를 즐겨 불고 특히 대나무를 깎아서 스스로 구멍을 뚫어 만드는 세피리를 곧잘 불곤 했다.

행여 잘못 들은 것이 아닌가 하여 아랑은 다시 숨을 죽이고 피리 소리에 귀를 기울였는데, 틀림없이 귀에 익은 남편의 피리 소리였다.

"살아 있다."

순간, 아랑은 소리를 내어 중얼거렸다.

"그이가 죽지 않고 살아 있다."

아랑은 그 피리 소리를 따라서 갈대숲을 헤치고 앞으로 달려나갔다. 모래톱의 사구(砂丘)를 뛰어오르자, 갈대를 꺾어 만든 초막 하나가 달빛 아래 드러나 보였다. 그 초막 옆 빈터에서 웬 사람 하나가 앉아서 피리를 불고 있었다.

이것이 꿈인가, 생시인가. 아랑은 믿어지지 않아서 감았던 눈을 뜨고 재삼재사 확인하여보았지만, 달빛 아래 정좌하고 앉아서 피리를 불고 있는 사람은 분명히 남편 도미의 모습이었던 것이다.

《삼국사기》는 이때의 모습을 간단하게 다음과 같이 기록하고 있을 뿐이다.

"배를 타고 천성도에 이르러 다시 남편을 만났는데, 그는 아직 죽지 아니하고 살아 있었다."

두 사람은 모래톱에서 풀뿌리를 함께 캐어 먹으면서 연명해나갔다고 《삼국사기》는 기록하고 있다. 갈대를 꺾어 초막을 짓고 이엉을 엮어 지붕을 얹어 비와 바람을 피하고, 배가 고프고 주리면 풀뿌리를 캐어 먹고,

눈먼 소경인 남편을 도와 그의 손과 발이 되어주면서 아랑은 강가로 나가 물고기를 잡아 함께 나눠 먹으며 한철을 보냈다고 전해지고 있다.

어느 날 아랑은 아침에 물가로 나가 자신의 모습을 보았다. 마침 불어오는 바람도 없어 강물은 호수처럼 맑아 구리거울을 들여다보는 느낌이었다. 맑은 강물 위에는 자신의 모습이 거꾸로 비쳐 보이고 있었다. 문득 강물 위에 떠오른 자신의 얼굴을 발견한 순간 아랑은 소스라쳐 놀랐다. 강물 위에 선명히 떠오른 자신의 얼굴은 자신이 보아도 넋을 잃을 만큼 황홀하게 아름다운 얼굴이었기 때문이다.

이 얼굴 때문인가.

아랑은 물끄러미 물위에 떠오른 사신의 얼굴을 바라보면서 생각했다.

이 모든 불행이 이 얼굴 때문인가. 남편 도미가 하루아침에 눈동자를 뽑히고 소경이 되어버린 것도 이 얼굴 때문인가. 이처럼 멀리멀리 도망쳐서 낯설고 외딴 섬에서 풀뿌리를 캐어 먹으면서 하루하루 목숨을 부지해가는 기구한 운명도 따지고 보면 이 얼굴 때문이 아닌가.

지금껏 한번도 객관적으로 생각지 못해보았던 자신의 얼굴을 아랑은 마치 그것이 남의 얼굴인 것처럼 들여다보았다.

아랑은 자신의 아름다운 얼굴을 증오하고 저주하기 시작했다.

내가 남편 도미를 사랑하는 것은 그가 눈동자를 뽑히고 앞 못 보는 소경이 되어서도 변치 않고 여전한 것이니 내가 하루아침에 추악한 모습을 가진 추녀가 되어버린다 하여도 남편 도미는 여전히 나를 사랑할 것이다. 남편 이외의 사람들이 나를 아름답다고 보는 것은 남편을 향한 내 사랑과는 전혀 상관없는 일이다. 그것은 오히려 남편을 향한 사랑에는 재앙이 될 뿐이다.

그날부터 아랑은 갈대를 베어내 그 잎으로 얼굴을 긁어내기 시작했다고 전해지고 있다. 갈대의 잎은 날카로워 마치 날이 선 칼날과도 같았다. 그래서 갈대잎으로 얼굴을 긁어내리면 얼굴은 만신창이로 찢어져 피가 흘러내렸다. 며칠을 그대로 두면 그 상처가 가라앉아 딱지가 내리고 상처가 아물어들곤 하였는데 그러면 다시 아랑은 갈대잎으로 자신의 고운 얼굴을 찢어 상처를 내었다. 상처 낸 자국에 일부러 갈대숲에 괴어 있는 곤죽같이 된 진흙인 흑감탕을 떠올려 상처에 문질러 덧나도록 했다. 그렇게 되면 상처는 성이 나서 화농이 되고 금세 곪고 부어오르곤 했다. 그러다가 가라앉으면 다시 상처를 내어 피를 흘리곤 하였는데 이러기를 가을이 올 때까지 계속하였다.

가을이 지나 겨울이 오면 강물이 얼어 아무래도 모래톱에서 한겨울을 지낼 수 없게 되어버릴 것이 분명했으므로 겨울이 오기 전에 다시 배를 타고 이 섬을 떠나야 했기 때문이었다.

깊은 가을, 만추가 올 때까지 아랑은 계속 갈대를 베어 그 날카로운 날로 얼굴을 찢고 상처를 내었다가 덧나게 하기를 되풀이했다.

어느덧 봄이 지나고 여름이 지나고, 가을이 되어 모래톱으로 날아온 철새들이 따뜻한 곳을 찾아 날아가버리고 그 대신 찬 북쪽에서부터 겨울새들이 하나씩 둘씩 날아와 보금자리를 만들 무렵 아랑은 강물 위에 살얼음이 끼는 것을 보자 다시 남편과 둘이 배를 타고 먼 곳으로 떠날 때가 되었다고 생각했다. 이 섬에서 겨울을 보낼 수는 도저히 없었기 때문이었다.

그런 생각이 들자 아랑은 이른 새벽 강가로 나갔다. 강상에는 자욱이 안개가 끼어 있었다. 봄이 지나고 여름이 지나고 가을이 지날 때까지 아랑은 한번도 물위에 비친 자신의 모습을 바라본 적이 없었다. 그러나 이제는 이 섬을 떠날 때가 되었으니 자신의 얼굴이 그새 어떻게 변했는지 확인해볼 때가 되었다고 아랑은 생각했다.

남편과 둘이서 배를 타고 대처로 나가 새생활을 하려는 마당에, 아름답던 자신의 모습, 그 어디에 나서도 단박 남의 눈에 띄는 빼어난 미모는 재앙을 불러올 것임을 아랑은 잘 알고 있었기 때문이었다.

안개가 낀 강가로 나가 아랑은 갈대숲을 헤치고 고여 있는 물위에 가만히 자신의 얼굴을 비춰보았다. 숲속에 고여 있는 물은 마치 동경(銅鏡)의 겉면과도 같았다.

그 물위에 한 얼굴이 비쳐 떠 있었다.

태어나서 한번도 본 적이 없는 더럽고 지저분한 추악한 얼굴 하나가 고인 물위에 비쳐 보이고 있었다. 그 얼굴은 도저히 이 세상의 얼굴이라고는 말할 수 없는 기괴한 모습이었다. 지난 봄에 고기를 잡기 위해서 강가로 나왔다가 우연히 물위에 비춰보았던 자신의 모습과는 하늘과 땅만큼의 차이가 있었다.

이것이 내 얼굴이란 말인가.

아랑 자신도 놀라서 맥없이 주저앉아 물위에 떠 있는 자신의 얼굴을 새삼스레 다시 들여다보았다고 전해지고 있다.

그 아름답던 얼굴은 흔적도 없이 사라지고 물위에는 귀신의 얼굴 하나가 떠올라 있을 뿐이었다.

곱던 살결은 거칠어져 마치 창병(瘡病)에 걸린 듯하였으며 부드럽고 윤기 있던 머리카락은 말라 비틀어진 고엽처럼 시들어 있었다. 빛나던 눈동자는 풀어져 정기를 잃었으며 그새 수십 년이 흘러가 백발의 노파가 되어버린 듯 머리카락은 희게 변하였고 얼굴에는 잔나비와 같은 주름이 가득했다.

철저하게 변해버린 자신의 얼굴을 보자 그것이 원하던 바이긴 했지만 아랑은 긴 한숨과 더불어 숨죽여 울기 시작했다.

그러나 그것이 인생이었다.

저 들판의 꽃들도 다투어 피어나 만발하지만 때가 되면 시들어 죽어버린다. 저 안개 낀 강물 위를 나는 새들도 가을이 되면 둥우리를 틀어 새끼를 까지만 세월이 흘러 때가 되면 제각기 가야 할 곳으로 날아가버린다. 이제 갓 피어난 아름다운 청춘도 때가 되면 호호백발의 노파가 되어버린다. 아름다움은 영원할 수 없으며 젊음은 한때 흘러가는 구름과 같다.

아랑은 추악하게 변해버린 자신의 얼굴을 보자 이제 마침내 안심하고 남편과 더불어 섬을 떠날 때가 되었다고 생각했다. 아랑은 나무를 베어 그것으로 남편을 위한 지팡이를 만들고 그들이 타고 온 작은 배에 몸을 실어 한철을 보냈던 천성도를 떠났다.

그들이 갈 곳은 아무 데도 없었다.

아무리 얼굴을 상처 내어 추악한 귀신의 얼굴로 만들었다고는 하지만 앞을 못 보는 남편과 둘이서 남의 눈을 피해 살아갈 수는 없는 일이었다. 백제의 왕국 안에서는 도망치려야 도망칠 곳이 없었으며 임금의 손길을 피하려야 피할 수 없었다.

하루아침에 아랑을 잃어버린 대왕 여경은 대로하여 곧 군사를 풀어 왕국 안을 이 잡듯 샅샅이 뒤졌을 것이다.

아랑이 선택한 곳은 백제가 아닌 고구려의 땅.

그 무렵 많은 사람들은 왕국에서 대죄를 짓거나 도망쳐 목숨을 구할 양이면 신라보다는 고구려를 택하여 망명을 하곤 했다. 당시 고구려는 백제와 원수지간이었으므로 백제에서 죄를 지은 사람은 고구려를, 또한 고구려에서 죄를 지은 사람은 백제를 망명지로 택하곤 했기 때문이었다.

그러므로 아랑이 남편과 둘이서 도망칠 곳은 단 한 곳밖에 없었다.

그곳은 고구려.

살얼음이 낀 강물 위를 아랑은 남편과 둘이서 배를 타고 떠나기 시작했다. 두 사람의 이러한 모습을 《삼국사기》는 다음과 같이 간략하게 표현하고 있다.

"두 사람은 풀뿌리를 캐어 먹으면서 함께 지내었다. 마침내 때가 되었을 때 두 사람은 함께 배를 타고 그 섬을 떠났다."

강을 지나 바다를 건너 두 사람이 이르른 곳은 고구려의 땅이었다. 《삼국사기》에는 이 땅 이름을 '추산(萩山)'이라고 부르고 있는데 그곳이 지금의 어디인지는 알려진 바가 없다. 다만 "고구려 사람들이 이 맹인 부부를 불쌍히 여기어 음식과 옷을 주었다"고만 기록하고 있을 뿐이다.

고구려 사람들은 앞 못 보는 소경을 부축하여 다니면서 밥을 구걸하는 그 여인이 이웃나라 백제에서 대왕이 탐심을 품을 만큼 경국지색이었음을 전혀 알아보지 못했다. 사람들은 다만 그 추악하게 생긴 여인을, 앞 못 보는 맹인을 남편으로 둔 가엾은 걸인이라고 생각하고 있을 뿐이었다.

그러면서도 그들 백제에서 건너온 유민이 고구려 사람들의 관심을 끈 것은 맹인 남편이 기막히게 피리를 분다는 점이었다. 구걸하며 다닐 때는 남편은 항상 손에 피리를 들고 다녔다. 고구려에도 피리가 없었던 것은 아니나 대부분 대피리, 복숭아나무로 만든 도피(桃皮)피리와 같은 큰 피리들이었는데 이 맹인은 대나무를 깎아서 직접 만든 세피리를 불고 있었던 것이다.

그 피리 소리가 듣는 사람의 간장을 엘 만큼 슬픈 것이어서 사람들은 그 피리 소리를 들으면 절로 눈물을 흘리곤 하였다고 전해지고 있었다. 그래서 고구려 사람들은 필시 두 걸인 부부가 백제에서 큰 사연을 지닌 사람들이었을 것이라고 짐작하게 되었으며 간혹 어떤 사람들은 피리를 부는 남편을 앞세우고 동냥을 하는 여인에게 그 연유를 묻곤 하였다.

당시 고구려의 여인들은 건괵(巾幗)이라는 머리쓰개를 쓰고 다녔다. 오늘날에도 고구려 여인들의 머리쓰개 모습들은 고구려의 고분 벽화에서 그 흔적을 발견할 수 있으며 〈구당서〉의 고구려 조에는 다음과 같은 기록이 나오고 있다.

"고구려의 부인들은 머리에 건괵을 쓰고 있다."

아랑도 고구려 여인들처럼 건괵이라고 불리는 머릿수건을 쓰고 있었는데 이마는 물론 얼굴이 안 보일 만큼 깊숙이 쓰고 다니고 있었다.

사람들이 뭐라고 물어도 일체 시선이 마주치는 법이 없었으며 입을 열어 대답하는 일도 없었다. 그래서 사람들은 걸인의 아내는 말 못하는 벙어리인 줄만 알고 있었다.

그 맹인의 아내가 말 못하는 벙어리가 아니라는 것이 밝혀진 것은 우연한 기회였다. 마을에 잔치가 있어 남은 음식을 얻어간 여인은 함께 술도 몇 잔 얻어갔는데 그 맹인 부부는 술을 함께 나눠 마시고는 흥이 났는지 남편은 피리를 불고 아내는 갑자기 춤을 추기 시작했던 것이다. 춤뿐 아니라 노래까지 불렀는데 이 소문은 곧 온 마을로 번져나가서 구경거리가 되었다. 사람들은 걸인 여인의 춤추는 모습을 보고는 모두 놀랐다. 아름답게 춤을 추는 여인의 모습은 그들이 평소에 보아 익히 알고 있던 추악하고 못생긴 거지가 아니었으며 마치 하늘에서 하강하여 내려온 선녀와도 같았다. 뿐만 아니라 흥에 겨워 부르는 여인의 노랫소리는 옥을 굴리는 듯하였다.

이를 신기하게 여긴 사람들은 그래서 간혹 동냥을 하러 온 그들 부부에게 귀한 술을 조금씩 나눠주곤 했다. 그렇게 얻은 귀한 술을 조금씩 모아두었다가 이들 부부는 함께 술을 마시고 흥이 오르면 곧잘 피리를 불고 춤을 추곤 했다.

사람들은 점점 그들을 불쌍하게 여기기보다는 이 세상에서 가장 행복한 부부일지도 모른다고 생각하게 되었다. 그들은 가지려고 욕심을 내지 않았으며 있으면 먹고 없으면 굶었다. 추우면 동네 사람들이 주는 헌 옷을 껴입고 다녔으며 때로는 죽은 사람들이 입다 버린 옷도 얻어 입고 다녔다. 두 사람은 단 한시도 떨어져 다니는 법이 없었다. 아내는 남편의 눈이었으며 두 사람은 한 몸의 동체(同體)였다. 그들의 얼굴에서는 한시도 미소가 사라지는 법이 없었다. 한 끼의 밥을 얻으면 너무나 행복한 얼굴로 감사를 하곤 하여서 오히려 주는 사람이 미안할 정도였다.

그래서 사람들은 하루에 한 번씩 피리를 부는 소경 남편을 부축하고 걸인의 아내가 나타나면 이를 반가워했고 그 피리 소리가 하루라도 들리지 아니하면 혹시 무슨 일이나 생긴 것이 아닌지 이를 몹시 궁금해하곤 했다.

그러던 어느 날이었다.

마을 사람들은 그 피리 소리를 너무나 오랫동안 듣지 못했음을 약속이나 한 듯 다 함께 느끼게 되었다.

마을 사람들은 동시에 이를 이상하게 생각하게 되었다. 그래서 사람들은 한꺼번에 그 맹인 부부가 살고 있는 바닷가로 달려가보았는데 초막에는 맹인 남편이 누워 있었으며 부인이 곁에서 간호를 하고 있었다. 벌써 여러 날을 누워 있었고 골수에까지 병이 들어 회복할 수 없을 만큼 임종이 가까워 있는 것처럼 보였다. 마을 사람들이 다투어 먹을 것과 마실 것을 가져다주었으나 남편의 생명은 회생할 가망이 없어 보였다

마을 사람들은 생각다 못하여 술을 가져다가 두 사람에게 주었다. 그러자 죽어가는 맹인은 생명이 다하기 전에 마지막 술을 마셨으며 그의 아내도 함께 권커니 잣거니 하면서 합주(合酒)를 했다.

술기운이 죽어가는 맹인에게서 마지막 힘을 불러일으켰는지 그는 뉘었던 몸을 일으켜서 피리를 불기 시작했다. 죽어가는 남편이 피리를 불자 기다렸다는 듯이 여인은 일어서서 춤을 추기 시작했다. 비록 몸에는 죽은 시체에서 벗겨낸 분소의를 입고 있었지만 춤을 추는 여인의 모습은 성의를 걸친 선녀와도 같아 보였다.

춤을 추면서 여인은 그들의 귀에 익은 노래를 부르기 시작했다.

아르랑 아르랑 아라리요.
아르랑 얼시고 아라리야.
아르랑 타령을 정 잘하면
술이나 생기어도 석 잔이라.
아르랑 아르랑 아라리요.

아르랑 얼시고 아라리야.

세월아 봄철아 가지를 마라.

장안의 호걸이 다 늙는다.

아르랑 아르랑 아라리요.

아르랑 얼시고 아라리야.

달이 보느냐 님 계신 데

명기(明氣)를 빌려라 나도 보게.

그 노래는 마을 사람들이 익히 들어왔던 노래였다. 훗날 이 노래는 아랑의 이름을 따라 〈아랑가(阿郎歌)〉라고 불리게 되었으며 천년의 세월을 두고 사람들의 입에서 입으로 전해내려와서 오늘날까지 전해오는 하나의 민요가 되었음이다. 혼신의 힘을 다해 부는 소경의 피리 소리와 춤을 추면서 노래하는 소경의 아내 아랑의 목소리가 너무나 슬프고 애처로워서 마을 사람들은 모두들 눈물을 흘렸다고 전해지고 있다.

아르랑 아르랑 아라리요.

아르랑 얼시고 아라리야.

명년 3월 춘절(春節)이 되면

너는 또다시 피려니와.

아르랑 아르랑 아라리요.

아르랑 얼시고 아라리야.

우리네 인생은 한번 지면

움이나 날까 싹이나 날까.

다음날 마을 사람들이 다시 바닷가로 가보았을 때는 그 움막에는 아무도 없었다. 누워 있던 소경도 없었으며 돌보던 아내의 모습도 보이지 않았다. 사람들은 모두들 기이하게 생각했다. 그래서 그들은 잠시 어디론가 출타했을 거라고 생각하고 기다리기로 했다. 그러나 몇 날 며칠을 기다려도 그들은 돌아오지 않았다.

며칠 뒤 고기잡이에서 돌아온 어부들이 마을 사람들에게 이상한 소식을 전했다. 바다 한가운데에서 그 맹인 부부를 보았다는 것이었다. 바다위에 안개가 자욱이 끼어 있었으므로 그만 고기잡이는 글렀다 하고 일찍이 돌아오려는데 안개 속에서 낯익은 피리 소리가 들려오기 시작했다는 것이다.

바다 위에서 무슨 피리 소리인가 하고 어부들은 처음에는 이를 믿지 아니하였는데 점점 그 피리 소리가 가까워오고 그 피리 소리가 그들이 행방을 몰라 궁금해하던 맹인 부부의 피리 소리였으므로 안개 속을 바라보고 있노라니 작은 배 하나에 몸을 실은 맹인과 그의 아내 아랑이 다가오고 있더라는 것이었다. 어부들은 너무나 놀라서 이 믿기지 않는 풍경에 넋이 나가 물끄러미 바라만 보고 있었는데 이 배는 그들이 타고 있는 고깃배를 스치면서 지나가고 있었다는 것이다. 그런데 놀라운 것은 그들의 모습이었다.

배 위에 타고 있는 그 부부의 모습은 예전에 그들이 보아오던 걸인 부부의 모습이 아니었다. 맹인은 화모(花帽)를 쓰고 있었으며 눈부시게 화려한 복장에 늠름한 풍채를 하고 있었다. 더욱더 놀라운 것은 그 남편이 더이상 소경이 아니라 두 눈을 활짝 뜨고 있음이었다. 얼굴은 해와 같이 빛나고 온몸은 눈부시게 보였다.

뿐만 아니라 소경의 아내 아랑은 그의 남편 곁에 바짝 다가앉아 있었는데 그들이 평소에 보아온 분소의를 입은 병들고 늙은 노파의 모습이 아니었다. 그들은 그처럼 아름다운 여인의 모습을 일찍이 본 적은 물론 들어본 적도 없었다. 아랑은 남편의 곁에 앉아 남편이 부는 피리 소리에 맞추어서 그들이 이미 들어 알고 있는 노래를 부르고 있었다.

아르랑 아르랑 아라리요.
아르랑 얼시고 아라리야.
우리네 인생은 한번 지면
움이나 날까 싹이나 날까.

어부들은 안개 속을 뚫고 부부를 태운 배가 마치 부딪치기나 할 듯이 바짝 고깃배를 스치고 지나갔으므로 놀랍게 변화된 두 부부의 모습을 똑똑히 볼 수 있었다.

너무나 가까워서 그들은 손만 닿으면 그들의 몸을 만질 수 있을 것만 같았다. 그럼에도 불구하고 그들은 감히 그들의 곁을 스쳐 지나가는 두 부부를 불러세우거나 제지할 수 없을 것 같은 느낌을 받고 있었다.

그들의 모습은 이미 생사를 뛰어넘은 비현실적인 세계의 모습이었다. 젊은 어부 하나가 용기를 내어 소리쳐 물어보았다고 전해진다.

"어디 가세요."

분명히 소리쳐 부르는 젊은 어부의 목소리를 들었을 터인데도 그들 부부는 이를 못 들었는지 함께 피리를 불고 노래를 부르면서 스쳐 지나 멀어져가고만 있을 뿐이었다. 두 사람을 태운 배는 곧 안개 속으로 가물가

물 사라지고 말았다.

그 이후 두 사람의 모습을 보았다는 사람은 아무도 없다. 《삼국사기》
에는 다만 두 사람의 최후를 다음과 같이 표현하고 있을 뿐이다.

"……두 사람은 구차스럽게 살면서 객지에서 일생을 마쳤다."

무도 황음에 빠져 벽촌의 소민 도미의 아내 아랑을 탐하려 했던 대왕
여경.

그는 그 후 어떻게 되었는가.

인간은 자신이 뿌린 만큼 그대로 거두게 되는 법. 이 세상에 있는 모든
만물은 이 진리를 벗어날 수 없다. 죄의 씨앗을 뿌리면 죄의 열매를 거두
고 선의 씨앗을 뿌리면 복밭[福田]의 열매를 뿌린 만큼 거두게 되는 법.
인과응보의 이 진리를 세인들은 다만 하나의 상징으로만 받아들일 뿐이
다.

남의 눈동자를 빼앗아 소경을 만들었으면 그 자신도 언젠가는 남에게
눈동자를 빼앗겨 소경이 되어버릴 것이다.

남의 아내를 탐하였으면 그도 언젠가는 자신의 아내를 빼앗길 것이다.

인륜을 거역한 대왕 여경의 비참한 운명을 암시하듯 개로왕 14년, 대
왕 여경이 도미의 두 눈동자를 빼앗아 소경으로 만든 바로 그해에 백제
의 왕도 한산에서는 낮 동안 갑자기 해가 빛을 잃고 온 세상이 어둠으로
휩싸이는 변고가 있었다. 이 어둠은 오랫동안 계속되었다. 이른바 일식
이 있었다.

《삼국사기》에는 다만 이렇게 기록되어 있을 뿐이다.

"개로왕(蓋鹵王) 14년 시월 초하루 계유에 일식이 있었다."

그로부터 7년 뒤.

대왕 여경은 고구려 군사의 공격을 받고 비참한 최후를 맞게 된다.

이때의 기록은 《삼국사기》에 다음과 같이 간략하게 나와 있을 뿐이다.

"대왕 여경은 아차산성 밑으로 압송되어 그곳에서 살해되었다."

낮잠의 짧은 꿈속에서 만났던 몽유(夢遊)의 여인, 그 꿈속에서 만났던 천상의 여인을 현실세계 속에서 찾으려 했던 대왕 여경. 그러다가 비참한 최후를 맞게 되는 비극의 주인공 개로왕, 그를 한갓 어리석은 사람이라고 비웃을 수 있을 것인가.

어차피 우리들의 인생이란 한갓 꿈속에서 본 도원경(桃源境)을 현실에서 찾기 위해 헤매는 몽유병(夢遊病)의 꿈놀이가 아닐 것인가.

불안의 둥지에서 꿈꾸기

우 찬 제(문학평론가)

1. '견습환자'의 치유의 시선

1945년 해방 직후 서울에서 태어난 최인호는 이미 고등학교 2학년 때 (1963년) 문학판을 놀라게 했다. 〈한국일보〉 신춘문예에 단편 「벽구멍으로」가 입선되자 세상의 눈이 이 '무서운 아이'를 주목하기 시작한 것이다. 그 후 1967년, 병원의 권태로우면서도 우울한 풍속을 희화적으로 그린 「견습환자」로 〈조선일보〉 신춘문예에 당선되었고, 1970년대 이후 본격적인 작품활동을 왕성하게 전개했다. 그는 〈현대문학〉 신인상 수상작인 「타인의 방」 「처세술개론」을 비롯해 「예행연습」 「뭘 잃으신 게 없으십니까」 「돌의 초상」 「깊고 푸른 밤」 「무서운 복수」 등과 같은 뛰어난 중단편을 창작하는 한편, 대중들의 폭넓은 사랑을 받은 장편 창작에도 열정적이었다. 약관 26세에 〈조선일보〉에 연재하여 선풍적인 인기를 끌었던 『별들의 고향』을 비롯하여『고래 사냥』『적도의 꽃』『겨울 나그네』『잃어버린 왕국』『길 없는 길』『상도』『해신』『영혼의 새벽』『유림』등으로 이어지는 그의 장편 행진은 장안의 지가를 올리면서 소설 산업의 가능성을 확인시켜주었다.

최인호는 '70년대 작가군의 선두주자'로 꼽혔고, 이른바 '청년 문화의 기수'로 주목받은 작가다. 그도 그럴 것이 그의 소설은 대체로 발랄하고 청신한 감수성과 능란한 화법으로 젊은 문학의 새로운 가능 지평을 열면서 독자들을 폭넓게 끌어들였기 때문이다. 그렇다고 해서 그가 청년 문화의 확산에만 몰두한 것은 아니다. 청년의 감수성이나 발상법으로 동시대의 산문정신과 적극적으로 대화하면서 산업화 이후의 물질사회에 대한 비판의 메시지를 비롯한 민감한 현실 인식을 보여주기도 했다. 때때로 그는 환상적 리얼리즘이라 불릴 정도로 환상성을 통해 현실을 거꾸로 되비춰보고 소설적으로 재구축해내는 기법을 선보이기도 했다. 현실의 풍속에서 출발한 그는 겨레의 오랜 기억을 반추하는『잃어버린 왕국』이나 특히 불교적 구도소설인『길 없는 길』「산문(山門)」등에서는 삶의 근원을 탐색하는 의식의 깊이를 보여주었다.

특히 등단작「견습환자」는 최인호 문학의 핵심적 특성을 함축하고 있는 것으로 보인다. 이 소설에서 주인공은 습성 늑막염으로 입원한 환자다. 무릇 병원은 치유자와 환자의 질서가 분명한 공간이다. 치유자의 권력이 엄존하여 환자는 그 질서에 복속되기 일쑤이다. 하나 더. 병원에서는 치유/피치유 행위가 반복적으로 진행된다. 그 반복 과정을 주인공은 "금붕어 같은 생활"로 인지하고 "권태"를 느끼게 된다. 그런 가운데 그는 병원의 치유자들(의사, 간호사)의 "얼굴에서 웃음을 발견치 못했다는 중

대한 사실"을 "불쑥" 발견한다. 그것을 "참으로 이상한 일"이라고 그는 느낀다. 이 발견의 감각이 기성의 병원 질서를 뒤집는다. 치유자/피치유자 혹은 의사/환자의 경계를 넘어서고 흩뜨린다. 피치유자였던 환자가 역으로 의사의 입장이 되어 '웃음을 잃은 환자들'(기존의 의사와 간호사들)을 치유하겠다고 나서는 것이다. "그들을 웃기기 위해서 고용된 사설 코미디언 같은 무거운 책임의식"을 가지고 그들이 웃음을 회복할 수 있도록 각종 아이디어를 궁리하고 수행한다.

그러나 그들에게 웃음을 찾아주는 일은 결코 쉽지 않다. 그들은 좀처럼 웃지 않고 웃으려 하는 본인만 허탈한 웃음을 짓게 된다. 임상적으로는 정상이되 웃음을 잃은 치유자들, 그러니까 의사와 간호사들은 일종의 난해한 '견습환자'였던 셈이다. 그들만이 아니다. 그 자신은 환자이면서도 경계를 넘어서 웃음을 치유하는 '견습의사'가 되고자 했지만 여의치 않은 주인공 역시 '견습환자'의 범주를 넘어서지 못한다. 그러니까 최인호는 육체의 환자, 현상적 환부에 관심을 가진 게 아니다. 그보다는 정신적인 환부 혹은 생의 구경(究竟)에 이르지 못한 상처에 미리부터 관심을 가졌던 셈이다. 그런 측면에서 보면 현상적인 환자는 물론 치유자인 의사 역시 '견습환자'이긴 마찬가지다. '견습환자' 연습을 통해 환자의 고통의 심연으로 내려가 삶의 진면목을 발견하고자 한 점이 등단작 「견습환자」에서 주목되며, 이점이야말로 최인호 문학의 근원 정서라고 보아도 큰 잘못은 없을 터이다.

다시 말해 최인호의 소설은 '웃음'으로 상징될 삶의 진정성이 거세된 인간과 현실에 웃음을 되돌려주고자 한 문학적 치유 의지의 소산이다. 그것은 때로는 희비극적으로, 때로는 비극적으로, 때로는 냉소적이면서도 위악적으로 전개된다. 더불어 아프면서 치유의 지평을 모색하는 과정은 곧 웃음의 상실과 회복 과정 내지 자기동일성의 상실과 회복의 과정과 긴밀하게 호응된다. 요컨대 최인호는 감각의 실존을 바탕으로 한 독특한 이야기 치유사다.

2. '자기만의 방'과 '타인의 방'

이야기 치유가 필요한 것은 동시대의 많은 사람들이 실존적으로 불안의 둥지로부터 좀처럼 헤어날 수 없는 사정과 관련된다. 흔히 불안은 존재의 근원성과 관련되는 것으로 논의되기도 하지만, 실존의 불안은 정치경제적이고 사회문화적인 다양한 심급에서의 복합적인 원인들과 연계되어 증폭되거나 줄어들 수 있다. 이에 우리는 더 불안한 시대/사회와 덜 불안한 시대/사회를 나누어 사려 깊은 생각들을 전개해나갈 수 있다. 그런데 이야기 치유사로서 최인호가 우선 관심을 가진 것은 외부로부터 오는 위험 신호와 관련되는 불안의 외인(外因)들이 아니었다. 그보다는 주체 안의 내인(內因) 내지 책임의 윤리에 대해 반성적으로 성찰한다. 가령 「2와 1/2」에서 그런 양상은 뚜렷하다.

이 소설의 주인공은 가난한 출판사 직원이다. 장티푸스 예방주사를 맞은 날 슬럼가와도 같은 자기 방으로 돌아가 같은 집에 사는 색정적인 술집 여급의 유혹을 뿌리치고 잠을 잔다. 다음날 아침 그 여성이 변사체로 발견되고, 그 집에 사는 몇몇 남성들이 용의자로 경찰에 연행되어 불안스런 취조를 받는다. 이때 주인공이 보이는 심리적 반응이 우리의 눈길을 끈다. 그가 내비친 것은 억울하게 의심받은 것에 대한 분풀이가 아니었다. "내 눈앞엔 홀로 죽어간 그 갈색의 계집애가 떠올랐고, 나는 그것이 나의, 우리의 책임인 것 같은 생각이 들었다." 왜 주인공은 그녀가 그렇게 살다가 죽어간 데 대한 공동의 책임을 느끼는가. 심연의 파괴 욕망과 살해 충동에 대한 반성적 자각 때문이다. "그 갈색의 계집애는 지금 우리 시대, 나이 서른 이상 먹은 자식들이라면 내가 아니더라도 누구든 망가뜨리고, 학대하고, 울리고, 때리고, 죽일 수 있는 여인이라고 고백하는 편이 더 홀가분하리라 생각들었다." 주인공은 고백하고 싶어한다. 물론 그것은 법적으로 볼 때 거짓 고백에 해당된다. 그러나 주인공은 영혼의 고해를 하고 싶은 것이다. 더불어 사는 이웃을 상대로 한, 보이지 않는 악령의 충동질에 대해 고해하고 대속하고 싶어하는 것이다. 치유자의 의미심장한 윤리 감각이 아닐 수 없다.

최인호의 소설 쓰기, 이야기하기가 치유 의지나 역설적 대속 행위와 관련된다는 것은 「처세술개론」에서도 감지된다. 이 소설에는 남녀 두 어린이가 등장한다. 일찍이 사진결혼 방식으로 하와이로 떠났던 할머니(어머니의 이모)가 자식도 없는 상태에서 돈을 많이 가지고 귀국한다. 이에 그녀의 이질이 되는 어머니와 주인공 소년의 이모는 미래의 '막대한 유산'을 노리고 그녀의 환심을 사고자 애쓰며 경쟁한다. 그 경쟁의 대리 전사가 바로 주인공과 이종사촌 소녀다. 주인공은 매우 순진한 어린이로 제시된다. 이에 반해 소녀는 노회한 애늙은이처럼 그려진다. 풍파가 심한 환경에서 동물적인 생존의 감각 내지 처세술을 터득해온 탓이다. 작가는 이 여자 아이의 위선적인 처세술을 가능하면 위악적으로 그린다. 악령의 장난은 어린이마저도 비켜가지 않는다. 그것이 읽는 이로 하여금 연민을 자

아내게 한다. 그 누구도 함부로 그 아이에게 돌을 던질 수 없다. 오죽하면 어린 아이가 그럴 수밖에 없었을까, 생각하면서 그런 상황을 축조한 공동체 전체에 대한 반성적 성찰로 이어나가게 되는 것이다.

이런 감각으로 인해 동시대에 불안하게 고통받는 사람들을 향해 그윽하면서도 결코 무겁지만은 않은 눈길을 준다. 최인호의 장기 중의 하나는 분명 견딜 수 없는 존재의 무거움을 결코 무겁지 않게 다루면서 성찰의 흥미로운 지평을 마련한다는 점에 있다.

「이 지상에서 가장 큰 집」은 평생 지상에서 온전한 자신의 집을 지닐 수 없었던 가여운 영혼의 이야기를 동화적인 시선으로 다룬 작품이다. 「포플러 나무」「침묵은 금이다」「닭이 먼저냐 달걀이 먼저냐」와 더불어 『이상한 사람들』 연작의 일환인 이 텍스트에서 주인공 작은 노마는 평생 자기 집짓기를 시도하지만, 결국 추방당하고, 지상에서 육신을 거두어간다. 존재 근거를 박탈당한 채 피투성이처럼 살아가는 피투성(被投性)의 존재인 인간이 집으로 상징될 자기만의 존재 둥지를 마련하려는 간절한 열망을 담고 있는 이 이야기는 단순한 도시빈민의 서사를 넘어선다. 아버지 노마도 그랬지만 작은 노마에게도 안온한 둥지는 끝내 제공되지 않았다. 늘 불안의 둥지에서 거주할 수 있을 따름이었다. 그 불안의 둥지에서의 간절한 꿈이 훼절될 수밖에 없는 안타까운 상황을 최인호는 동화적인 감각으로 그려냈다. 지상에 자기 집을 마련하지 못한 작은 노마들만이 불안의 둥지의 주민들인 것은 아니다. 자기 집을 마련한 사람들이라고 하더라도 이런저런 사정으로 말미암아 불안의 둥지에 주민등록을 하게 되는 수가 많다. '자기만의 방'에서 소외된 채 '타인의 방'이라는 불안의 둥지에 사는 사람들이 많음을 작가는 매우 흥미로운 시선으로 묘파한다.

최인호의 평판작의 하나인 「타인의 방」은 도시적 삶에서 공간 소외 양상과 불안 의식을 매우 극적으로 다룬 작품이다. 주인공은 출장 일정을 하루 앞당겨 귀가했는데, 집에 아무도 없어 직접 열쇠로 문을 열고 들어가, 심한 고독감과 아내에 대한 배신감 속에서 자신의 '방'이 안주의 공간이 아니라 불안한 '타인의 방'에 불과함을 환각적으로 절감하는 이야기다. '타인의 방'에서는 모든 사물들이 그를 향해 일제히 반란을 일으킨다. 그가 원하는 것은 아무것도 없거나 돌아서 있다. 신문, 목욕탕 욕조, 면도기, 물, 전축 등 모든 것들이 자기를 배반한다. 가령 면도기는 자기 얼굴을 두어 군데 베어 상처를 입히고 피를 흘리게 한다. 그 와중에 그는 갑자기 노래를 부르기도 하고 휘파람을 불어보기도 한다. 그러다가 "역시 집이란 즐겁고 아늑한 곳이군"이라고 무심코 중얼거려보기도 하지만, 그 목소리가 타인의 소리처럼 들릴 따름이다. 아내의 기만을 서서히 인지하게 되면서 사물들의 반란은 더 심해진다. 잠근 샤워꼭지에서 물이 쏟아져 내리고, 켜지도 않은 곤로에 불이 붙고, 재떨이에서는 생담배가 불탄다. 주인공은 보고 싶은 것을 보지 못하고 볼 수 없거나 보지 않아도 될 것을 보아야 하는 상황, 또 알고 싶은 것을 알지 못하고 알 수 없거나 알지 않아도 될 것을 알게 되면서 당황하게 되고 불쾌의 감정에 빠지게 된다. 불안은 서서히 전면적인 전개를 보인다. 모든 게 반란하는 주위를 둘러보며 그는 엄청난 불안감을 느끼며 "누구요" 하고 소리 지른다. 그러나 그 소리는 벽에 부딪쳐 멀리 가지 못한 채 차단된다. 순간 그 자신이 갇혀 있음을 절감한다. 일제히 반란하는 사물들에 갇힌 사내는 더욱 심한 환각 속에서 고통스런 불안 체험을 한다.

　여기서 주인공의 불안 의식은 대타자의 응시(gaze)와 주체의 시선

(eye) 사이의 역학 관계 속에서 부풀어 오른다. 사물들의 반란은 그가 볼수 없는 자리에서 그를 응시하는 대타자에 의해서 연출되는 것이다. 그래서 그는 사물들을 노려본다. "어둠 속에서 눈을 부릅뜬다." 그러나 그의 시선은 무기력하기만 하다. 응시의 정체를 알 수 없는 주체의 시선을 희롱하기라도 하는 듯 사물들은 "일제히 흔들거리면서 흥을 돋우기 시작"한다. 대타자의 기획에 의해 사물들은 "무방비" 상태의 주체를 매우 가혹하게 포획한다. "감히 다가와 그의 얼굴을 슬쩍슬쩍 건드려보기도" 한다. 이렇게 불안의 어둠에 갇힌 사내는 순간적으로 황홀한 우주를 떠올려보기도 하지만, 이내 황홀한 우주가 아닌 검은 우주, 블랙홀에 빠지고 만다. 사내는 불안한 검은 구멍으로부터 벗어나기 위해 스위치를 찾는다. 스위치는 빛의 상징, 밝고 황홀한 우주의 상징이다. 그러나 그는 스위치에 이르지 못한다. 사물이, 어둠이, 불안이, 끊임없이 그를 옥죄고 있는 까닭이다. 불안의 절정에서 그의 신체는 경직되고 석화(石化)되기에 이른다.

그때였다. 그는 서서히 다리 부분이 경직되어오는 것을 느꼈다. 그것은 우연히 느낀 것이었다. 처음에 그는 이 방에서 도망가리라 생각했었기 때문에, 될 수 있는 한 소리를 내지 않고 살금살금 움직이리라고 마음먹고 천천히 몸을 움직이려 했을 때였다. 그러나 그는 다리를 움직일 수가 없었다. 이상한 일이었다. 그래서 그는 손을 내려 다리를 만져보았는데 다리는 이미 굳어 석고처럼 딱딱하고 감촉이 없었으므로 별수 없이 손에 힘을 주어 기어서라도 스위치 있는 쪽으로 가리라고 결심했다. (……) 그러나 그는 채 못 미처 이미 온몸이 굳어오는 것을 발견하였다. 그래서 그는 숫제 체념해버렸다. 참 이상한 일이라고 생각하면서 그는 조용히 다리를 모으고 직

립하였다. 그는 마치 부활하는 것처럼 보였다.(「타인의 방」, 74쪽)

　주인공은 안식을 위해 자기 방에 들어갔으되, 타인의 방에 갇힌 채 석
화되고 해체되고 만다. 대타자의 기획에 의한 사물들의 반란과 이에 따른
주체의 불안이 결국의 주체의 사물화로 결과된 것이다. 이때 부활하는 것
처럼 보였다는 것은 곧 존재의 죽음을 환기한다. 그의 존재는 해체되고
마침내 페니스와도 같은 일개 '물건'으로 부활된다. 그렇다는 것은 소설
의 결미에서 이 방에 들어온 아내의 삽화에서 확인된다. 사물화된 물건은
이내 "소용이 닿지 않는 물건"으로 치부되고 잡동사니 속으로 버려진다.
한 존재가 본인의 욕망과 상관없이 대타자의 기만적 기획에 의해 상징계
를 이탈해 실재계로 버려지는 순간인데, 그럼에도 아내는 여전히 사태를
간파하지 못하고, 새롭게 기만적인 쪽지를 남긴 다음 이 방에서 외출한
다.
　요컨대 「타인의 방」은 현대적 삶에서 실존적 소외와 불안이 낳을 수 있
는 최대치의 비극을 가늠해본 소설이다. 사물들의 반란과 인간(아내)의
배신을 중층적으로 겹쳐놓으면서 소외와 불안의 벼랑을 보여준다. 여기
서 불안은 현대적 실존의 근본 심리임을 환기한다. 아울러 불안이 깊어지
면 인간이 주인으로 살 수 없고 노예화될 것임을 암시한다는 점에서, '주
인과 노예의 변증법'이라는 고전적 주제를 현대적 우의적 실험으로 풀어
본 작품으로 보인다. 불안의 상상력으로 주체의 불안과 해체를 극적으로
점묘한 이 소설은, 현대 사회에서 주체의 상징적 악몽을 잘 보여준다.

3. 불안과 허무의 여로

「깊고 푸른 밤」은 일종의 길 찾기의 소설이다. 주인공 '그'와 준호가 동행하여 자동차로 샌프란시스코에서 로스앤젤레스로 가는 여로를 중심축으로 플롯이 형성된다. 1980년 가을, 그는 "절박한 분노와 자포자기적 울분이 용암처럼 끓어오르"는 가운데 김포공항을 떠나 미국으로 향했다. 텍스트 안에서 직접적으로 언명되고 있지는 않지만, 그의 분노는 필경 그해 5월 광주사태와 관련된 것으로 추측된다. 그 가공한 폭력에 분노하다 못해 "상한 짐승처럼 이를 악물고" 지내다가 마치 도망치는 심정으로 한국을 벗어났다고 술회하고 있다. 그와 동행이 된 준호는 70년대의 대중가수였는데 대마초 사건으로 사회적으로 매장을 당한 다음 이런저런 사업에 손댔으나 모두 실패하자, 가족을 버리고 미국으로 떠나가 현재는 불법체류자가 된 인물이다. 정치적 이유든, 개인적 이유든 할 것 없이 그들은 현실과 화해할 수 없거나 실패한 자들이라는 점에서 공통적이다. 온통 허무의식에 젖어 있는 그들이기에, 그들의 삶의 길에는 뚜렷한 이정표가 존재할 리 만무하다. 당연히 그들의 하늘에는 별의 지도가 새겨져 있지 않다.

간밤에 같이 폭음하고 마리화나를 피우고 싸우던 무리들이 아무렇게나 잠들어 있는 모습이 그의 눈에는 이렇게 비친다. "그들은 모두 가면을 쓴 사람처럼 보였다. 몸은 지치고 피로해서 쓰러질 것만 같았다. 그들은 이제 마악 임종을 한 뒤 영혼이 육신을 빠져나가 거칠고 황량한 어두운 벌판을 이리저리 배회하다 우연히 만난, 아직 이승에서 방황하는 죽은 자들의 혼령들처럼 보였다." 이 시선의 주인은 그러나 정작 자신이 그 시선의 대상일 수 있음을 자각하지 못한다. 분열되어 있고 실존적 위기 상황에 빠져 있음에도 불구하고, 그 위기의 정체나 이유 따위에 대해서 제대로 이해할 수 없기에 그들의 허무 의식은 더욱 깊어만 간다.

어쨌든 그들은 자동차를 몰고 길을 떠난다. 길을 떠나는 최소 이유를 우리는 준호의 이런 발화에서 확인할 수 있다. "형, 왜 우리가 이곳에 있을까. 우린 왜 이곳에 있지. 그건 참 이상한 일이야." 존재 정체성에 대한 근본적 질문이다. 그들이 단순한 "몽유병 환자"만은 아니라는 것을 알 수 있다. 그러나 이야기는 준호의 질문을 정면에서 탐사하지 않는다. 그런 질문을 던져야 하는 상태에서의 위악적 포즈들이 좀더 전경화된다. 길을 가는 과정에서 준호의 과거사가 끼어들곤 하지만 그들의 허무 의식의 근인(根因)은 여전히 오리무중이다.

로스앤젤레스로 가는 1번 도로를 그들은 제대로 찾지 못하고 한없이 헤매기만 한다. 1번 도로를 달리고 있는 줄 알았는데, 알고 보니 246번 도로다. 길은 좀처럼 찾아지지 않는다. 길 없는 길에서, 찾아지지 않는 길 위에서 성난 그가 울화통을 터뜨린다. "그 지도는 엉터리야. 우린 속았어. 우린 엉뚱한 길을 지금까지 달려온 거야." 엉뚱한 길을 달렸다는 분노와 허탈감은 더욱 깊어진다. "난 알고 있어. 처음부터 1번 도로는 로스앤젤레스로 가는 도로가 아니었어. 로스앤젤레스는 2번 도로로 3번 도로로 달려간다 해도 영원히 도착할 수 없을 거야. 왜냐하면 로스앤젤레스란 도시는 이 세상에 존재하지도 않으니까. 그건 지도 위에만 씌어 있는 가공의 도시 이름일 뿐이야. 되돌아가봐. 넌 1번 도로를 영원히 만날 수 없을 테니까." 이쯤 되면 매우 근본적인 지경에 이른 것이다. 1번 도로는 없다는 것, 아니 로스앤젤레스는 없다는 이 인식은 매우 도저하다. 그러니까 1번 도로나 로스앤젤레스는 지상에 존재하는 공간이 아니었던 셈이다. 다시 말해 로스앤젤레스로 향하는 1번 도로란 그들에게 있어선 삶의 구경(究竟)을 탐사하는 길[道]이었던 셈이다. 그러나 지상에서 어찌 구경적 길을 발견할 수 있으랴. 그들이 그 1번 도로를 찾지 못하는 것은, 그런 면에서 보면 차라리 자연스럽다. 그 어떤 지상의 척도도, 지도도, 또 어떤 지상의 양식도 그들에겐 우호적이지 않다. 길을 못 찾고 헤매며 분통을 터뜨리는 상황에서 자동차마저 고장 나 움직일 수조차 없는 상태가 된다. 이미 밤은 깊었고 주변에서 구원을 요청할 수도 없는 고립무원의 상태에서 말이다. 실존적 위기 상황은 대단히 극적으로 펼쳐진다. 삶의 벼랑 끝까지 몰린 상태에서, 존재의 극한으로 밀려난 지경에서, 주인공은 마침내 현실에서의 패배를 승인하고 만다.

그는 거센 파도에 의해서 바다를 건너 밀려온 죽은 시체처럼 바위 위에 쓰러져 누웠다. 그를 낯선 땅으로 유배시켜온 파도들은 서둘러 물러가고 갓 도착한 빈손의 파도들만 그를 사로잡기 위해서 그물을 던지고 있었다. 그제야 줄곧 그의 마음속에 끓어오르던 분노의 불길이 서서히 꺼져가는 것을 보았다. 파도에 의해서 밀려온 낯선 뭍으로의 망명이 그의 분노를 잠재운 것은 아니었다. 그는 그가 살아온 모든 인생, 그가 보고 듣고 느꼈던 모든 삶들, 그가 소유하고 잃어버리고 허비했던 명예와 허영, 그가 옳다고 믿었던 정의와 법(法), 때로는 성공하고 때로는 배반당했던 그의 욕망, 끊임없이 추구하던 쾌락과 성욕, 그가 한때 가지고 버렸던 숱한 여인들, 그 모든 것들로부터 무참하게 얻어맞고 마침내 처절하게 패배당한 것 같은 느낌을 받았다. 처절하게 패배당했다는 사실을 깨달았을 때 그의 분노는 참따랗게 재를 보이며 소멸되었다.

이제는 원한도, 증오도, 적의도, 미움도, 아무것도 가질 이유가 없었다. 그는 딱딱한 바위의 표면 위에 입을 맞추며 그를 굴복시킨 모든 승리자들에게 용서를 빌었다. 그리고 이젠 정말 돌아가야 한다고 다짐했다. 그는 너무 지쳐 있었으므로 그 누구에게든 위로받고 싶었다.(「깊고 푸른 밤」, 164쪽)

길 없는 길 위에서 허무 의식에 젖어 방황하던 주인공이 현실의 상징적 악몽을 그대로 수긍하고 현실에서 새로운 길찾기의 패배를 승인하면서 그 현실로 돌아가겠다고 다짐하는 대목이다. 낭만적 패배주의자의 미학을 짐작케 한다. 그러나 이 결구가 "왜 우리가 이곳에 있을까. 우린 왜 이곳에 있지. 그건 참 이상한 일이야"라고 했던 이 서사의 근본 질문에 대한 답을 찾는 데 아무런 실마리도 제공할 수 없다는 것은 정녕 문제다. 그것은 질문의 근원성과도 관련되고, 현실의 근원적 포악성과도 상관될 것이며, 또한 그것들을 다루는 작가의 현실 인식 태도와도 연관될 터이다. 불안의 둥지와도 같은 현실에서 의미심장한 '지상의 척도'를 마련할 수 없어 골몰하던 최인호는 다른 방식으로 새로운 길 찾기, 혹은 다른 방식의 꿈꾸기를 시도한다. 오래된 겨레의 기억과 원형적 신화소를 탐문하는 서사적 도정이 전개되는 것이다.

4. 타자의 '몽유도원도'

1980년대 중반 이후 최인호는 오래된 기억의 적층에 파묻혀 있던 옛이야기를 파헤치며 오늘의 새로운 이야기로 재생해내는 작업에 공들였다. 『잃어버린 왕국』『왕도의 비밀』 등 여러 장편들이 그런 사례들이다. 이는 상고주의에서 그치는 것이 아니라 현재의 구체적 전신으로서 과거를 복원하고 새로운 생명의 불꽃을 지피는 상상적 수고에 값하는 어떤 것이다. 「몽유도원도」 역시 이런 맥락에서 우리의 관심을 끈다. 백제 시절의 〈도미 설화〉를 새롭게 풀어 쓴 이 소설에서 작가는 낭만적 황홀경이 거세된 근대 이후의 삶을 숙고하게 하는 몽유록적 거울을 마련한다.

　백제 21대 개로왕(여경)은 어느 날 낮잠의 짧은 꿈속에서 절세의 미인과 황홀하게 해후한다. 그 몽유(夢遊)의 여인, 즉 꿈속에서 만났던 천상의 여인을 현실 세계 속에서 찾으려고 여경은 온갖 방법을 동원한다. 낭만적 꿈의 현실화를 위해 그는 권력을 부정하게 악용하는 일도 서슴지 않는다. 여경이 발견한 현실 속의 몽유 여인은 도미의 아내 아랑이었다. 그녀를 취하기 위해 도미의 눈을 빼내 장님을 만들고 배에 태워 강물에 띄워 보낸다. 그런 다음 아랑을 데려가려 했으나, 여경은 끝내 뜻을 이루지 못한다. 도미와 아랑에게 천우신조가 있었던 것이다. 도미가 타고 갔던 빈 배가 아랑이 통곡하고 있는 지점으로 가서 그녀를 태우고 도미가 있는 곳으로 인도한다는 것이 천우신조의 내용이다. 그들은 나중에 고구려로 피신해 걸인처럼 힘들게 살지만, 이 세상에서 가장 아름다운 피리 소리와 사랑의 노래와 황홀경의 춤을 남긴다. 반면 "한갓 꿈속에서 본 도원경(桃源境)을 현실에서 찾기 위해 헤매는 몽유병(夢遊病)" 환자와도 같았던 여경, 도미의 눈을 빼어 소경을 만들고 남의 아내를 탐했던 여경은 고구려의 공격을 받고 비참한 최후를 맞게 된다.

　여기서 권력을 지닌 대타자인 여경의 '몽유도원도'는 그 스스로에게는 낭만적 황홀경에 값하는 것이지만, 그것을 위해 힘없는 작은 타자들을 억압하고 세계의 벼랑으로 몰아내는 부정성의 형질을 함축하는 어떤 것이다. 그로 말미암아 도미와 아랑 같은 변두리 사람들은 속절없이 세계를 박탈당하고 실존의 근거를 빼앗기며 타자화된다. 낭만적 황홀경의 추구 내지 욕망 그 자체가 지탄의 대상은 아니지만, 그 과정의 부정성은 분명히 비판의 대상이 될 수밖에 없다. 여경의 욕망으로 인해 도미와 아랑의 삶이 전적으로 거세를 경험하기 때문이다. 말하자면 대타자의 파천황적 욕망으로 말미암아 타자화된 '작은 사람'들은 상징적 악몽을 실제적으로 겪어야 하는 것이다. 이때 그 작은 타자들 역시 상징적 악몽과 실제적 고통을 넘어서기 위한 상상적 열망으로써 나름의 '몽유도원도'를 꿈꾼다. 그런데 그것은 현실에서 이루는 것이 아니라 오직 예술의 세계 속에서만 꿈꿀 수 있는 어떤 것이다. 그들이 피리 소리와 노래와 춤을 통해 황홀경의 세계에 입사했다는 것도 그런 사정 때문일 것이다. 어쨌든 대타자는 황홀경의 세계에 이르지 못하고 작은 타자들은 나름의 황홀경의 세계에 이른다. 이것은 분명 낭만적 전략의 일환이다. 또한 권선징악이라는 오래된 옛이야기 패턴에 기댄 서사 전략이기도 하다. "인간은 자신이 뿌린 만큼 그대로 거두게 되는 법. 이 세상에 있는 모든 만물은 이 진리를 벗어날 수 없다"는 진술에서 확인할 수 있는 것처럼, 타자의 '몽유도원도'를 위한, 혹은 문학적 정의의 추구를 위한 작가의 의지는 분명해 보인다. 현실에서는 다양한 방식으로 자행되는 대타자들의 억압에 의해 작은 타자들이 그 오래된 진리로부터 소외당할 수밖에 없는 사정을 작가가 누구보다도 잘 알고 있기 때문이다. 최인호의 문학적 윤리 감각을 거듭 확인할 수 있는 대목이기도 하다.

그러니까 최인호에게 있어서 소설 쓰기란 곧 불안의 둥지에서 꿈꾸기와 통한다. 진정한 자기동일성을 상실하고 방황하는 영혼들, 육체적 · 정신적 고통과 상처로 곤란을 겪는 각종 환자들, '자기만의 방'에서 축출당한 채 '타인의 방'에서 소외의 절정을 경험하는 소시민들, 현실에서 패배하여 상처받고 좌절하여 불안과 소외의 늪에 빠진 문제적 군상들 등등 무수한 작은 타자들의 영혼을 위무하고 치유하기 위한 서사적 꿈이 곧 최인호 소설의 심연이다. 개성적인 감각의 실존을 바탕으로 불안의 둥지를 견디거나 불안의 늪을 건너려는 상상적 의지는 세계와 존재의 치유 의지와 상통한다. 새로운 길 트기와 통한다. 상한 영혼들을 치유하기 위한 이야기가 계속 되는 한 불안의 극한은 어느 정도 유예될 수 있다. 그래서 삶은 종말의 파국을 가까스로 모면하면서 계속된다.